Tod im Nachbarhaus

»Tod im Nachbarhaus« ist Hannah Schmielinks persönlichster Fall: Die Schulpsychologin aus Münster muss sich aus heiterem Himmel um ihre Mutter Brigitte kümmern, die nach einem Krankenhausaufenthalt nicht mehr allein klarkommt. Erinnerungen an ihren Sturz hat Brigitte nicht. Auch nicht an das Verbrechen, das sich zur selben Zeit im Haus gegenüber ereignet hat. Gibt es etwa Zusammenhänge? Und wo ist das viele Geld geblieben, das Hannahs Mutter in den letzten Monaten von ihrem Konto abgehoben hat?

Obwohl Hannah ihrem Mann Jan, Hauptkommissar bei der Kripo Münster, versprochen hat, sich nie wieder in eine polizeiliche Ermittlung einzumischen, gerät sie in den Sog der Ereignisse in der adventlich geschmückten Sonnenstraße. Ist die Harmonie beim jährlichen „Glockenfest" nur vorgetäuscht? Welche uralten Konflikte schwelen im Untergrund? Bald weiß Hannah nicht mehr, wem von den Nachbarn sie noch trauen kann. Selbst Brigittes Worten schenkt sie nur noch zögerlich Glauben, denn ihre Mutter vergisst mittlerweile Vieles. Oder verdrängt sie bewusst etwas, das gefährlich für sie und ihre Tochter Hannah werden könnte?

### Die Autorin

Helga Streffing wurde in Werne geboren und ist in Rheine aufgewachsen. Nach dem Studium von Anglistik und Sozialwissenschaften in Münster hat sie viele Jahre an verschiedenen Berufskollegs unterrichtet und war zusätzlich als Schulseelsorgerin tätig. Sie ist verheiratet und lebt mit ihrem Mann in Rheine. In einem Sabbatjahr begann sie, Krimis zu schreiben. »Tod im Nachbarhaus« ist der siebte Fall um die Münsteraner Schulpsychologin Hannah Schmielink.
Näheres in ihrem Krimiblog »muensterlandkrimi.wordpress.com« und auf ihrer Facebook-Autorenseite »Helga Streffing und ihre Krimis«.

Außerdem erschienen im Dialogverlag:
Tod im Kollegium (ISBN: 978-3-941462-47-2)
Tod im Kloster-Internat (ISBN: 978-3-941462-59-5)
Tod im Golddorf (ISBN: 978-3-941462-79-3)
Pilgerfahrt in den Tod (ISBN: 978-3-944974-06-4)
Tödliche Familien (ISBN: 978-3-944974-24-8)
Tödliche Rollenspiele (ISBN: 978-3-944974-33-0)

Helga Streffing

# Tod im Nachbarhaus

Der siebte MÜNSTERLAND-KRIMI
mit Hannah Schmielink

Besuchen Sie uns im Internet:
www.dialogverlag.de

Umwelthinweis:
Dieses Buch wurde auf chlor- und säurefreiem Papier gedruckt.

Bibliografische Information der Deutschen Nationalbibliothek
Die Deutsche Nationalbibliothek verzeichnet diese Publikation in der Deutschen
Nationalbibliografie; detaillierte bibliografische Daten sind im Internet über
http://dnb.d-nb.de abrufbar.

ISBN 978-3-944974-51-4
2. Auflage 2022
© 2020 by **dialog**verlag

Titelbild: Susann Städter / photocase.de
Grafische Gestaltung: **Campanile**.de
Gesamtherstellung: **dialog**verlag

Donnerstag, 7. Dezember

*Am frühen Abend*

Das Licht der Straßenlaterne verblasste mit jedem Schritt vorwärts. Von allen Seiten schien die Dunkelheit heranzukriechen. Das fahle Mondlicht hinter der dünnen Wolkenschicht reichte nicht aus, um irgendetwas erkennen zu können.

Wie in Zeitlupe tastete sie sich vor, spürte vorsichtig, ob sie noch festen Boden unter den Füßen hatte. Vor ihr gab es nur ein schwarzes Nichts. Weiter, weiter …

Warum hatte sie das nicht vorausgesehen? Sie kannte den Weg nur bei Tageslicht. Niemals wäre sie auf die Idee gekommen, dass nur wenige Meter von den nächsten Häusern entfernt stockfinstere Nacht herrschte.

Auf einmal weicher Untergrund. Sie hatte die Orientierung verloren. Oder begann hier die Kurve zum Flüsschen?

Das Handy! Kurzentschlossen fischte sie es aus ihrer Tasche, entriegelte es hastig und wischte über den Bildschirm. Sie aktivierte die Taschenlampenfunktion, die sie noch nie zuvor benutzt hatte. Allerdings würde man sie nun sehen. Das musste sie riskieren.

Weiter … weiter … Müsste sie nicht längst da sein? War hier überhaupt wer? Wartete jemand in dieser Finsternis auf sie, oder endete die ganze Aktion im totalen Fiasko?

Ein paar Meter noch, sagte sie sich. Dann würde sie abbrechen und den Rückweg antreten.

Nach einigen zögerlichen Schritten blieb sie stehen, lauschte in die Dunkelheit: Da war nichts. Niemand.

Aufatmend wandte sie sich um. Der Licht der Laterne erschien ihr wie ein Rettungsanker, dahinter die Häuserzeile mit den erleuchteten Fenstern, die vertraute Straße nicht weit weg. Mit jedem Meter, den sie zurücklegte, fiel eine Last von ihr ab. Es hatte nicht sein sollen.

Plötzlich ein Motorengeräusch. Ein schneller Blick über die Schulter verschaffte ihr Gewissheit: Schwaches Scheinwerferlicht, das über den Boden glitt und rasch näher kam. Vor ihr die helle Laterne – zum Greifen nah, aber doch unerreichbar.

Wie erstarrt blieb sie stehen.

Das Auto holte sie ein, stoppte hinter ihr. Der Motor ging aus, die Fahrertür öffnete sich.

Eine Woche zuvor –

Donnerstag, 30. November

*Gegen 11 Uhr – Gescher*

Niemand war unterwegs an diesem nasskalten Tag in der kleinen Sackgasse mit nur sechs Häusern. Ein blauer Kleinwagen parkte gegenüber bei Wisdoncks. Ansonsten waren die Seitenstreifen bis auf eine einzelne graue Mülltonne gähnend leer.

Hannah stieg aus und ging auf die seitlich gelegene Haustür zu. Das frisch renovierte, komplett mit Holz verkleidete Haus nebenan stach aus dem Einerlei der Klinkerbauten im Stil der Siebzigerjahre hervor.

Der Hausschlüssel hing immer noch an ihrem Bund, obwohl sie ihn seit Jahren nicht mehr benutzt hatte. Heute würde ihr niemand öffnen.

Alles sah normal aus: die gefaltete Tageszeitung auf der Kommode, Jacke und Schirm an der Garderobe. Ein vertrauter, leicht muffiger Geruch stieg Hannah in die Nase: Um Heizkosten zu sparen, lüftete ihre Mutter im Winter nur selten.

Hastig sah sie sich um, fand aber keine Anzeichen zur Besorgnis, bis sie das Wohnzimmer betrat. Der massige Tisch und die Sessel waren an die Seite gerückt worden, um Platz zu schaffen. Sofort hatte sie ein Bild vor Augen: Rettungssanitäter, ein Notarzt, ihre Mutter auf dem Boden, neben ihr eine Trage. Wie lange mochte es gedauert haben, bis man sie gefunden hatte?

In Gedanken versunken stellte sie die gewohnte Ordnung der Möbel her und ging nach oben.

Die Daunendecken im Schlafzimmer waren akkurat zusammengelegt, die Kopfkissen aufgeschüttelt. Kleine Fältchen verrieten, welche Seite des Ehebetts ihre Mutter benutzte. Unter dem Plumeau fand sie einen Schlafanzug, der Stuhl neben dem Bett war leer. Es sah ganz so aus, als sei Brigitte gestern Abend nicht zu Bett gegangen.

Hannah öffnete die Schubladen der Kommode und stopfte Wäsche in die mitgebrachte Reisetasche. Nach kurzer Überlegung packte sie den Wecker dazu und suchte im Badezimmer zusammen, was Brigitte gebrauchen würde.

Medikamente? Die Schublade im Küchenschrank quoll fast über von verschiedensten Schachteln, halb ausgequetschten Tuben, Pillendöschen und Beipackzetteln. Hannah musste sich eingestehen, dass sie wenig Ahnung hatte, welche Tabletten Brigitte regelmäßig einnahm. Beim Blutdrucksenker war sie sich ziemlich sicher, aber sonst? Sie konnte nur hoffen, dass ihre Mutter alles Notwendige im Krankenhaus bekommen würde.

Der Blick in den Kühlschrank war wenig alarmierend. Einen kleinen Rest Milch schüttete sie in den Ausguss. Ansonsten gab es keine verderblichen Lebensmittel, nur eine angebrochene Ecke Schmierkäse, ein paar Eier, Margarine und Marmelade.

Den Müll musste sie noch hinausbringen. Und die Blumen gießen. Vorsorglich.

Die Türklingel riss sie aus ihren Überlegungen.

Die Frau auf dem Treppenabsatz war in ihrem Alter. Das dunkelblonde Haar mit den perfekten hellen Strähnchen trug sie immer noch lang. Die Brille kannte Hannah nicht, aber mit gut Mitte vierzig brauchte man die wohl allmählich. Sie merkte selbst seit einiger Zeit, dass ihre Probleme beim Lesen zunahmen.

»Hallo Kirsten!« Hannah versuchte, trotz ihrer plötzlichen Anspannung gelassen zu klingen.

»Ich habe dein Auto gesehen. – Wie geht es Brigitte?«

»Keine Ahnung. Das Krankenhaus hat mich vor zwei Stunden angerufen, aber am Telefon wollte man mir keine weiteren Auskünfte geben. Sie ist anscheinend nicht in Lebensgefahr, sonst wäre sie nicht auf einer normalen Station.«

»Dann ist ja gut. Ich hatte zwar das Gefühl, dass es nicht allzu dramatisch sei, aber sicherheitshalber habe ich den Notarzt gerufen.«

»Du hast sie gefunden?«

»Ich war sehr früh wach und habe gesehen, dass Brigitte die Rollläden im Wohnzimmer nicht heruntergelassen hatte. Das passiert ihr nur selten. Gegen halb acht bin ich dann vorsichtshalber hierher und habe geklingelt. Als sie nicht aufmachte, habe ich mir den Schlüssel geholt, den sie bei Schwiegermutter deponiert hat. Und dann lag sie da, im Wohnzimmer auf dem Teppich.«

»Mein Gott! War sie ansprechbar?«

»Sie hat gestöhnt, aber nichts gesagt. Aber sie muss schon länger da gelegen haben, sie fühlte sich eiskalt an. Ich habe sie sofort zugedeckt. Glücklicherweise kam der Krankenwagen recht schnell.«

»Ich verstehe das überhaupt nicht. Sie ist noch nie gestürzt!«

Kirsten schwieg einen Moment, holte dann tief Luft. »Vielleicht gibt es eine Erklärung. Ich muss dir nämlich noch etwas sagen, Hannah. Letzte Nacht ist bei uns etwas Furchtbares passiert. Irmgard ist tot.«

»Irmgard ist tot? Das … das … kann doch nicht … ich wusste nicht …«

Kirsten nickte und presste kurz die Lippen zusammen. »Das konntest du ja nicht wissen.«

»Wie das? Was ist passiert?«

»Sie ist auf der Kellertreppe gestürzt und hat sich dabei anscheinend das Genick gebrochen. Wahrscheinlich brauchte sie irgendetwas von unten, und da keiner von uns zu Hause war, wollte sie es selbst holen. Ihr Rollator stand jedenfalls an der offenen Kellertür, als Hendrik gegen zehn nach Hause kam. Ich war noch bei einer Kundin.«

Hannah war entsetzt. Plötzlich wurde ihr bewusst, dass Kirsten ungewöhnlich schlicht gekleidet war: graue Jeans, ein einfaches schwarzes Fleece-Shirt, kein Schmuck.

Es gehörte durchaus zu ihren Aufgaben als Schulpsychologin, Trauernden beizustehen, aber nun suchte sie vergeblich nach ein paar passenden, mitfühlenden Worten. Ihre Beziehung zu Kirsten war zu kompliziert, um aus dem Bauch heraus zu reagieren.

Das Schweigen zog sich unangenehm, bis draußen das energische Zuschlagen einer Autotür zu hören war. Ein dunkler Wagen hatte vor dem Haus gegenüber angehalten. Ein kräftiger junger Mann in schwarzem Anzug holte eine voluminöse Aktentasche aus dem Kofferraum, richtete kurz seine Haare und ging gemessenen Schrittes zum gegenüberliegenden Haus.

»Das wird wohl der Bestatter sein«, meinte Kirsten. »Ich muss rüber. Wir wollen alles Notwendige zügig klären, weil ich schnell wieder in den Salon möchte.«

Hannah wunderte sich, verkniff sich aber einen Kommentar.

»Ich wollte dir nur noch eins sagen, Hannah: Es könnte gut sein, dass deine Mutter gestern Abend etwas mitbekommen hat. Sie sitzt ja immer am Fenster.«

»Was meinst du damit?«

»Es sind jede Menge Autos vorgefahren. Später noch die Kripo. Das wird Brigitte wohl kaum alles entgangen sein.«

»Die Kripo? Warum denn das?«

»Ich habe mich auch gewundert, aber das muss wohl üblich sein, wenn jemand verstirbt, ohne dass irgendwer dabei ist. Routine also«, sagte Kirsten gleichmütig. »Grüß deine Mutter bitte von mir.«

*Gegen zwölf Uhr - Krankenhaus Stadtlohn*

Der gläserne Raucherpavillon neben dem Haupteingang war neu. Jedenfalls hatte es ihn noch nicht gegeben, als Hannahs Vater nach seinem Herzinfarkt hier vor Jahren operiert wurde. Die Terrasse des Klinikrestaurants, auf der sie damals viele Stunden wartend verbracht hatte, war verwaist, Tische und Stühle über den Winter eingelagert.

»Ich möchte zu Brigitte Bergmann«, sagte sie zu der freundlichen Dame am gläsernen Informationsschalter.

»Sie liegt auf Station 2, Zimmer 214.«

Während sie auf den Lift wartete, fiel ihr Blick auf das Schild »Notaufnahme« über einer Glastür. Dort war Brigitte vermutlich vor wenigen Stunden hingebracht worden.

Sie holte tief Luft, öffnete möglichst geräuschlos die Zimmertür und wappnete sich. Ein Dreibettzimmer. Das Bett an der Tür war leer, rechts lag eine weißhaarige Frau in einem bunten Nachthemd und tippte auf ihrem Handy. Dort drüben am Fenster … ihre Mutter.

Die grauen Locken lagen wirr auf dem Kopfkissen, die Wangen kalkweiß und erschreckend eingefallen. Hannah war schockiert, bis sie realisierte, dass man ihrer Mutter das Gebiss herausgenommen hatte. Sie wirkte um Jahre gealtert. Aus einem Plastikbeutel an einem Ständer neben dem Bett tropfte eine Flüssigkeit in stetigem Rhythmus.

»Mama«, sagte sie leise und berührte Brigitte vorsichtig am Arm. Langsam drehte sich der Kopf in ihre Richtung. Sie war wach.

»Hannah«, murmelte sie, tastete nach der Hand ihrer Tochter und umklammerte sie.

Hannah zog einen Stuhl heran und beugte sich herunter.

»Hannah?« Das Flüstern war kaum zu verstehen. »Warum bin ich hier?«

»Du musst wieder auf die Beine kommen, Mama«, antwortete Hannah ausweichend. »Ein paar Tage bleibst du im Krankenhaus.«

»Was ist denn passiert?«

»Kirsten hat dich heute Morgen im Wohnzimmer gefunden. Du lagst auf dem Teppich.«

»Im Wohnzimmer? Auf dem Teppich?« Brigitte schaute völlig verständnislos.

»Mama, du musst gefallen sein. Ist dir vielleicht schwindelig gewesen?«

»Davon weiß ich nichts.«


»Entschuldigen Sie bitte.«

Hannah stand an der Schwelle des Stationszimmers, wo zwei Krankenschwestern gemeinsam auf einen Bildschirm starrten. Die Ältere wandte sich mit ihrem Drehstuhl um. »Ja?«

»Ich bin die Tochter von Brigitte Bergmann. Sie ist heute Morgen eingeliefert worden. Könnte ich mit einem Arzt sprechen, um zu erfahren, was mit meiner Mutter ist?«

»Natürlich«, bekam sie zur Antwort. »Wenn Sie einen Moment warten wollen. – Eine Frage noch: Hat Ihre Mutter eine Patientenverfügung?«

»Äh … Meines Wissens nicht.«

»Vielleicht hat Ihre Mutter sie jemand anderem gegeben?«

»Das glaube ich nicht.«

»Haben Sie eine Vorsorgevollmacht?«

»Die hat sie auch nicht.«

Die Augenbraue der Schwester ging kaum merklich in die Höhe. Hannah wurde auf einen Schlag ziemlich warm.

»Aber ich kümmere mich direkt darum«, versicherte sie.

»Sollten Sie auf jeden Fall, wenn man das Alter Ihrer Mutter bedenkt. – Frau Dr. Gritzeck! Einen Moment bitte.« Die junge Ärztin mit der blonden Hochsteckfrisur stoppte abrupt vor der Tür des Schwesternzimmers. »Dies ist die Tochter der Patientin auf 214, die heute Morgen eingeliefert wurde.«

Zögerlich kam die Ärztin auf Hannah zu. Bestimmt hatte sie wenig Zeit.

»Können Sie mir etwas zu meiner Mutter sagen?«, fragte Hannah plötzlich ziemlich nervös.

»Insgesamt geht es ihr den Umständen entsprechend gut.« Hannah hörte einen leichten Akzent, den sie nicht einordnen konnte. »Ihre Mutter war wohl längere Zeit ohne Bewusstsein. Zudem hat sie ein Hämatom am Hinterkopf. Vermutlich hatte sie einen Schwächeanfall, ist gestürzt und auf eine Tischkante oder eine Sessellehne gefallen. Dabei hat sie sich eine Gehirnerschütterung zugezogen. Nichts Dramatisches. Wir behalten sie ein paar Tage hier und checken sie durch.«

»Aber sie erinnert sich an gar nichts.«

»Darüber müssen Sie sich keine Gedanken machen. Das ist durchaus normal nach einem solchen Sturz. Dazu kommt die plötzliche Einlieferung hier ins Krankenhaus. Die ungewohnte Umgebung macht vielen Patienten zu schaffen – vor allem älteren Menschen. Sie werden sehen, dass sich das bald wieder gibt.«

*Zwei Stunden später – Münster-Gievenbeck*

»Du willst nicht mit nach Xanten fahren, Hannah?« Jan schüttelte ungläubig den Kopf. Für Ende vierzig hatte er noch volles, überwiegend dunkles Haar, das er wieder einmal recht lang trug. »Aber meine Mutter hat schon alles für uns vorbereitet!«

Diese Reaktion hatte Hannah vorhergesehen. Jans Vater war vor einigen Monaten gestorben, und seitdem pochte seine Mutter auf regelmäßige Besuche ihrer Söhne samt Anhang. Am liebsten reihum, damit sie kein Wochenende allein verbringen musste. Hannah konnte das nachvollziehen, aber anstrengend fand sie die Fahrten nach Xanten trotzdem.

»Vor allem freut sich Marianne auf ihren Sohn und ihren Enkelsohn. Wenn du mit Lasse hinfährst, wird sie mich kaum vermissen«, sagte sie.

»Das sehe ich anders.«

Er hatte recht. Hannah gegenüber öffnete Marianne sich leichter und sprach über ihre grenzenlose Trauer. Vor ihren Söhnen wollte sie sich keine Blöße geben, weil sie immer

16

diejenige gewesen war, die die Familie zusammengehalten hatte.

»Was soll ich denn machen? Ich kann doch Mama nicht im Krankenhaus sich selbst überlassen. Sie kommt da alleine nicht klar.«

»Wie wäre es, wenn deine Schwester Marlene sich zur Abwechslung mal um Brigitte kümmern würde?«

Hannah seufzte. Wie immer hatte Jan die Daten von Ereignissen in der Familie nicht im Kopf. »Marlene und Klaus sind doch zu seinem Fünfzigsten auf Karibik-Kreuzfahrt. Ich kann sie wohl kaum bitten, diese Reise wegen eines Krankenbesuchs vorzeitig abzubrechen.«

»Nein«, sagte Jan mit spöttischem Lächeln. »Das kann man ihnen wirklich nicht zumuten.«

»Ich fahre morgen zu Mama und bleibe bis Sonntag«, legte Hannah ihm sorgsam ihre Pläne dar. »Dann kommen die beiden zurück. Ich habe Marlene schon eine Nachricht geschrieben und sie gebeten, am Montag nach Mama zu schauen.«

»Wie immer hat meine Frau alles generalstabsmäßig ausgetüftelt. Nur noch eine Frage: Packst du für Lasse oder soll ich das tun?«

# Freitag, 1. Dezember

*Gegen 18 Uhr – Gescher*

Das Haus lag im Dunkeln. Nebenan leuchteten Häuschen aus Sperrholz im Fenster, bei Althüsmanns prangte ein riesiger Stern im Wohnzimmer, aber niemand konnte mit dem Weihnachtsland konkurrieren, das alljährlich bei Jägers im Vorgarten aufgebaut wurde. Aus dem Augenwinkel sah Hannah das grellbunte Gewirr von Lichterketten und Figuren. Ihre eigene Adventsdekoration lagerte noch in Kisten verpackt im Keller.

Im Flur empfing sie der vertraute Geruch. Auf dem Boden unter dem Postschlitz lagen die Tageszeitung und ein Zettel mit einer Einladung zum Adventskaffee der Frauengemeinschaft.

Hannah stellte den Rollkoffer ab, zog ihre Jacke aus und seufzte tief. Sie hatte einen langen Abend vor sich, denn sie würde sich die Rückfahrt nach Münster sparen und hier übernachten. Jan und Lasse waren schon am frühen Nachmittag nach Xanten aufgebrochen.

In der Cafeteria des Krankenhauses hatte sie ein belegtes Brötchen gekauft. Im Vorratsschrank fand sich eine Tüte Zwiebelsuppe, deren Mindesthaltbarkeitsdatum allerdings vor fünf Monaten verstrichen war.

Als sie das Licht über dem Herd einschaltete, fielen ihr die braunen Krusten an den Rändern der Elektroplatten auf. Seltsam, dass ihre Mutter den Schmutz nicht sofort entfernt hatte. Eigentlich war Brigitte eher pingelig in solchen Dingen. Und außerdem hatte sie eine Putzhilfe, die das hätte erledigen können.

Während die Suppe vor sich hin köchelte, schaltete Hannah die Deckenlampe im Wohnzimmer ein.

Der Raum war recht groß, für ihren Geschmack allerdings überladen mit Eichenschränken, einer klobigen Sitzgarnitur, diversen Teppichen und Brücken, zwei Beistelltischchen und Brigittes Fernsehsessel. Obendrein hatten ihre Eltern noch einen Esstisch mit fünf gepolsterten Stühlen hineingequetscht, der mittlerweile nur noch für Besuch genutzt wurde. An den Wänden hingen Ölgemälde und die üblichen Familienfotos.

Mit einem Seufzer ließ sie sich in den Lieblingssessel ihrer Mutter am Fenster fallen, der auf den Flachbildschirm an der Wand ausgerichtet war. Die Fernbedienung lag griffbereit auf dem Tischchen. Aber für Fernsehen war es entschieden zu früh.

Aus dem Haus gegenüber drang ein wenig Licht durch die Ritzen der Rollläden. Allerdings nur in der oberen Etage. Das Erdgeschoss lag im Dunkeln. Dort hatte Irmgard ihr Reich gehabt.

Dass die Nachbarin gestorben war, hatte Hannah ihrer Mutter auch heute nicht zu sagen gewagt. Merkwürdigerweise hatte Brigitte von sich aus bisher kein Wort über den Abend verloren. Vielleicht erinnerte sie sich gar nicht daran. Wie an so manches andere …

»Warum kommst du erst heute?«, hatte sie zur Begrüßung gesagt, kaum dass Hannah den Kopf durch die Tür gesteckt hatte. Glücklicherweise musste sie nicht sofort antworten, weil in dem Moment eine Krankenschwester ins Zimmer gekommen war, um Brigittes Tropf zu kontrollieren.

Aber ihre Mutter hatte weiter darauf beharrt, Hannah sei

mehrere Tage lang nicht bei ihr gewesen. Waren diese Aussetzer Folge der leichten Gehirnerschütterung, von der die Ärztin gestern gesprochen hatte? Oder machten das die Medikamente? Gut möglich, dass sie deswegen immer wieder einschlief und die zeitliche Orientierung verloren hatte.

Trotzdem hatte Brigitte es anscheinend nicht eilig, nach Hause zu kommen. Sie fragte nicht danach und fügte sich widerstandslos in alle Untersuchungen und Behandlungen.

Ein quietschendes Geräusch schreckte Hannah auf: Das Garagentor bei Wisdoncks öffnete sich per Fernbedienung. Eine dunkle Limousine stand bei laufendem Motor wartend in der Einfahrt. Hendrik.

Fast ein Vierteljahrhundert war das alles her. Sie waren sich seitdem nur gelegentlich bei runden Geburtstagen von Hannahs Eltern begegnet. Im Licht der Haustürlampe sah er beinahe unverändert aus. Nur die schulterlange blonde Mähne war verschwunden. Hannah hatte viele Mädchen gekannt, die sich Hoffnungen auf ihn gemacht hatten.

Sie aß im Wohnzimmer, wo sie sich nicht so verloren vorkam wie in der Küche, und warf gelegentlich zwischen den zahlreichen Sukkulenten und Orchideen auf der Fensterbank hindurch einen Blick auf die Straße.

Die Suppe war noch genießbar, das Brötchen recht schmackhaft, und Hannah entspannte sich allmählich. Gegen sieben wollte sie den Fernseher für die Nachrichten einschalten. Irgendwie würde dieser Abend schon vorübergehen.

Vor dem Fenster schob eine Frau im dunklen Kapuzenmantel einen Rollstuhl vorüber. Wer darin saß, war nicht zu erkennen, aber sie überquerten die Straße und hielten auf das letzte Haus zu. Vermutlich war es Magda Althüsmann mit ihrer polnischen Betreuerin. Brigitte hatte mehrmals erzählt, wie schlecht es der Nachbarin inzwischen ging.

Wisdoncks Garagentür öffnete sich erneut. Der Mann, der nun eine Leiter nach draußen schleppte, war groß und extrem schlank. Hendriks älterer Bruder Ulrich stieg auf die Leiter, schraubte einen unförmigen Gegenstand an die Wand neben der Haustür und verschwand wieder. Sekunden später leuchtete die »Glocke« auf.

Natürlich! Es wurde langsam Zeit. Schon vor Jahrzehnten hatten sich alle Anwohner der Sonnenstraße auf eine gemeinsame Adventsdekoration geeinigt: nicht die üblichen Sterne, sondern leuchtende Glocken. Immer wieder machten Spaziergänger in dieser Zeit wegen der stimmungsvollen Atmosphäre einen Abstecher in die kleine Sackgasse. Und wegen des »Weihnachtslandes« – wie Ernst Jäger bei jeder sich bietenden Gelegenheit betonte.

Hannah griff nach der Fernbedienung, die anscheinend neu war. Sie probierte mehrere Tasten aus, aber ärgerlicherweise blieb der Bildschirm schwarz. Nicht einmal ein bisschen Ablenkung durch das Fernsehprogramm war ihr anscheinend vergönnt.

Das Klingeln an der Haustür unterbrach ihre frustrierenden Versuche. Der Bewegungsmelder hatte die Außenbeleuchtung angeschaltet. Durch die Milchglasscheibe sah sie eine dunkle Hose und ein kariertes Hemd. Irritiert öffnete sie die Tür.

»Ulrich!«, sagte sie um Freundlichkeit bemüht, jedoch völlig ahnungslos, warum er gekommen war. Sie hatte seit Ewigkeiten nichts mit ihm zu tun gehabt.

»Wollte fragen, ob ich die Glocke bei euch aufhängen soll«, sagte er etwas abgehackt und schaute an ihr vorbei ins Leere. Wie früher, schoss es Hannah augenblicklich durch den Kopf.

»Ja, natürlich. Das ist nett von dir.«

»Bin gleich zurück«, brummte er.

Sie beobachtete, wie er Leiter und Glocke über die Straße schleppte. Wahrscheinlich übernahm er diesen Dienst schon seit Jahren. Mit ihren 78 Jahren stieg Brigitte wohl kaum noch selber auf eine wackelige Leiter.

Ulrich machte sich an die Arbeit. Hannah stand untätig in der Tür, aber glücklicherweise war die Aktion nach wenigen geübten Handgriffen beendet. Er stieg herunter, drehte den Schraubenzieher in den Händen und schaute sie durchdringend an.

Sie räusperte sich unbehaglich. »Äh, ja. Danke, Ulrich.«

»Keine Ursache. Dann will ich mal wieder.« Ohne den Blick von ihr abzuwenden, kratzte er sich am Kopf. Sein Haar war mittlerweile ziemlich schütter.

»Kirsten sagte mir gestern, dass deine Mutter gestorben ist. Das muss ja ein ziemlicher Schlag für euch alle sein.«

Sein Blick ging wieder ins Leere. »Tja, das ist es wohl. Hendrik hat sie gefunden.« Ein Schlucken – dann ein Achselzucken. Ein Freund großer Worte war er nie gewesen. Er schulterte die Leiter und schickte sich an zu gehen.

»Verstehst du was von Receivern?«

»Wieso? Was ist denn?«

»Meine Mutter hat wohl einen neuen, den ich nicht in Gang bekomme.«

Umgehend stellte er die Leiter wieder ab. »Lass mal sehen.«

Er ging direkt ins Wohnzimmer, nahm die Fernbedienung in die Hand und drückte ein paar Tasten. Das Gerät sprang sofort an. »Siehste! Geht.«

Sie stellte sich neben ihn, um zu sehen, in welcher Reihenfolge er die Tasten drückte. Sein Hemd roch nach Farbe und irgendwelchen Chemikalien. Unter dem linken Ärmel lugte ein winziges Tattoo hervor.

»Okay«, sagte Hannah hastig. »Jetzt habe ich es verstanden. Danke.«

»Keine Ursache.«


*Ebenfalls in der Sonnenstraße*

*Sollte sie es tun? Tagelang überlegte sie schon, wälzte Argumente dafür und dagegen. Die Zukunft würde viel rosiger aussehen, viele Probleme würden sich erledigen. Aber wie sollte sie Kontakt aufnehmen? Das war die entscheidende Frage, denn sie durfte auf keinen Fall erkannt werden. Und dadurch schieden viele Möglichkeiten aus.*


*Am späteren Abend*

Sie hatte in einige Sendungen gezappt, die sie freitags manchmal mit Jan anschaute, fühlte sich aber seltsam verloren.

Es war Jahrzehnte her, dass sie allein in ihrem Elternhaus gewesen war. Alles war irgendwie vertraut, aber inzwischen auch fremd. Wenn sie sonst ihre Mutter besuchte, wurde dieses Gefühl von den Gesprächen und kleinen Handreichungen wie Kaffee kochen überdeckt. Hoffentlich erholte Brigitte sich rasch wieder. Noch einmal musste Hannah eine solche Übernachtung nicht unbedingt haben.

Ihr altes Bett roch muffig, die Bettwäsche hatte bestimmt Jahre unbenutzt im Schrank gelegen. Sie warf noch einen letzten Blick auf ihr Handy. Keinerlei Nachricht. Weder von Jan noch von Marlene. Hannah war nicht sonderlich überrascht.

## Samstag, 2. Dezember

Stöhnend richtete Hannah sich auf. Die Matratze war nicht nur muffig, sondern auch viel weicher als die vertraute zu Hause. Ihrem Rücken gefiel das nicht besonders.

Sie war früh aufgewacht und suchte als erstes in den Tiefen des riesigen Schranks nach Kleidung für ihre Mutter. Vielleicht konnten sie demnächst schon mal gemeinsam einen Besuch in der Cafeteria des Krankenhauses machen. Mehrere Pullover und Hosen hatten Flecken oder waren zerknittert. Hannah wurde immer ärgerlicher. Warum hatte ihre Mutter die Sachen überhaupt so in den Schrank gehängt? Es dauerte, bis sie etwas Passendes fand.

Noch vor dem Frühstück startete sie eine ausgiebige Putzaktion in der Küche und unterzog Herd, Spüle und Arbeitsflächen einer gründlichen Reinigung. Danach war ihr Elan verpufft: Backofen und Kühlschrank mussten warten. Sie hatte Hunger.

Beim Blick auf ihr Handy sah sie, dass Marlene ihr eine Sprachnachricht geschickt hatte. Gespannt hörte sie der Stimme ihrer Schwester zu. »Hallo Hannah, wollte dir nur mitteilen, dass wir auf dem Rückweg sind. Das Schiff war einfach bombastisch, sag ich dir. Und das Wetter göttlich! Ich werde dir ausführlich berichten. Jetzt zu Mama. Geht es ihr wirklich so schlecht? Ich weiß nämlich nicht, ob ich es schon am Montag ins Krankenhaus schaffe. Bei uns ist viel liegen geblieben. Ich melde mich. Bestell' Mama Grüße von mir. Ciao.«

Typisch Marlene. Immer alles im Ungewissen lassen. Sich nur nicht festlegen. Es war zu erwarten gewesen.

Ärgerlich packte Hannah das Handy in ihre Handtasche und machte sich auf den Weg zum Bäcker.

Bei dem unangenehmen Nieselwetter schienen die Bewohner der Sonnenstraße das Wochenende ruhig anzugehen. Nur schräg gegenüber trat gerade eine Frau in einem hellen Mantel mit flauschigem Kragen aus dem Haus. Ein winziger Hund lief an der Leine vorweg.

»Guten Morgen, Frau Mendel«, grüßte Hannah freundlich.

Die Frau zog die Stirn kraus. Sie wirkte unverändert. Auch an diesem trüben Morgen hatte sie etwas Rouge und rosa Lippenstift aufgelegt. Das weiße Haar war wie immer formvollendet frisiert.

Mit Verzögerung erschien ein erfreutes Lächeln in dem ansonsten beinahe faltenlosen Gesicht. »Hannah! Wie schön, dich zu sehen! Ich habe dich im ersten Moment gar nicht erkannt.«

»Sie haben mich sicher hier nicht erwartet.«

»Nein, wirklich nicht. Wie geht es deiner Mutter denn? Kann man sie schon besuchen?«

»Bestimmt bald. Ich fahre gleich noch einmal hin. Aber erst mal muss ich einiges einkaufen. Der Kühlschrank bei Mama ist komplett leer.«

Der kleine Hund forderte Frau Mendels Aufmerksamkeit. Mit ein paar Worten besänftigte sie Lucys Ungeduld.

»Der Kühlschrank ist leer. Hm …« Lucy zog wieder an der Leine, wurde aber ignoriert. »Brigitte war am Mittwoch noch bei mir, um sich Brot zu borgen. Das kam öfter vor in letzter Zeit.« Frau Mendel schien sich einen Ruck zu geben. »Hannah, würdest du mir ein Brötchen mitbringen und mit mir zusammen frühstücken? Dann könnten wir uns ein bisschen unterhalten.«

Eine halbe Stunde später öffnete Josefine Mendel ihr die Tür. Hannah kam in dem Moment zu Bewusstsein, dass sie dieses Haus als Kind nie betreten hatte. Als sie begann, in der Nachbarschaft Freundschaften zu schließen, waren die beiden Söhne von Mendels schon im Teenager-Alter gewesen und hatten sich selbstverständlich nicht mit ihr abgegeben.

Das Haus unterschied sich von den anderen, eher bescheidenen Häusern in der Sonnenstraße. Es war großzügiger geschnitten, mit viel Glas, edlen Bodenfliesen. Hannah erinnerte sich vage, dass getuschelt worden war, als Mendels sich einen Wintergarten zulegten. Ein absolutes Novum zur damaligen Zeit! Aber Josefines Mann hatte als Zahnarzt gut verdient, und sie selbst gehörte zu der Generation Frauen, die man als Nur-Hausfrauen bezeichnet hatte.

Sie frühstückten in der gemütlichen, penibel aufgeräumten Küche. Frau Mendel erkundigte sich ausgiebig nach Lasse, Jan und Hannahs Aufgaben in der Schulberatungsstelle.

»Und wie geht es Ihnen? Schaffen Sie das hier alles noch allein, Frau Mendel?«

»Ach, wo denkst du hin?«, sagte Frau Mendel und berührte unwillkürlich den breiten goldenen Witwenring an ihrer Hand. »Meine Söhne sind aus beruflichen Gründen mit ihren Familien weggezogen. Seit dem Tod meines Mannes macht Ernst Jäger mir den Garten, und inzwischen habe ich auch eine Putzhilfe. Mein jüngster Enkelsohn studiert in Münster und erledigt gelegentlich Dinge für mich oder macht kleinere Reparaturen. Er wird gleich hier sein. Aber ansonsten versorge ich mich noch recht gut selbst.«

»Einfach toll! So wie Sie möchte ich auch mal auf die Neunzig zugehen. Aber das ist ja nicht allen gegeben.«

Ein sorgenvoller Schatten glitt über Frau Mendels Gesicht.

»Das magst du wohl sagen. Wenn ich an die letzten Tage denke! Erst trifft es Irmgard Wisdonck so unerwartet, und dann sehe ich den Krankenwagen bei deiner Mutter vor der Tür stehen. Ich war ziemlich schockiert.«

»Mama wird sich hoffentlich schnell erholen. Sie ist wohl ohnmächtig geworden und gestürzt.«

»Hannah, ich will dich nicht unnötig beunruhigen, aber deine Mutter macht mir in letzter Zeit ohnehin Sorgen. Sie wirkt so zerstreut. Dass sie gelegentlich nicht genug für sich einkauft, habe ich ja schon gesagt. Und am Mittwoch ist noch etwas geschehen, das mich irritiert hat.«

Frau Mendel stand auf und verließ die Küche. Als sie zurückkam, trug sie einen Wintermantel über dem Arm. »Deine Mutter wollte gerade gehen, als ich einen Telefonanruf bekam. Die Temperaturen waren an dem Abend nahe am Gefrierpunkt, aber sie hatte anscheinend komplett vergessen, dass sie ihren Mantel dabeihatte.«

Hannah schwieg. Was wollte Frau Mendel andeuten?

»Bitte verstehe mich nicht falsch, Hannah. Ich will deiner Mutter nicht zu nahe treten, aber ich sorge mich um Brigittes Wohl.«

»Aber dass man mal einen Mantel vergisst, kann doch passieren. Sie musste ja nur über die Straße gehen.«

»Aber nicht bei diesen Temperaturen. Und sie hat ihn auch am nächsten Tag nicht abgeholt. Mir ist auch aufgefallen, dass sie in letzter Zeit etwas ungepflegt wirkt, was ihre Kleidung und Haare anbelangt. Das wäre ihr früher nie passiert.«

Fleckige Pullover und zerknitterte Hosen! Der leere Kühlschrank! Die schmutzige Küche! Plötzlich ging Hannah auf, dass das alles zusammenhing.

»Dann braucht Mama wohl mehr Unterstützung, um im Alltag klarzukommen?«

Frau Mendel seufzte. »Genau das meine ich.«

Hannah schwieg. Verschiedene Gedanken wirbelten ihr durch den Kopf. Hatte sie noch mehr übersehen? Wie stand es wirklich um ihre Mutter? Was konnte sie tun?

»Ich weiß nicht so recht, was ich sagen soll. Das ist alles ganz neu für mich.«

»Hannah, lass es ruhig angehen. Sprich mit Brigitte und natürlich auch mit deiner Schwester. Ihr müsst nichts überstürzen, aber leugnen lassen sich die Dinge nicht. – Hat Brigitte eigentlich eine Patientenverfügung und eine Vorsorgevollmacht?«

Hannah schüttelte den Kopf. »Nein. Im Krankenhaus hat man mich schon danach gefragt.«

»Das wäre aber wirklich wichtig. Stell dir vor, sie hat einen Schlaganfall und liegt im Koma. Ohne Patientenverfügung muss sie künstlich am Leben erhalten werden. Dann liegt sie da mit Schläuchen zur Beatmung und Ernährung, und die Ärzte dürfen die Maschinen nicht abstellen, weil sie es nicht selber vorher festgelegt hat. Also, ich würde das nicht wollen.«

»Sie haben recht. Wieso habe ich alles bloß so lange schleifen lassen?«, haderte Hannah mit sich.

»Du hast deine Familie und einen Beruf, der dich ausfüllt. Das erklärt einiges. Es macht auch keinen Sinn, der Mutter zu früh Hilfe aufzudrängen und sie zu bevormunden. Davon wird man erst recht unselbstständig. Aber jetzt könnte der Zeitpunkt gekommen sein, an dem du handeln musst.«

»Danke, dass Sie das so offen angesprochen haben, Frau Mendel.«

Frau Mendel legte kurz eine Hand auf Hannahs Arm. »Ich bin zwar einige Jahrzehnte älter als du, Hannah, aber wir sind beide erwachsene Menschen. Ich finde, wir sollten uns duzen. Das finde ich passender. Ich heiße Josefine. – Ach, da klingelt es. Das dürfte mein Enkelsohn sein. Ausnahmsweise pünktlich.«

Der schlanke junge Mann war schätzungsweise Mitte zwanzig, trug eine speckige Lederjacke zu Jeans und hatte seine Haare zu einem kleinen Schwänzchen im Nacken gebunden.

»Ich habe eine ziemliche Liste, die wir abarbeiten müssen, Niklas. Du kannst schon mal die Glocke aufhängen und dann die Kartons mit der Adventsdekoration aus dem Keller holen. Nachher müssen wir noch zum Friedhof und anschließend ein paar Dinge einkaufen.«

Niklas sagte nichts, aber sein mürrischer Gesichtsausdruck verriet, dass er sich an einem Samstagmorgen Besseres vorstellen konnte als seiner Oma zur Hand zu gehen.

Hannah wollte nicht länger stören und verabschiedete sich rasch.

Josefine brachte sie zur Haustür. »Vergiss nicht, mich anzurufen, wann ich Brigitte besuchen kann. Ich will Ernst Jäger rechtzeitig bitten, mich nach Stadtlohn zu bringen.«


*Gegen halb elf – Krankenhaus Stadtlohn*


Als sie am Adventskranz in der Eingangshalle vorbeiging, fiel Hannah ein, dass sie zwar schon vor Wochen Kerzen gekauft hatte, aber heute noch einen Kranz besorgen musste.

Das Dreibettzimmer war inzwischen voll belegt. Die beiden anderen Patientinnen, etwa im Alter ihrer Mutter, hatten Besuch.

Ihre Mutter saß aufrecht im Bett und blätterte in einer Zeitschrift. Sie hatte ihr Gebiss eingesetzt und wirkte deutlich fitter als noch am Vortag. Die grauen Locken standen allerdings abenteuerlich in alle Richtungen vom Kopf ab.

»Wird aber auch Zeit, dass du mal kommst«, bekam ihre Tochter als Begrüßung zu hören.

Hannah setzte sich auf den Stuhl neben dem Bett und atmete erst mal durch. »Ich war doch gestern hier.«

»Gestern? Erzähl' mir nichts! Du warst tagelang nicht da.«

»Mama, ich war gestern Nachmittag hier. Du hast Apfelkuchen gegessen. Mit Sahne.«

Hannah hängte Brigittes Wintermantel in den schmalen Schrank und räumte die mitgebrachte Kleidung in das ihrer Mutter zugewiesene Fach.

»Wieso hast du die Sachen dabei? Warst du bei mir?«

»Ich habe bei dir übernachtet, um dich heute gleich noch mal zu besuchen.«

»Bei mir? Davon hast du ja gar nichts gesagt.«

Das hatte sie sehr wohl.

Zwei Kleinkinder wuselten durch den Raum und kreischten durchdringend. Die Eltern ignorierten dies, obwohl eine der Patientinnen kreidebleich im Gesicht war.

»Mama, ich glaube, du bringst im Moment einiges durcheinander. Du schläfst manchmal ein wegen der Medikamente und weißt dann nicht, welche Tageszeit wir haben.«

»Was heißt hier ›durcheinander‹? Was willst du damit sagen? Wieso hast du eigentlich den Mantel mitgebracht?«

»Den wirst du brauchen, wenn du entlassen wirst. Es ist kalt.«

»So schnell werden die mich hier hoffentlich nicht gehen lassen.«

»Weißt du übrigens, wo der Mantel war?«

»Na, an der Garderobe, wo er hingehört.«

»Nein, er war bei Frau Mendel. Du hast ihn am Mittwoch dort vergessen.«

Die faltigen, mit zahllosen Altersflecken übersäten Hände fuhren unruhig über die Bettdecke. »Stimmt. Das war mir schon aufgefallen. Aber ich habe im Moment nicht daran gedacht.«

»Genauso wie du manchmal nicht daran denkst einzukaufen. Dein Kühlschrank war leer. Und in deinem Gefrierschrank im Keller habe ich nur Unmengen von Tüten mit Apfelmus und fünf Elsässer Flammkuchen gefunden. Sonst nichts.«

»Flammkuchen sind eben mein Lieblingsgericht.«

»Das ist aber eine ziemlich einseitige Ernährung. Du musst doch auch Gemüse und Obst essen.«

»Wieso meckerst du heute die ganze Zeit an mir herum?« Brigitte war lauter geworden. Die anderen Besucher drehten sich um und starrten in ihre Richtung.

Es war stickig in dem überfüllten Raum. Hannah stand auf und öffnete ein Fenster. Als sie sich wieder setzte, hatten sich die Besucher zum Glück wieder abgewandt.

Leise sagte sie zu ihrer Mutter: »Mama, ich meckere nicht. Ich finde nur, dass du Hilfe brauchst. Du kommst alleine nicht mehr gut klar.«

»Papperlapapp. Ich hatte den Einkaufszettel schon fertig, aber dann bin ich gestürzt. Außerdem kann ich mir jederzeit von Brinkers etwas liefern lassen. Sogar kostenlos.«

»Und die Küche?«

»Wieso? Was ist denn damit?« Die Stimme ihrer Mutter klang plötzlich schrill.

»Ich habe heute Morgen einige Zeit damit verbracht, sie sauber zu machen. War dringend nötig. Macht deine Putzhilfe die Küche nicht mit?«

»Die ist sowieso schon teuer genug. Einiges kann ich noch ganz gut selber tun. Ich weiß nicht, was heute mit dir los ist. Am besten gehst du jetzt. Morgen kommt Marlene. Die redet mir wenigstens nicht rein, wie ich meinen Haushalt führen soll.«

Als Hannah am Stationszimmer vorbeiging, winkte die Schwester, mit der sie gestern gesprochen hatte, sie hinein.

»Wir haben hier einige Probleme mit Ihrer Mutter.«

Der vorwurfsvolle Ton ließ Hannah zusammenzucken.

»Wir mussten ihren Hausarzt kontaktieren, weil Ihre Mutter uns keine Auskunft geben konnte, welche Tabletten sie nehmen muss. Haben Sie eigentlich schon öfter solche Erinnerungslücken bei ihr festgestellt?«

»In letzter Zeit gelegentlich«, druckste Hannah ausweichend herum.

»Wäre gut gewesen, wenn Sie uns das mitgeteilt hätten. Menschen mit Demenz brauchen natürlich eine besondere Ansprache.«

»Demenz? Darauf bin ich überhaupt noch nicht gekommen«, erwiderte Hannah mit wachsendem Entsetzen.

»Sind Sie denn sicher, dass Ihre Mutter alle Medikamente regelmäßig und in der richtigen Dosierung nimmt?«

»Das weiß ich ehrlich gesagt nicht genau. Ich lebe in Münster und sehe meine Mutter nicht ständig.«

Die Schwester seufzte und schaute auf die Uhr. »Versuchen Sie es mal mit einer Pillenbox für sieben Tage. Manche

Patienten kommen eine Weile damit zurecht. Ansonsten ist die Medikamentengabe häufig der Einstieg für die Bestellung eines Pflegedienstes. Die Betroffenen können sich dann schon mal daran gewöhnen, dass fremde Personen zu ihnen ins Haus kommen. Das bezahlt übrigens die Krankenkasse.«

Schon wieder eine neue Baustelle! Hannah hatte das Gefühl, dass ihr der Boden unter den Füßen weggezogen wurde. Wie hatte sie all das so lange übersehen können?

Ohne auf ihre Umgebung zu achten, war sie losgefahren, musste aber bald feststellen, dass sie im Gewirr der Einbahnstraßen einen Abzweig verpasst hatte. Schon ragte der mächtige Turm der Stadtlohner Pfarrkirche St. Otger vor ihr auf. Kurzentschlossen fuhr sie auf einen kleinen Parkplatz und ging in Richtung Ortsmitte, wo vor dem Kirchenportal gerade Wochenmarkt war. Zwischen dem Sandsteinbrunnen vor dem Rathaus und dem Figurenbrunnen, der historische Persönlichkeiten, aber auch einfache Bürger wie Bäuerin oder Weber darstellte, gruppierte sich eine beträchtliche Zahl an Ständen rund um einen imposanten, mit goldenen Sternen und Päckchen geschmückten Weihnachtsbaum.

Eine Buchhandlung mit filigranen Sternen aus weißem Papier im Fenster wirkte einladend. Hannah hatte durchaus vor, zu Weihnachten einige liebe Menschen mit passendem Lesestoff zu beschenken, aber dazu musste sie viele, viele in Frage kommende Bücher in die Hand nehmen, Klappentexte und Anfänge lesen und sich einfühlen, welches Buch zu welchem Menschen passen könnte. Normalerweise machte ihr dieses Abwägen große Freude, aber im Moment fehlte ihr dazu die Ruhe.

An einem Blumenstand wurden zahlreiche Adventskränze in allen Größen angeboten. Sie suchte sich einen passenden aus und wollte ihre Geldbörse aus der Handtasche über der Schulter ziehen, aber sie fasste ins Leere.

Auch das noch! Wo war ihre Handtasche? Instinktiv fasste sie in ihre Jackentasche: Der Autoschlüssel war da.

Mit einem entschuldigenden Lächeln legte sie den Kranz wieder auf dem Boden ab und hastete zurück zum Parkplatz. Im Auto war die Tasche nicht. Glücklicherweise reichten die Münzen aus dem Ablagefach, um das Parkticket zu bezahlen.

In Gedanken ging sie rasch alle Möglichkeiten durch. Sie hatte die Tasche auf jeden Fall heute Morgen zum Bäcker mitgenommen. So viel war klar. Und dann? Hatte sie sie überhaupt dabei gehabt, als sie nach Stadtlohn aufgebrochen war? Sie schloss die Augen. Sie konnte sich nur an die Reisetasche mit den Sachen für ihre Mutter erinnern.

Es gab nur zwei Möglichkeiten, wo die Handtasche sein konnte.

*Sonnenstraße – gegen Mittag*

Zwei dunkle Vans rahmten den blauen Kleinwagen auf dem Seitenstreifen vor dem Haus von Wisdoncks ein. Dazu kam ein heller SUV mit Coesfelder Kennzeichen.

Sie klingelte zuerst bei Josefine, die ihr versicherte, dass sie Hannahs Handtasche nicht gefunden hatte.

»Würde es dir etwas ausmachen, meine Mutter schon morgen im Krankenhaus zu besuchen, Josefine? Ich fahre nämlich jetzt gleich zurück nach Münster«, hörte Hannah sich zu ihrer eigenen Verwunderung sagen.

Erst in diesem Moment wurde ihr selbst klar, dass sie ihre Planung über den Haufen geworfen hatte. Warum sollte sie noch eine Nacht in ihrem Elternhaus verbringen, wenn sie bei ihrer Mutter nicht erwünscht war?

Sie berichtete von Brigittes Verärgerung über Hannahs Drängen, sie solle Hilfe akzeptieren. »Ich habe es vermutlich nicht gerade geschickt angestellt«, räumte sie ein. »Außerdem bin ich wieder nicht dazu gekommen, ihr endlich zu sagen, dass Irmgard Wisdonck verstorben ist.«

»So ungewöhnlich ist Brigittes Verhalten nicht, Hannah. Wer will schon zugeben, dass er nachlässt? Viele leugnen es, solange es eben geht. Oder länger. Vielleicht versuchst du erst mal, das Ganze in Ruhe zu verarbeiten. Soll ich Brigitte morgen sagen, dass Irmgard tot ist?«

Hannah bedankte sich erleichtert für das Angebot. Als sie sich vor der Tür verabschiedeten, bemerkten sie, dass die Fahrzeugkolonne inzwischen bis zu Josefines Haus reichte.

»Was ist denn eigentlich los bei Wisdoncks?«, entfuhr es der alten Dame.

»Keine Ahnung«, sagte Hannah leichthin, obwohl sie durchaus eine Vermutung hatte.

Zu ihrer Erleichterung hing die Handtasche inklusive Geld und Papieren an einem Stuhl in der Küche. Entschlossen packte sie ihre Sachen zusammen und überlegte gerade, ob sie noch etwas erledigen musste, bevor ihre Schwester Marlene am Montag hier auftauchen würde, als es durchdringend schellte.

Kirsten! Sie trug einen eleganten Mantel, die Haare hatte sie tief im Nacken zu einem Knoten gebunden. Ein Teil der Fahrzeugflotte war anscheinend abgezogen. Nur einer der beiden Vans und der SUV parkten noch auf der anderen Straßenseite.

»Hast du kurz Zeit, Hannah?«, sagte ihre frühere Freundin sichtlich angespannt und fingerte mit dem Schlüsselbund in ihren Händen.

Wortlos führte Hannah sie ins Wohnzimmer.

»Die Polizei ist wieder bei uns«, presste Kirsten heraus und ließ sich stöhnend auf einen Stuhl am Esstisch sinken. »Kripo und Kriminaltechnische Untersuchung. Das volle Programm. Kannst du dir das vorstellen?«

Kirstens Falten kamen Hannah tiefer vor.

»Warum das denn?«

»Sie haben bei der Obduktion mögliche ›Spuren von Fremdeinwirkung‹ gefunden, sagt die Kommissarin. Wir sind alle befragt worden, wo wir waren, als Irmgard starb. Die KTU nimmt gerade das gesamte Haus auseinander.« Stöhnend fuhr sie sich mit einer Hand durchs Gesicht.

»Sicher alles nur Routine«, beschwichtigte Hannah. Sie merkte selbst, wie wenig überzeugend sie klang.

Kirsten stand ächzend auf. »Schätze ich auch. Ich will dann mal wieder. Ich musste schon zwei Termine verschieben. Das kommt bei den Kundinnen nicht besonders gut an. Schon gar nicht an einem Samstag. Wollte es dir nur sagen, bevor du es von anderen erfährst.«

Im Vorübergehen wies sie auf Hannahs Koffer im Flur. »Du fährst schon zurück?«

»Meine Mutter hat mir zu verstehen gegeben, dass sie mich nicht sehen will. Und das nur, weil ich behauptet habe, dass sie nicht mehr alles auf die Reihe bekommt.«

»Warum sollte es dir besser gehen als mir?«

Sie hatte schlecht geschlafen. Unablässig drehten sich ihre Gedanken in Schleifen und blieben immer wieder an den gleichen Fragen hängen: Was sollte nun werden mit ihrer Mutter? Wer sollte ihr helfen? Was ließ sich für sie organisieren? Wie oft würde sie zu ihrer Mutter fahren müssen? Woher sollte sie bei ihrem meist voll durchgetakteten Tagesablauf die Zeit dafür nehmen?

Die Wolken hingen den ganzen Tag über so undurchdringlich grau am Himmel, dass es nicht wirklich hell wurde. Wie zerschlagen hatte Hannah sich nur mühsam aufgerafft, den Kranz, den sie am Samstag noch in einem Blumencenter in Gievenbeck gekauft hatte, mit Kerzen und Tannenzapfen zu dekorieren und ein wenig Adventsschmuck aufzuhängen. Dann hatte sie sich im Netz informiert über den Umgang mit Demenzkranken. Vieles hatte sie schon mal gehört oder gelesen, aber als momentan irrelevant nicht gedanklich gespeichert.

Gegen vier fiel ihr auf, dass das bisschen Tageslicht bereits wieder verging.

Als Jan und Lasse am frühen Abend zurückkamen, war ihr Sohn müde und reagierte nicht unbedingt enthusiastisch auf die adventliche Dekoration in der Wohnung. Vielleicht war er als Schulkind nun schon zu alt für die ganz große Vorfreude auf Nikolaus und Christkind.

Nachdem sie Lasse ins Bett gebracht hatte, setzte sie sich zu Jan ins Wohnzimmer, wo er die Wochenendausgabe der

Zeitung durchblätterte. Sie griff zur Reisebeilage, die aber beinahe ausschließlich aus der Anpreisung von verschiedenen Wintersportorten zu bestehen schien. Da sie nichts fürs Skifahren übrig hatte, legte sie die Beilage wieder zur Seite.

Sollte sie Jan vom Kripo-Einsatz bei Wisdoncks berichten? Mit erheblichem Magengrummeln erinnerte Hannah sich an ihr Versprechen, nie wieder einen Fall zu übernehmen, in dem die Kripo ermittelt. Zu sehr hatte ihr Einsatz vor zwei Jahren an einem Berufskolleg in Rheine ihnen beiden zugesetzt. Hannah hatte damals in großer Gefahr geschwebt.

Aber konnte man die jetzige Situation schon als »Fall« bezeichnen? Gut möglich, dass sich die Anzeichen der Gerichtsmedizin nicht bewahrheiteten.

Sie erkundigte sich, wie es Jans Mutter ging und hörte erwartungsgemäß, dass Marianne sich vor den Festtagen fürchtete. Hannah konnte das gut nachvollziehen, denn nach dem Tod ihres ersten Ehemanns war es ihr nicht anders ergangen.

»Am liebsten hätte sie, wenn wir an Heiligabend zu ihr kämen«, sagte Jan lakonisch und blätterte um.

Hannah hoffte, sich verhört zu haben. Seitdem sie verheiratet waren, hatten sie diesen Abend nie woanders als zu Hause verbracht. »Und was hast du dazu gesagt?«

»Dass ja noch ein bisschen Zeit ist und wir das besprechen.«

»Aber du hast vier Brüder. Warum sollst ausgerechnet du kommen? Du wohnst am weitesten weg von Xanten.«

»Wegen Lasse. Er ist ihr mit Abstand jüngstes Enkelkind. Und das hätte sie gern bei sich, weil der Kleine sie von ihrem Verlust ablenkt.«

»Tja, dann machen wir es am besten so wie an diesem Wochenende. Ich fahre zu meiner dementen Mutter und ihr beide nach Xanten.«

»Brigitte ist dement? Seit wann ist denn davon die Rede?«

»Seit gestern.«

Jan hörte sich schweigend an, was Hannah beobachtet und von Josefine Mendel und den Mitarbeitern im Krankenhaus erfahren hatte. Dann meinte er: »Warum spannst du deine Schwester nicht ein? Die ist doch zeitlich viel flexibler als du.«

Er griff zur Fernbedienung, um die Acht-Uhr-Nachrichten anzustellen.

Noch vor dem Ende der Tagesschau klingelte das Telefon. Die Nummer im Display kam Hannah nicht bekannt vor.

»Hier Josefine Mendel.«

»Josefine! Schön, dass du anrufst. Du bist im Krankenhaus gewesen?«

Etwas unkonzentriert hörte Hannah Josefines Bericht über Brigittes Gesundheitszustand an. Die Todesnachricht habe sie insgesamt gefasst aufgenommen, obwohl schon ein paar Tränen geflossen seien.

Plötzlich horchte Hannah auf. »Sie will nicht nach Hause?«, fragte sie irritiert nach.

»Hört sich ganz so an. Ist das nicht merkwürdig?«

»Woraus schließt du das?«

»Sie hat immerzu wiederholt, dass es ihr im Krankenhaus doch gut geht und die Ärzte so kompetent sind. Und dass sie auf keinen Fall zu früh nach Hause will. Das fand ich schon auffällig.«

»Möglicherweise genießt sie es, dass sie dort ständig Unterhaltung hat«, vermutete Hannah.

Das ekelige Schmuddelwetter hielt an. Erst gegen neun war es hell genug, dass man überhaupt von Tageslicht sprechen konnte. Hannahs Wetter-App hatte gelegentliche Aufheiterungen versprochen, aber davon war bis jetzt nichts zu merken. In wenigen Stunden würde die Dämmerung schon wieder einsetzen. Die kürzesten Tage des Jahres standen vor der Tür.

Morgens hatte sie mit ihrer Mutter telefoniert. Es gehe ihr gut im Krankenhaus, hatte sie zu hören bekommen. Und dass Marlene bald kommen würde. Sehr redefreudig war Brigitte nicht gewesen, aber auch nicht feindselig wie am Samstag. Anscheinend wollte sie die Verstimmung zwischen ihnen nicht weiter thematisieren. Oder hatte sie auch das komplett vergessen?

In der Frühstückspause verabredeten ihre Kollegen in der Beratungsstelle, die Mittagspause für einen Weihnachtsmarkt-Bummel auf dem Giebelhüüskesmarkt an der Überwasserkirche zu nutzen. Hannah stand der Sinn überhaupt nicht danach, aber ausschließen mochte sie sich nicht.

Zur Mittagszeit hatte sich das undurchdringliche Dunkelgrau über ihnen in einzelne Wolken aufgelöst, dazwischen hellblaue Himmelsflecken. In der feuchten Luft fühlten sich die Temperaturen knapp über dem Gefrierpunkt äußerst unangenehm an.

Dirk redete wie gewöhnlich in einem fort von seinem Wochenende. Seine Freundin hatte ihn überredet, das neue Café im Stadthaus hoch über den Dächern aufzusuchen, obwohl die Sicht bei bedecktem Wetter eigentlich nichts hergab. Enthusiastisch schwärmte er vom fantastischen Blick über die Innenstadt bei einem früheren Besuch.

Auf der Königstraße ließ Hannah sich etwas zurückfallen und schaute in die Auslagen eines Bekleidungsgeschäfts. Durch die Fenster des Cafés im Picasso-Museum sah sie mehrere freie Tische. Warum konnten sie nicht einfach dort in aller Ruhe ihre Mittagspause verbringen – ohne Rummel und das Gedudel von Weihnachtsliedern?

»Hannah, du wirkst so bedrückt. Wie geht es deiner Mutter?« Ihre Lieblingskollegin Dorothee war wie immer aufmerksam.

Hannah schilderte ihre wachsende Sorge um Brigitte.

»Nach allem, was du so erzählst, braucht deine Mutter wirklich mehr Unterstützung im Alltag«, resümierte Dorothee. »Aber ich bin nicht davon überzeugt, dass sie tatsächlich dement ist. Es könnte auch ein Krankenhaus-Delir dahinterstecken.«

»Stimmt. Daran habe ich gar nicht gedacht«, murmelte Hannah.

Sie überquerten die Rothenburg und bogen in die kleine Gasse ein, die direkt zum Domplatz führte.

»Es würde passen«, sinnierte sie. »Ein Delir soll ja überwiegend bei Patienten ab 70 aufwärts vorkommen. Speziell nach Operationen mit Narkose, aber nicht nur. Manche Patienten sind so durcheinander, dass sie ihre nächsten Angehörigen nicht erkennen.«

»Genau«, fiel Dorothee ein. »Wenn ich mir überlege, dass deine Mutter ohnmächtig war und ihre Tabletteneinnahme eventuell durcheinandergekommen ist, dann ist die Wahrscheinlichkeit hoch, dass es ein Delir ist. Das wäre durchaus ein Hoffnungsschimmer.«

»Wie meinst du das?«

»Die Symptome klingen in den meisten Fällen wieder ab, wenn die Betroffenen in ihre gewohnte Umgebung kommen und ihr Tagesablauf sich normalisiert.«

»Das wäre zu schön, um wahr zu sein«, seufzte Hannah. »Aber mittlerweile glaube ich, dass es schon länger Symptome für eine Demenz gab, die ich einfach verdrängt habe.«

»Gib mal ein Beispiel.«

»Meine Mutter kann kein richtiges Gespräch mehr führen. Am Telefon oder bei unseren Besuchen redet sie nur in ganz allgemeinen Floskeln. Je mehr Personen dabei sind, desto stiller wird sie.«

»Vorsicht, Hannah!« Dorothee zog Hannah am Ärmel zur Seite. In Gedanken versunken hatte sie überhaupt nicht auf die Radfahrer geachtet, die ihnen zwischen den barocken Gebäuden des Generalvikariats entgegenrasten und auf den Domplatz einbogen. Dem Alter nach schienen es überwiegend Studenten zu sein.

Jetzt erst sahen sie, dass an der schmalsten Stelle des Zugangs zum Weihnachtsmarkt ein großer LKW quer auf der Straße parkte.

»Ist wohl eine Schutzmaßnahme gegen Terrorangriffe«, meinte Hannah und wies auf das Logo einer Sicherheitsfirma an der Beifahrerseite.

Einen Moment lang schwiegen sie. Die Erinnerung an den tödlichen Anschlag auf die Außenterrasse des Kiepenkerl-Restaurants ein paar hundert Meter von hier entfernt hatte sich in das Gedächtnis vieler Münsteraner eingebrannt.

Der Giebelhüuskesmarkt lag nun vor ihnen. Während sie auf den Eingang zugingen, rissen die Wolken vollends auf.

Die Sonnenstrahlen brachten die Sandstein-Fassade der Überwasserkirche augenblicklich zum Leuchten.

Als Hannah sich umwandte, bot sich ihr ein friedliches Bild. Ihre Kollegen schlenderten zwischen den Hüüsken, deren Holzgiebel mit Girlanden aus Tannengrün und Lichterketten geschmückt waren. Der Weg dazwischen war breit und wirkte um diese Mittagsstunde keineswegs überlaufen. Das kunstgewerbliche Angebot war ansprechend: Handarbeiten aus Filz, Leckereien aus Marzipan und Nougat in ausgefallenen Geschmacksrichtungen und edle Seifen, die Hannahs Interesse weckten.

»Erst mal muss ich etwas in den Bauch haben«, verkündete Dirk. Die Auswahl war beträchtlich. Ob Reibekuchen, Röstkartoffeln, Grünkohl oder Veggieburger – hier blieben keine Wünsche offen.

»Jaaah! Eine Mantaplatte«, entschied sich Dirk auf Anhieb. Alle lachten. An den Stehtischen zwischen den Ständen aßen, redeten und amüsierten sie sich über den alljährlichen Stress beim Geschenke-Kauf.

Durch die blattlosen Äste strahlte der reich verzierte Kirchturm-Abschluss. Jede Einzelheit war bei dem klaren Licht mit bloßem Auge zu erkennen: Reliefs, Ornamente und Figuren in Hülle und Fülle. Richtung Innenstadt überragte der schlanke Turm von Lamberti die Dächer am Prinzipalmarkt.

»Was haltet ihr von einem Heidelbeer-Glühwein als Nachtisch?«, schlug Tine, ihre Sekretärin, vor. »Alkoholfrei natürlich.«

Bald hatte jeder einen dampfenden Becher in der Hand. Vorsichtig nippte Hannah und musste mühsam einen Hustenreiz niederkämpfen. So ganz gelang es ihr nicht.

Maria klopfte ihr auf den Rücken. »Ist ziemlich stark gewürzt. Ich kann das auch nicht so gut haben.«

»Seid ihr sicher, dass da kein Alkohol drin ist? Mir ist ein bisschen schwummerig.«

»Mir auch«, gab Tine zu.

»Alles Einbildung«, sagte Dirk energisch. »Das macht die kalte Luft. Die sind wir Stubenhocker nicht gewohnt.«

Ein Glücksgefühl durchströmte Hannah. Sie war wahrlich kein Fan von Weihnachtsmärkten, aber die Kälte, der Glühwein, das Zusammensein mit lieben Menschen unter einem blauen Himmel – es war ein unerwartet magischer Moment. Sorgen und Probleme schienen weit weg.

Die Zeit verrann. Sie mussten bald aufbrechen. Die nächsten Termine warteten. Dirk brachte die Becher zurück und teilte das Pfandgeld aus.

Als sie an der Beratungsstelle ankamen, hatte sich die Wolkendecke bereits wieder geschlossen. Das sonnige Intermezzo war vorüber.


*Sonnenstraße*


*Die zündende Idee war ihr gekommen, als sie schon fast nicht mehr damit gerechnet hatte. Facebook hat doch fast jeder!*

*Schnell wurde sie unter dem Namen fündig. Der Wohnort, die Arbeitsstelle – es stimmte alles. Sie war auf der richtigen Seite. In der Leiste oben sah sie den Button »Nachricht senden«. Sie wusste, dass man auf dem Weg auch Leute anschreiben konnte, mit denen man nicht befreundet war. Schon mehrmals hatte sie solche Nachrichten bekommen oder gesendet.*

*Was musste sie tun? Auf jeden Fall einen neuen Account anlegen, anonym! Sie brauchte ihn ja nur zu diesem Zweck.*

Sie schaffte es, knapp vor Lasse zu Hause zu sein. Dienstags tobte er sich nach dem Unterricht in einer Fußball-AG aus. Glücklicherweise hatten sie für ihn einen Platz an der offenen Ganztagsschule in Gievenbeck bekommen. Hannah bekam dadurch mehr Freiraum für ihren Job in der Beratungsstelle, und obendrein hatte Lasse seine Hausaufgaben in der Regel schon dort erledigt. Hannah erinnerte sich nur zu gut, wie oft ihre Freundin Anne über ihren nur mäßig fleißigen Sohn Sebastian geklagt hatte. Bei der Kontrolle seiner Hausaufgaben hatte Anne täglich Nerven gelassen, während ihre Tochter, Hannahs Patenkind Marie, völlig selbstständig arbeitete.

Lasse trollte sich wie meistens erst einmal in sein Zimmer. Von sich aus berichtete er selten über die Schule. Er war manchmal wortkarg – wie sein Vater phasenweise auch.

Hannah saß über einem Einkaufszettel, als das Telefon klingelte: ihre Schwester Marlene.

»Schaust du eigentlich nie auf dein Handy? Ich habe dir schon vor Stunden eine Nachricht geschrieben«, überfiel Marlene sie ohne Vorrede.

»Ich musste arbeiten«, konnte Hannah sich nicht verkneifen. »Was gibt es denn so Dringendes? Warst du schon bei Mama?«

»Allerdings. Es geht ihr soweit ganz gut.«

»Ist sie immer noch so durcheinander?«

»Ist mir nicht aufgefallen. Sie redet ganz vernünftig. Das Problem ist eher, dass sie morgen entlassen werden soll. Aber sie will nicht nach Hause.«

»Das hat mir Josefine Mendel gestern schon gesagt. Warum denn bloß? Normalerweise vermisst man doch sein eigenes Reich.«

45

»Wenn du mich fragst, hat sie Angst, wieder ohnmächtig zu werden und zu stürzen. Ist ja auch nicht ganz unberechtigt. Sie hat vorige Tage mächtig Glück gehabt, dass Kirsten sie gefunden und so schnell geschaltet hat. Das hätte auch ganz anders ausgehen können.«

Hannah schwieg. Auf diese Erklärung, warum ihre Mutter lieber im Krankenhaus bleiben wollte, war sie bisher nicht gekommen.

»Jedenfalls muss ein Notruf-System her. Das ist ja wohl das Mindeste, was wir tun können, um ihr die Angst zu nehmen. Ich habe mich schon bei einer Firma in Coesfeld erkundigt. Die könnten uns die ganze Technik bis morgen schicken. Das kann Mama sich auf jeden Fall leisten.«

Hannah fühlte sich überrumpelt. Aber eigentlich konnte sie froh sein, dass Marlene die Sache in die Hand genommen hatte. Das Notruf-System würde ihre Mutter beruhigen. Und sie selbst auch, musste sie sich eingestehen.

»Na gut, dann mach mal. – Wie lange kannst du eigentlich bleiben?«

»Ich muss übermorgen zurück nach Köln. Am besten so früh wie möglich. Bei den Abrechnungen ist durch unseren Urlaub einiges liegen geblieben. Klaus war schon ziemlich ungehalten, weil ich erst mal hierher gefahren bin. Und am Wochenende fliegen wir mit Thomas und Regina nach Wien.«

»Wie stellst du dir das vor? Mama kann doch nicht alleine bleiben! Dafür ist sie viel zu wackelig auf den Beinen. Und ihren Haushalt bekommt sie auch nicht mehr auf die Reihe. Wir müssen uns irgendetwas einfallen lassen, damit sie überhaupt noch allein zurechtkommt.«

»Dann besorgen wir eben eine Polin oder Rumänin, die bei ihr einzieht«, gab Marlene zu Hannahs Verblüffung zurück. »Die kann dann alles übernehmen.«

»Diese Frauen sind für die Betreuung da, nicht fürs Kochen und Putzen. Und außerdem habe ich gehört, dass es ziemlich dauert, jemanden zu bekommen. Wer soll sich denn ab übermorgen um Mama kümmern? Ich habe Donnerstag und Freitag eine Fortbildung.«

»Dann sag die ab. Ist doch bestimmt nicht so wichtig.«

»So einfach geht das nicht.«

»Deine Mutter wird schließlich aus dem Krankenhaus entlassen. Ich habe mal gehört, dass einem als Arbeitnehmer dafür sogar freie Tage zustehen.«

Hannah seufzte – und gab sich geschlagen.

Jan gab ihr einen flüchtigen Kuss, als er zwei Stunden später in die Küche kam. Das Ratatouille köchelte auf dem Herd, der Tisch war gedeckt. Schweigend setzte er sich und goss sich ein Glas Wasser ein.

Als Hannah sich umdrehte, starrte er sie an.

»Was ist los?«, entfuhr es ihr.

Er holte tief Luft. »Wir haben heute einen neuen Fall reinbekommen. Von der Kripo Coesfeld. Der Adresse nach muss die Sache ganz in der Nähe deiner Mutter passiert sein.«

»Irmgard Wisdonck?«, warf Hannah ein und drehte sich wieder zum Herd um.

»Du weißt davon?«

»Wisdoncks wohnen gegenüber von Mama.«

»Wusstest du etwa auch, dass polizeilich ermittelt wird?« Sein Tonfall verriet Ungläubigkeit.

»Irmgards Schwiegertochter Kirsten war früher meine beste Freundin. Sie kam gestern kurz rüber und hat mir von dem Polizeieinsatz erzählt. Das Ganze ist doch hoffentlich nur Routine?«

»Zu Anfang war es das – wie bei jeder unklaren Todesursache. Aber inzwischen ist die KTU fündig geworden. Sie haben minimale Blutspuren des Opfers im Hausflur entdeckt.«

»Die können doch wer weiß wie dorthin gekommen sein.«

»Die schon. Aber das Blut an einer massiven hölzernen Kiepenkerl-Figur auf der Kommode im Flur ist schon ziemlich verdächtig. Könnte die Tatwaffe sein.«

Hannah rührte unablässig das Gemüse um. Sie konnte keinen klaren Gedanken fassen. Was bedeutete das?

»Hannah, setz dich bitte mal hierher.«

Sie ließ den Löffel sinken, stellte den Herd ab und drehte sich um. »Warum erzählst du mir das?«

»Weil du Kontakt zu diesen Leuten hast. Zumindest mit dieser Kirsten. Sie, ihr Mann und dessen Bruder sind unsere Hauptverdächtigen.«

»Das kann ich kaum glauben.«

»Ist aber so. Bisher wissen wir noch zu wenig über diese Leute. Ich darf eigentlich überhaupt nicht mit dir darüber sprechen, aber möglicherweise hatte jemand von denen ein Motiv, die alte Dame umzubringen. Ausschließen können wir das im Moment nicht. Die Alibis werden überprüft.«

»Es fällt mir total schwer, mir einen von ihnen als Mörder vorzustellen.«

»Ein solches Verbrechen traut man in der Regel niemandem zu, den man kennt. Es muss ja nicht unbedingt Mord gewesen sein. Vielleicht Totschlag im Affekt – in einer emotionalen Ausnahmesituation. Wir stehen noch ganz am Anfang der Ermittlungen. Sei vorsichtig, Hannah! Meide den Kontakt zu diesen Leuten. Du bist doch mit dieser Kirsten nicht mehr befreundet, oder?«

Sie schüttelte den Kopf. Nein, das war sie schon lange nicht mehr.

Die Küchentür öffnete sich. »Papa!« Lasse strahlte über das ganze Gesicht. »Kannst du mal gucken, was ich oben gebaut habe?«

Jan stand sofort auf. »Mache ich. Mama ruft uns dann, wenn das Essen fertig ist.«

Hannah stelle die Herdplatte mit dem Ratatouille wieder an. Der Reis war inzwischen fertig gegart. In ein paar Minuten würden sie essen können. Sie setzte Teewasser auf.

Während sie mechanisch die notwendigen Handgriffe ausführte, liefen verschiedene Bilder aus den letzten Tagen vor ihrem Auge ab: Kirsten, die ihr beinahe gleichgültig von Irmgards Tod berichtet hatte. Hannah wusste von ihrer Mutter, dass das Verhältnis zwischen Irmgard und ihrer Schwiegertochter nicht das beste gewesen war, aber dass Kirstens Hauptinteresse darin bestand, möglichst schnell wieder in ihrem Salon arbeiten zu können, war schon merkwürdig gewesen.

Und Ulrich? Scheinbar ungerührt verrichtete er am Tag nach dem Tod seiner Mutter Handwerksdienste in der Nachbarschaft. Als Hannah ihm kondoliert hatte, war ihm keine Regung anzumerken gewesen. Sie hatte sich nicht viel dabei gedacht, weil Ulrich kaum jemals Gefühle zeigte. Und außerdem war sie mit ihren eigenen Sorgen um Brigitte so beschäftigt gewesen, dass alles andere für sie in den Hintergrund getreten war.

Jan hatte recht. Solange nicht geklärt war, wie Irmgard Wisdonck zu Tode gekommen war, musste sie den Kontakt aufs Nötigste beschränken.

Dienstag, 5. Dezember

In der Frühstückspause hatte Hannah sich von ihrer Fortbildung abgemeldet und für den Rest der Woche Urlaub genommen. Das war auf jeden Fall einfacher, als erst langwierig Paragrafen zu wälzen, ob ihr freie Tage zustanden, weil ihre Mutter aus dem Krankenhaus entlassen wurde. Dann hatte sie sich in die Arbeit gestürzt, in dem beruhigenden Gefühl, dass Marlene im Moment die Verantwortung trug und sich um alles kümmern würde.

Bevor sie Jan gestand, dass sie einige Tage zu ihrer Mutter fahren würde, wollte sie ihm möglichst viel abnehmen, um ihn nicht noch mehr zu belasten. Er hatte am Wochenende Bereitschaftsdienst, fiel ihr plötzlich ein. Vielleicht konnte Gesine nötigenfalls auf ihren kleinen Bruder aufpassen? Das musste sie schnellstens abklären.

Zwischen zwei Beratungsterminen schrieb sie ihrer Stieftochter eine Nachricht. »Hey, wo steckst du?« Erleichtert sah sie, dass Gesine postwendend antwortete. »Noch zu Hause – muss aber gleich los. Was gibt's?«

»Können wir telefonieren?«

»Muss jetzt zum Job.«

»Du jobbst? Wo denn?«

»Im Unverpackt-Laden am Horstmarer Landweg. Komm doch vorbei. Haben bis 19 Uhr geöffnet.«

Gesine hatte ihr Studium der Psychologie mittlerweile abgeschlossen, aber ihre erste Stelle noch in der Probezeit gekündigt, weil ihr das Team nicht zusagte. Jan fand, sie hätte nicht sofort aufgeben dürfen. Die Stimmung zwischen den beiden war momentan nicht gerade rosig. Und nun dieser Job!

»Ich versuche es«, schrieb Hannah zurück.

»Freu mich«, kam als Antwort. Mit Smiley.

Einkauf und Bügelwäsche mussten warten. Vielleicht konnte sie nebenbei auch noch ein paar Weihnachtsgeschenke besorgen.

Nach Dienstschluss machte sie den kleinen Umweg zu Gesines neuem Arbeitsplatz.

Als Hannah das Geschäft betrat, war ihr sofort klar, dass sie einen gedanklichen Fehler begangen hatte. In einem Unverpackt-Laden musste man natürlich die Verpackungen selbst mitbringen. Oder eben an Ort und Stelle kaufen, wozu es schon im Eingangsbereich reichlich Gelegenheit gab: Beutel und Netze, Dosen aus Metall, Gläser und Glasflaschen in allen Größen – mit Bügeln zum Wiederverschließen. Hier hätte sie sich erst mal eindecken müssen, bevor sie sich aus den vielen Behältern mit Grundnahrungsmitteln wie Hülsenfrüchten, Nüssen, Öl, Mehl, Süßigkeiten in verlockender Vielfalt oder Pulver zum Zähneputzen bedienen konnte.

Gesine zwinkerte ihr von der Theke her zu. Die glatten, schwarzen Haare hatte sie heute zum Pferdeschwanz gebunden, sodass ihr Gesicht noch schmaler wirkte als sonst. Die Ähnlichkeit mit ihrem Vater war auch für jeden Außenstehenden unschwer zu erkennen.

Sie bediente eine junge Frau, die ihre Einkäufe bezahlte. Überhaupt schienen jüngere Frauen in Überzahl zu sein. Genauer gesagt war momentan kein einziger männlicher Kunde zu sehen.

Da ihre Stieftochter noch keine Zeit zu haben schien,

schlenderte Hannah weiter durch den Laden und sah sich um. Mit einer langen Zange fischte eine Kundin etwas aus einem Glas, das wie ein gewöhnliches Stück Seife aussah. Tatsächlich wies die Beschriftung es aber als Haarseife aus. Garantiert ohne Mikroplastik, Silikon und Palmöl. Aber musste man nicht anschließend die Haare mit Essig behandeln? Keine wirkliche Option. Sie wandte sich den Kerzen zu. Die konnte man unbedenklich mitnehmen. Immer ein gut taugliches Geschenk.

Ein Einkaufsnetz, wie ihre Oma es früher in Gebrauch gehabt hatte, fand ihre Aufmerksamkeit. Sollte sie ... ?

»Hallo Hannah! Toll, dass du es geschafft hast.«

Gesine strahlte und blies sich eine lose Haarsträhne aus dem Gesicht. Sie war offensichtlich in ihrem Element. »Meine Kollegin macht leider gerade Pause. Sonst könnten wir gerne einen Kaffee oder Tee trinken.«

Mit einem Kopfnicken wies sie auf einen Bereich mit mehreren Tischen am hinteren Ende des Lokals.

»Das holen wir ein anderes Mal nach. Ich bin auch ein bisschen in Eile«, versicherte Hannah. »Sag mal: Musst du am Wochenende hier arbeiten?«

»Am Samstag von 9 bis 19 Uhr. Im Advent herrscht Hochbetrieb. Darum haben die mich schließlich eingestellt. Warum fragst du?«

Hannah erklärte ihr die Situation.

»Kein Problem«, meinte Gesine leichthin. »Wenn Papa einen dringenden Fall hat, soll er mir Brüderchen herbringen. Er kann hinten spielen oder beim Einräumen helfen. Ach, da fällt mir ein: Samstag läuft hier ein Kurs. Ich könnte mir vorstellen, dass Lasse Spaß daran hat, sich anzuschauen, wie man Handcreme und Deo selbst herstellt. Vielleicht kann er sogar mitmachen.«

»Klasse! Uns wäre damit sehr geholfen. Und wenn ich schon mal hier bin, verkauf mir fix ein paar Äpfel, ein Kilo Kartoffeln und Brot.«

»Alles Bio-Qualität!«, versicherte Gesine.

Sie verstaute ihre Einkäufe auf dem Beifahrersitz und schaute kurz auf ihr Handy. Mehrere Anrufe und eine Nachricht von Marlene waren eingegangen. »Ruf bitte an. Bin bei Mama. Dringend.«

Sie stieg ein und wählte die Nummer ihrer Mutter. Ihre Schwester ging sofort an den Apparat.

»Hier Hannah. Ist etwas mit Mama?«

»Nein, alles gut. Sie sitzt in ihrem Sessel am Fenster und döst ein bisschen.«

Hannahs Herzschlag beruhigte sich wieder. »Was ist dann so dringend?«

»Ich habe hier ein Problem mit den Unterlagen für das Notruf-System. Wir sollen mindestens drei Personen angeben für den Fall, dass ein Alarm ausgelöst wird und Mama nicht auf die Abfrage der Notruf-Zentrale reagiert. Es müssen Leute sein, die möglichst rasch checken können, ob es ein Fehlalarm ist oder ob Mama wirklich Hilfe braucht.«

»Ich dachte, das machen die von der Zentrale. Das ist doch der Sinn der Sache.«

»Im äußersten Notfall verständigen sie natürlich den Rettungsdienst. Aber wenn ich das richtig verstanden habe, gibt es wohl öfter Fehlalarme. Dann ist es günstiger, wenn ein Angehöriger oder Nachbar erst mal schaut, was Sache ist. Jedenfalls sollten wir Personen benennen, die das machen könnten.«

»Wer soll das sein? Ich bin mehr als 40 Kilometer weit weg«, antwortete Hannah genervt.

»Schon klar, dass du nicht als Erste auf der Liste stehen kannst«, gab Marlene bissig zu. »Ich hatte an Kirsten gedacht. Sie ist doch am nächsten dran.«

Hannah zögerte. Marlene musste nicht mehr wissen als nötig. »Meinst du, so kurz nach Irmgards Tod wäre das eine gute Idee?«

»Du weißt genau, dass Kirsten nicht gerade an ihrer Schwiegermutter hing. Außerdem bist du ab morgen erst mal hier. So schnell wird Kirsten schon nicht zum Einsatz kommen.«

»Und wer soll die Aufgabe tagsüber übernehmen, wenn Kirsten im Salon ist?«

»Ich hatte an Frau Mendel gedacht. Die ist doch sehr gefällig.«

»Josefine wird demnächst neunzig. Das wäre eine viel zu große Belastung für sie.«

»Dann mach einen besseren Vorschlag. Die jungen Leute nebenan, die das Haus von Dierks gekauft haben, wohnen erst ein paar Wochen hier und haben zwei kleine Kinder. Mama sagt, sie hat die junge Frau bisher kaum zu Gesicht bekommen, weil sie anscheinend berufstätig ist. Anita Jäger? Ich bin sicher, ihr Mann würde es nicht erlauben. Und Magda Althüsmann sitzt im Rollstuhl. Einen der Männer können wir ja wohl schlecht fragen. Das würde Mama nicht wollen.«

Hannah fiel spontan keine bessere Lösung ein. »Lass die Spalte in den Unterlagen offen. Vielleicht ergibt sich in den nächsten Tagen etwas. Ich könnte versuchen, mit der jungen Frau nebenan zu reden. Oder vielleicht mit der Betreuerin von Magda Althüsmann.«

»Quatsch. Ich gehe nachher rüber zu Kirsten und Josefine. Die werden schon nicht nein sagen. Vor allem Kirsten nicht. Schließlich hat sie noch einiges gutzumachen bei dir.«

Nachdem sie Lasse vom Fußballtraining abgeholt hatte, verschwand er umgehend in der Dusche. Jan kam, als sie gerade die Lebensmittel-Vorräte einräumte. Mit einem »Hallo Schatz« gab er ihr einen flüchtigen Kuss. Dann drehte er sich um. »Erwarten wir Besuch?«

Hannah holte tief Luft. »Ich habe vorgesorgt, weil ich morgen für ein paar Tage zu Mama fahren muss.«

»Ich dachte, Marlene wäre dort.«

»Sie muss bei Klaus in der Firma das Gröbste abarbeiten. Falls nötig, kommt sie so schnell wie möglich zurück.«

»Und wo soll Lasse bleiben?«

»Nach der Schule kann er bei Anton spielen. Das habe ich schon geregelt. Wenn du Bereitschaft hast, kannst du ihn zu Gesine bringen. Samstag jobbt sie in einem Unverpackt-Laden, aber sie meint, Lasse kann da ohne Probleme mitlaufen. Ist nicht weit von hier.«

Jans Gesicht verfinsterte sich. »In einem Unverpackt-Laden? Seit wann das denn?«

»Noch nicht lange.«

Er tigerte in der Küche auf und ab. »Immerhin besser, als nur rumzuhängen. Hat sie endlich Bewerbungen geschrieben?«

»Danach habe ich nicht gefragt. Jan, sie ist 27. Meinst du nicht, dass sie ihre eigenen Entscheidungen treffen muss?«

»Wenn sie denn endlich eine Entscheidung treffen würde! Schließlich hat sie ihren Master in der Tasche, mit dem sie offenbar nichts anzufangen weiß.«

Es hatte wenig Sinn, das Thema zu vertiefen, wenn Jan in dieser Laune war, aber immerhin hatte es ihn von der Tatsache abgelenkt, dass er die nächsten Tage ohne sie managen musste.

»Ich mache schnell ein paar Heißwürstchen mit Pommes dazu«, sagte sie hastig. »Könntest du die Salatsauce machen? Du kannst das besser als ich.«

Tatsache! Er hatte ein Händchen für Saucen und wusste das. Schweigend machte er sich an die Arbeit.

»Hat sich etwas Neues ergeben wegen Irmgard Wisdoncks Tod?«, erkundigte sich Hannah, während sie die Friteuse aus dem Schrank holte. Ziemlich ungesund, aber Lasses momentanes Lieblingsgericht. Das musste heute einfach sein!

»Wir sind noch dran«, antwortete Jan ausweichend. »Vermutlich wird eine Mordkommission eingerichtet.«

»Nein!« Hannah war schockiert.

»Erst mal vorsorglich. Das heißt noch gar nichts.«

»Wirst du die Kommission leiten?«

»Das wird wohl nicht gehen. Ich mache die Hintergrundarbeit im Präsidium. Gerrit wird vor Ort ermitteln.«

»Das ist gut«, murmelte Hannah. Jans Freund Gerrit Höllmann hatte sich vor einigen Wochen wieder von Rheine nach Münster versetzen lassen, wo er seine Frau Natalie ablöste, die Elternzeit genommen hatte. Eigentlich hatte Hannah sie schon längst einmal besuchen wollen, aber im Moment wusste sie absolut nicht, woher sie die Zeit nehmen sollte.

»Hannah«, sagte Jan mit ernster Miene, während er die Zutaten für die Sauce energisch in der Glasschüssel zusammenrührte. »Was ich dir gestern gesagt habe, gilt heute umso mehr. Halte dich von diesen Leuten fern. Die Alibis sind zum Teil noch nicht hieb- und stichfest. Mehr kann ich dir nicht sagen.«

Sie zog es vor, nicht zu antworten. Marlene hatte Kirsten bestimmt mittlerweile auf die Notruf-Liste gesetzt. Es war alles wie verhext.

*Sie scrollte herunter. Die Posts kamen unregelmäßig und in ziemlichen Abständen. Hauptsächlich Fotos und lächerliche Sprüche. Aber das hieß noch nichts.*

*Ihr war klar, dass manche User nur am Wochenende in ihren Account schauen, während andere nie etwas posten, aber jede freie Minute nutzen, um auf dem Laufenden zu sein, was andere Leute so treiben. Und sich heimlich über sie lustig machen. Passive User sozusagen.*

*Wie dieser Account genutzt wurde, wusste sie nicht. Würde ihre Nachricht einigermaßen zügig gelesen werden? Oder erst in Tagen oder gar Wochen?*

*Den Satz, den sie schreiben wollte, hatte sie schon formuliert. Kurz und knapp.*

*Kurz vor acht – Münster-Gievenbeck*

Wie immer drang Stimmengewirr aus dem Probenraum im Jugendheim. Mehr als 20 Chormitglieder waren schon versammelt und plauderten munter drauflos, während Christian vom Lärm um ihn herum unbeeindruckt auf dem Harmonium spielte, selbst komponierte Stimmen für den Alt oder Intros für die Stücke ausprobierte, die heute Abend auf dem Probenplan standen.

Hannah hob ihre dicke, unhandliche Lieder-Mappe aus der Tasche. Im Gegensatz zu den meisten anderen hatte sie es noch nicht geschafft, die Stücke für das Konzert am Sonntag in die schwarze Extra-Mappe zu sortieren.

Allmählich sortierten sich die Anwesenden nach den Stimmen. Christian startete das Einsingen mit dem immer wiederkehrenden Recken und Strecken, und die Gespräche erstarben nach und nach. Hannah beteiligte sich an den gewohnten Übungen, ohne innerlich dabei zu sein.

Nach mehreren Wiederholungen ging Christian zu Tonfolgen über. Hannah konnte sich absolut nicht konzentrieren. Und das bei der letzten Probe, das übliche Einsingen vor dem Konzert nicht mitgerechnet.

Ihre Nachbarin hielt den letzten Ton des Adventslieds immer noch, während Hannah längst aufgehört hatte zu singen. Keine Luft mehr! Wie eine Anfängerin hatte sie vergessen zu atmen. Auch hinter ihr wurde noch gesungen. Sie versuchte, es bei der nächsten Strophe besser zu machen, aber ganz zufrieden war sie nicht mit sich. Wie konnte sie auch?

Ein Lied nach dem anderen folgte. Hier wurde die Altstimme noch einmal getrennt geprobt, dort an der Artikulation der Endkonsonanten gefeilt. Ein anspruchsvolleres Stück misslang zunächst völlig, denn seit der letzten Probe war zu viel Zeit vergangen.

Allmählich wurde der Klang prägnanter, kräftiger, harmonischer, schwebender. Christian lobte sie in einem fort. Als Hannah während des Singens die warmen, satten Stimmen des Alt hinter sich deutlich wahrnahm, war sie endlich angekommen.

»Was ist mit dir? Du bist heute so still«, sagte jemand, als sie gegen halb zehn ihre Mappen verstauten.

»Kopfschmerzen«, sagte Hannah lakonisch. Sie hatte keine Lust auf weitere Erklärungen.

»Das ist aber echt ungewöhnlich. Sonst sind wir doch immer alle total fit nach der Probe.«

Als sie im Bett lag, ging das Gedankenkarussell von vorne los. Was musste sie noch erledigen? Woran denken? Wie würde es mit ihrer Mutter laufen? Würde sie genug Geduld mit Brigitte aufbringen und nicht wieder gleich aus der Haut fahren?

Und wie würde Jan damit umgehen, dass sie in Zukunft viel Zeit für Brigitte brauchen würde? Er tat sich schwer damit, Hannah mit jemandem teilen zu müssen. So war es auch nach Lasses Geburt gewesen. Die Erinnerung an ihre damalige Krise war zwar mit den Jahren verblasst, lebte aber in diesem Moment wieder in ihr auf. Je älter Lasse wurde, desto mehr hatten sie sich wieder als Paar erfahren können. Und nun?

Irgendwann mussten sie darüber reden. Bald.


*Sonnenstraße*


*Sie hatte es getan! Die Nachricht war verschickt. Atemlos wartete sie, aber es kam keine Reaktion.*

*Mit schweißnassen Fingern öffnete sie das Fenster und ließ kühle Luft herein.*

# Mittwoch, 6. Dezember

*Halb neun*

Mit einem unguten Gefühl machte Hannah sich auf den Weg nach Gescher. Würde in ihrer Abwesenheit alles glattgehen? Immerhin hatte sie in letzter Sekunde daran gedacht, einen wollenen Socken mit Süßigkeiten vom Nikolaus für Lasse auf den Kaminsims im Wohnzimmer zu legen.

Die Wolkenschicht hing heute höher als in den letzten Tagen und wirkte durchlässiger. Normalerweise genoss sie die Strecke, vor allem wenn Jan fuhr. Heute nahm sie die sanften Ausläufer der Baumberge, Stift Tilbeck am Fuß der Hügel in Havixbeck und Kloster Gerleve auf dem Coesfelder Berg kaum wahr. Der morgendliche Berufsverkehr war abgeebbt, die Umgehungen um Nottuln und Coesfeld machten es ihr leicht, ihren Gedanken nachzuhängen. Immer wieder ging sie die kommenden Tage durch.

Marlenes Auto stand in der Einfahrt. Hannah parkte auf dem Gehweg neben der gelben Tonne.

Ihre Schwester sah wie immer perfekt gestylt aus mit ihren rötlichen Haaren, frischer Urlaubsbräune, einem lachsfarbenen Sweatshirt und vermutlich sündhaft teuren Stiefeln. Kein Fremder würde vermuten, dass sie beide Schwestern sein könnten. In Anbetracht von Hannahs dunklen Locken und ihrer eher legeren, sportlichen Kleidung war das kein Wunder. Mit einem Anflug von Neid sah sie, dass

Marlene auf dem Kreuzfahrtschiff wohl kein Pfund zugenommen hatte.

»Hallo, Schwesterherz«, begrüßte ihre Schwester sie etwas angespannt. »Wir warten schon auf dich. Lass uns eben das Notruf-System ausprobieren. Ich habe nicht mehr viel Zeit.«

Man sah es. Ihr Koffer stand bereits fertig gepackt neben der Haustür.

Brigitte wirkte blass, die grauen Löckchen hingen schlaff vom Kopf. Unablässig nestelte sie an einem fingerbreiten grauen Band, das wie eine lange Kette um ihren Hals hing. In der Mitte eines Anhängers aus Plastik befand sich der Notfallknopf mit dem Sender. Mit aufgerissenen Augen starrte Brigitte abwechselnd auf einen flachen Apparat neben dem Telefon und den grünen Knopf. »Ich weiß gar nicht, wie das geht«, flüsterte sie und warf Hannah einen flehentlichen Blick zu.

Marlene redete ungerührt weiter. »Ich habe mir das Ganze wesentlich komplizierter vorgestellt, aber die Anschlussskizze ist idiotensicher. Die Festnetzleitung habe ich schon umgestöpselt. Jetzt schließe ich noch das Kabel für die Basisstation an.« Sie bückte sich unter das Regal und richtete sich zügig wieder auf. »Eigentlich sollte es nun funktionieren.«

Im selben Moment klingelte das Telefon. »Das wird die Notrufzentrale sein. – Bei Brigitte Bergmann«, meldete Marlene sich. Nach einer kurzen Pause nannte sie Brigittes Adresse und drei weitere Namen. Dann gab sie die entsprechenden Telefonnummern durch.

Hannah spürte Ärger in sich aufsteigen. Ihre Schwester hatte sie also doch auf die Kontaktliste gesetzt. Und Josefine und Kirsten dazu.

»Wir sollen jetzt einen Probealarm auslösen«, meinte Marlene. »Lass uns ein paar Schritte von der Station weggehen. Es könnte laut werden. Drück' mal auf den grünen Knopf, Mama.«

Sofort war ein kurzer Piepton zu hören. Marlene folgte offenbar einer Anweisung und legte den Telefonhörer auf.

Sie lauschten, aber erst einmal tat sich nichts.

Trotz der Vorwarnung erschrak Hannah heftig, als eine knappe Minute später eine freundliche, aber durchdringende Stimme von der Basis her ertönte: »Hier spricht die Hausnotruf-Zentrale. Mein Name ist Petra Westkemper. Frau Bergmann, was darf ich für Sie tun?«

Nach einer Schrecksekunde sagte Brigitte in ähnlicher Lautstärke wie die Dame aus der Zentrale: »Gar nichts. Wir machen hier einen Test.«

Alle lachten, sogar Frau Westkemper, die sich als Erste fing: »Ich merke, dass Sie mich klar verstehen können, Frau Bergmann. Ich höre Sie auch deutlich. Wollen wir mal testen, wie es ist, wenn Sie den Notrufknopf in einem Raum auslösen, der weiter weg ist von der Station?«

Brigitte schaute zuerst unsicher von einer Tochter zur anderen. Dann sagte sie resolut: »Ich gehe jetzt in die Küche.«

»Tun Sie das, Frau Bergmann.«

Nacheinander probierten sie, wie das System in verschiedenen Räumen funktionierte und regulierten die Lautstärke. Keine Probleme gab es im Flur, der Küche und der Gästetoilette. Sogar im oberen Bereich der Kellertreppe war die Zentrale noch bestens zu hören.

»Wenn Sie den Notrufknopf in der unteren Etage drücken, kann ich problemlos mit Ihnen in Kontakt treten«, resümierte Frau Westkemper. »Wenn Sie unten im Keller, im Garten oder im oberen Stockwerk sind, wird es schwieriger. Aber dafür haben wir ja die Kontaktliste mit den Personen, die dann bei Ihnen nach dem Rechten sehen können.«

»Aha.«

Hannah war trotzdem nicht sicher, ob ihre Mutter das System verstand. Ihre heimliche Hoffnung war, dass sie es nie brauchen würden.

»Ich muss jetzt los«, sagte Marlene kurze Zeit später energisch. »Wenn ich nicht um die Mittagszeit in der Firma bin, dreht Klaus durch. In der Gefriertruhe sind ausreichend Flammkuchen. Die müssen sowieso weg. Einkaufen könnt ihr heute Nachmittag noch. Übrigens müssen die Leute von der Anrufliste einen Haustürschlüssel haben. Kirsten kann den von Irmgard übernehmen. Für Josefine müssen wir noch einen nachmachen lassen.«

»Okay. – Du, wir müssen kurz sprechen«, murmelte Hannah und zog ihre Schwester in die Küche.

»Was gibt es denn noch?« Marlene sah demonstrativ auf die Uhr.

»Wir brauchen dringend eine Vorsorgevollmacht und eine Patientenverfügung für Mama. Im Krankenhaus bin ich schon danach gefragt worden.«

»Aber das eilt doch nicht. Sie ist schließlich wieder hier.«

»Doch. Wenn sich ihre Verwirrtheit als Demenz entpuppt, ist es zu spät. Ihre Unterschrift wäre dann nicht mehr gültig. Außerdem sieht man an ihrer Reaktion auf das Notruf-System, dass sie bei neuen Dingen völlig überfordert ist. Wenn das so weitergeht, ist sie bald nicht mehr in der Lage, Entscheidungen für sich zu treffen.«

Marlene seufzte. »Ich habe ehrlich gesagt von diesen Dingen überhaupt keine Ahnung. Wo bekommen wir denn die nötigen Formulare?«

»Ich habe im Internet recherchiert. Für die Vorsorgevollmacht gibt es einen Vordruck vom Bundesjustizministerium, der alle wesentlichen Punkte umfasst. Ich schicke dir den Link. Die Patientenverfügung ist wesentlich schwieriger zu verfassen, weil jeder Patient seine individuellen Vorstellungen festlegen kann.«

»Das kann ja heiter werden. Ich habe gehört, dass der Hausarzt alles beglaubigen muss. Oder war es ein Rechtsanwalt?«

»Ich mache mich schlau wegen der Patientenverfügung. Wie wäre es, wenn du dich um die Vorsorgevollmacht kümmerst? Was muss unbedingt geregelt werden? Wo muss sie hinterlegt werden, damit sie gültig ist und so weiter.«

»Wenn du meinst. Jetzt sollte ich aber endgültig fahren.«

»Ich muss spätestens am Samstagabend zurück nach Münster. Jan hat am Sonntag noch mal Bereitschaft. Wir haben niemanden für Lasse«, setzte Hannah ihre Schwester mit einer kleinen Notlüge unter Druck. »Wann kannst du wieder hier sein?«

»Lass uns abwarten, ob Mama bis dahin alleine klarkommt. Immerhin hat sie jetzt das Notruf-System. Vielleicht kann ich Mitte nächster Woche für einen Tag kommen.«

Hannah merkte, dass der Ärger über ihre Schwester noch an ihr nagte. Irgendwie hatte Marlene es wieder einmal vermieden, sich festzulegen. Dabei war Hannah auf klare Absprachen angewiesen. Wieso hatte sie sich nicht durchsetzen können? Zugegebenermaßen ärgerte sie sich hauptsächlich über sich selbst.

Ihre Mutter saß am Wohnzimmertisch und nestelte am Band mit dem Notfallknopf.

»Wie wäre es, wenn du die Kette unter deinem Pullover trägst? Du musst nämlich ein bisschen vorsichtig sein, dass du nicht aus Versehen an den Knopf kommst und den Alarm auslöst.«

»Ach so.« Bereitwillig verstaute Brigitte die Kette.

»Wollen wir einen kleinen Spaziergang zu Brinkers machen? Wir müssen bestimmt einiges einkaufen.«

Ihre Mutter griff sich an den Kopf. »Mit diesen Haaren kann ich nirgendwo hingehen.«

Seufzend griff Hannah zum Telefon und verabredete einen Termin in Kirstens Salon.


*Gegen elf Uhr*

Da ihre Mutter das Haus partout nicht verlassen wollte, entschied sich Hannah spontan zu einer Stippvisite bei Josefine.

»Vergiss nicht, die Haustür abzuschließen«, rief Brigitte ihr hinterher. Hannah fand das übertrieben, tat ihrer Mutter aber den Gefallen.

Josefine schien hocherfreut, Hannah zu sehen. Sie trug heute einen zimtfarbenen Pullover mit passendem Seidentuch und einen wollenen Rock mit Karomuster. Lucy schnüffelte ausgiebig um Hannahs Beine herum und legte sich dann wieder in ihr Körbchen.

»Ich wollte mich bei dir bedanken, Josefine, dass du dich auf die Liste für das Notruf-System hast setzen lassen.«

»Ich weiß gar nicht, ob ich dabei von großem Nutzen sein kann, aber deine Schwester meinte, es sei sowieso nur eine Formsache. – Komm doch herein, Hannah. Die Kälte zieht sonst ins Haus.«

So viel zu den Strategien ihrer Schwester! Hannah hängte gerade ihre Jacke an die Garderobe, als es erneut an der

Haustür klingelte. Ein Mann mit einer Getränkekiste stand davor.

»Guten Tag Frau Mendel«, sagte er mit einem freundlichen Lächeln. Unter seiner dunklen Jacke waren ein hellblaues Hemd mit Logo und ein schmaler Strickschlips zu sehen. »Hier ist Brinkers Bringdienst mit Ihren Bestellungen.«

»Das ging aber schnell! Wunderbar, Herr Gellenbeck«, strahlte Josefine ihn an.

Er stellte die Kiste ab und warf Hannah einen Blick zu.

Gellenbeck. Irgendwie klingelte der Name ihr im Ohr. Er schien ungefähr in ihrem Alter zu sein: rundliches Gesicht, leicht abstehende Ohren, blonde Haare. Die Brille musste sie sich vermutlich wegdenken. Sein Hemd spannte leicht über dem Bauch. Nein, sie konnte ihn nicht unterbringen.

Er schien zu merken, dass sie ihn intensiv musterte. »Wir kennen uns von irgendwoher oder?«

Plötzlich machte es ›klick‹. »Du bist Andi! Andi Gellenbeck. Wir waren ein paar Jahre zusammen auf der Penne in Coesfeld. Damals hieß ich noch Bergmann. Hannah Bergmann.«

Er kratzte sich am Kopf. »Jetzt klingelt es bei mir auch. Puh! Das ist aber auch lange her.«

»Und ich gehörte eher zu den braven, stillen Mädchen.«

»Aber du warst fleißig. Im Gegensatz zu mir. Lernen war damals nicht so mein Ding. Deswegen bin ich nach der achten Klasse rüber zur Realschule.«

»Bist du schon lange bei Brinkers?«

»Direkt nach der Ausbildung.« Er schaute beiläufig auf seine Armbanduhr. »So, jetzt aber mal an die Arbeit.«

Josefine öffnete die Kellertür. Andi hob die Getränkekiste hoch. »Das Wasser in den Vorratskeller wie immer, Frau Mendel?«

Die alte Dame nickte. »Sie kennen sich ja aus.« Dann flüsterte sie Hannah zu: »Er räumt mir immer die schweren Sachen in den Keller. Vor allem in der dunklen Jahreszeit lasse ich mir öfter bringen, was ich so brauche. Erst recht, wenn wir Temperaturen unter null haben.«

»Das ist auf jeden Fall sinnvoll. Nicht dass du bei Glatteis fällst.«

Andi erschien wieder und schleppte in Windeseile noch eine voll bepackte Klappkiste herbei. »Wohin damit, Frau Mendel?«

»In die Küche. Danke!«

Josefine und Hannah folgten ihm. Die Kiste landete auf der Arbeitsplatte.

»So, das hätten wir.«

»Lieferung frei Haus gehört also bei euch zum Service?«, bemühte Hannah sich um ein wenig Konversation.

»Kundenbindung ist bei Geschäften wie unserem enorm wichtig«, bestätigte Andi. »Mit den Discountern können wir preislich natürlich nicht mithalten. Deswegen setzt unser Chef auf eine andere Käuferschicht. Vor allem ältere Kunden schätzen unser Angebot.«

Er wandte sich an Josefine. »Räumen Sie alles in Ruhe weg, Frau Mendel. Die Kiste nehme ich beim nächsten Mal mit. Heute habe ich leider wenig Zeit.«

»Ich merke es. Sie haben anscheinend gut zu tun«, sagte Josefine augenzwinkernd und verließ den Raum.

»Ich habe jetzt erst geschaltet, Hannah. Bergmann. Bist du verwandt mit der Kundin …«

»… schräg gegenüber. Das ist meine Mutter. Sie war im Krankenhaus. Deswegen bin ich hier.«

»Doch nichts Ernsthaftes?« Er klang wirklich interessiert.

»Sie ist gestürzt. Und das Krankenhaus hat ihr auch nicht gerade gutgetan.«

»Aha! Deswegen war sie ein paar Tage nicht im Laden. Und liefern musste ich ihr auch nichts.«

Josefine erschien mit ihrem Portemonnaie in der Hand. Andi kramte ein Bündel Rechnungen aus seinem Geldbeutel und suchte eine Weile. »Hier haben wir es.«

Nachdem Josefine ihm das Geld in die Hand gezählt hatte, wandte Andi sich zum Gehen. »Ich muss weiter. Sieht man sich noch, Hannah?«

»Vielleicht schon heute Nachmittag bei euch im Geschäft.«

Josefine seufzte, als sie zurück in die Küche kam. »Ein wirklich netter, zuvorkommender junger Mann. Wir unterhalten uns öfter ein bisschen, wenn er nicht so in Zeitdruck ist wie heute.« Ein weiterer Seufzer folgte. »Im Winter ist man froh, wenn man überhaupt mit jemandem reden kann. Manchmal höre ich den ganzen Tag lang meine eigene Stimme nicht.«

In Josefines Vorgarten harkte ein älterer Mann in derber Jacke, Kordhose und Gummistiefeln mit einem Rechen letzte Blätter aus den Beeten zusammen. Für das Laub stand ein grüner Plastikbehälter von bestimmt einem Meter Durchmesser in Reichweite auf dem Rasen, daneben weitere Gerätschaften.

»Guten Morgen, Herr Jäger«, grüßte Hannah besonders laut. Ernst Jäger war ihres Wissens extrem schwerhörig.

Sie hatte Erfolg. Er richtete sich auf und schaute sie mit gerunzelter Stirn an. Bartstoppeln und buschige Augenbrauen verliehen ihm einen düsteren, griesgrämigen Gesichtsausdruck. Als Kind hatte Hannah sich ein bisschen vor ihm gefürchtet und vermieden, ihn zu grüßen.

Immerhin tippte er sich an die speckige Mütze. Nach einem knappen »Tach, Hannah« machte er Anstalten, weiterzuarbeiten.

»Ziemlich nasskalt heute.«

»Tja, das ist wohl die Jahreszeit«, brummte er und drehte den Rechen in der Hand.

»Danke, dass Sie Frau Mendel nach Stadtlohn gefahren haben. Mama ist seit gestern zurück aus dem Krankenhaus.«

»Alles klar. Ich komme die Tage und mache bei euch den Garten winterfest. Stellst du die Mülltonne nachher rein, oder soll ich das machen?«

»Mache ich gleich«, murmelte sie. Als sie seinen verständnislosen Gesichtsausdruck sah, wiederholte sie ihre Worte wesentlich lauter.

Ein angedeutetes Nicken kam als Antwort. »Ist auch noch kein Salz in der Garage, habe ich gesehen. Kann jetzt jeden Tag glatt werden.« Er schien auf einmal richtig gesprächig zu werden – für seine Verhältnisse jedenfalls.

»Wo bekommt Mama das Salz denn normalerweise her?«

»Von Brinkers. Gestern waren die aber ausverkauft.«

»Ich kümmere mich darum, Herr Jäger.«

»Muss dann mal wieder. Tschüss.«

Und damit nahm er endgültig seine Arbeit wieder auf.

»Hier Brigitte Bergmann«, hörte Hannah ihre Mutter vom Wohnzimmer her sagen. Danach trug sie nur noch einsilbig zum Telefongespräch bei.

Nach ein paar Minuten kam sie in den Flur. »Das war Frau Meyer. Sie kann morgen Vormittag nicht kommen. Sie will dann am Nachmittag putzen.«

»Putzt sie nicht immer am frühen Nachmittag bei dir?«, wunderte Hannah sich.

»Ja, das stimmt.«

»Das passt doch nicht. Will sie vielleicht morgen Vormittag kommen?«

»Was habe ich denn gesagt?«

»Dass sie morgen Nachmittag putzen will.«

»Ich … ich weiß nicht …« Brigitte brach ab und schüttelte den Kopf. »Ich weiß nicht mehr, was sie gesagt hat. Ich … vergesse auf einmal alles. Was ist bloß mit mir los?« Tränen liefen ihr über die Wangen.

»Du warst wahrscheinlich mit den Gedanken woanders und hast nicht richtig zugehört. Passiert mir auch manchmal«, versuchte Hannah sie zu beruhigen. »Vermutlich hat das Krankenhaus dich ein bisschen aus dem Konzept gebracht. Sollen wir Frau Meyer noch mal anrufen?«

»Nein«, kam die energische Antwort. Ihre Mutter wischte sich die Augen aus. »Ich bin sowieso hier. Sie kann jederzeit zum Putzen kommen.«

Hannah wollte erst widersprechen, überlegte es sich aber in letzter Sekunde.

Sie schlug vor, gemeinsam einen Einkaufszettel zu schreiben, aber von Brigitte kam nur: »Koch, was du gerne magst. Mir ist es egal.«

Um die Mittagszeit schob Hannah zwei Flammkuchen in den Backofen und eine Portion Apfelmus in die Mikrowelle zum Auftauen. Brigitte hatte darauf bestanden. Dann deckte sie den Tisch und goss zwei Gläser Wasser ein.

»Ich trinke nichts zum Mittagessen.«

»Solltest du dir aber angewöhnen. Du musst viel mehr trinken.«

»Du musst es ja wissen.«

Hannah hätte sich am liebsten auf die Zunge gebissen. Irgendwie musste sie es anders anfangen. Aber wie?

Helfen beim Spülen wollte Brigitte nicht, weil sie ›schachmatt‹ war und sich unbedingt hinlegen musste. Geduld, Geduld, sagte Hannah sich. Ihre Mutter war erst gestern aus dem Krankenhaus entlassen worden. Es würde noch dauern, bis sie ihren gewohnten Rhythmus wiedergefunden hatte.

*Am frühen Nachmittag*

Sie parkten beim Supermarkt. So ein kleiner Ort hatte wirklich den unschätzbaren Vorteil, dass die Wege kurz waren. Von dort waren es nur ein paar Schritte zu Kirstens Salon.

Hannah war eine ganze Weile nicht hier gewesen. Der Schriftzug über den Schaufenstern war modernisiert, ebenso die Inneneinrichtung: dunkle Fliesen auf dem Boden, indirekte Beleuchtung von einer Lichtleiste an der Decke, edle Waschbecken und Spiegel. Wenig Farbe insgesamt, weniger Plüsch als früher.

Kirsten und ihre Angestellte waren allein im Laden. Hannah pfiff anerkennend. »Hui, hier hat sich ja einiges verändert. Sehr geschmackvoll.«

»Man muss mit der Zeit gehen«, antwortete Kirsten mit gleichmütiger Miene, aber eine gewisse Zufriedenheit mit der Renovierung war ihr anzumerken. »So, Brigitte, du willst bestimmt an deinem Stammplatz sitzen.«

Sie dirigierte Hannahs Mutter mit sanftem Druck zu einem der bereitstehenden Sessel und band ihr schwungvoll ein schwarzes Cape um. Dann griff sie ihr ins Haar und zog an den grauen Locken. »Zu lang. Wasserwelle machen wir auf jeden Fall auch. Dauerwelle müsste bald mal sein, aber die verschieben wir wohl besser auf den nächsten Termin, oder?«

Brigitte nickte ergeben und ließ sich von Kirsten die Haare

waschen und mit gekonnten Schnitten kürzen. Das Eindrehen musste dann die Angestellte übernehmen.

»Kaffee?«, fragte Kirsten, als sie Kamm und Schere beiseite gelegt hatte.

»Gerne.« Hannah folgte ihr in den winzigen Hinterraum, in dem sich neben sperrigen Kartons mit Pflegeprodukten, einem Regal mit Aktenordnern, einer Waschmaschine und einem Trockner auch eine Kaffeemaschine befand.

Sie setzten sich auf recht unbequeme Stühle. Die Umgestaltung des Salons hatte vor diesem Kabuff haltgemacht.

»Ziemlich ruhig im Moment«, sagte Hannah, weil ihr kein anderes Thema einfiel. Noch hatte kein anderer Kunde den Salon betreten.

»Wochentags läuft das Geschäft um diese Zeit meistens auf Sparflamme. Später kommen vielfach Laufkunden, vor allem Männer. Verlassen kann man sich aber nicht darauf. Manchmal steht man sich die Beine in den Bauch. Richtig voll wird es vor allem am Freitag und Samstag, wenn die Leute mehr Zeit haben und fürs Wochenende schick sein wollen.« Sie reichte Hannah einen Kaffeepott. »Milch, aber kein Zucker? Oder hast du deine Gewohnheiten geändert?«

»Wo denkst du hin!« Hannah lächelte.

»Ich würde gerne eine Aushilfe für diese Tage einstellen, aber es sind absolut keine zu bekommen. Meine Angestellte will samstags frei haben. Da denkt man sich schon seinen Teil.«

»Familie?«

»Sie braucht Zeit, um ihren Freundinnen und Nachbarinnen die Haare zu machen. Schwarz natürlich. Das machen so gut wie alle Frisörinnen.«

»Hast du selbst überhaupt mal frei?«

»Manchmal gegen Monatsende, wenn die meisten kein

Geld mehr für den Frisör haben. Yvonne hält dann gelegentlich allein die Stellung. Aber das ist selten.«

»Wenn ich das höre, bekomme ich ein schlechtes Gewissen, dass Marlene dich ganz oben auf die Liste für das Notruf-System gesetzt hat. Ich hoffe, wir brauchen deine Hilfe nicht allzu oft in Anspruch zu nehmen.«

»Und wenn schon. Das ist doch das Mindeste, was ich tun kann.«

Diese Aussage konnte Hannah deuten, wie sie wollte, und so war sie vermutlich auch gedacht. »Trotzdem danke.«

Kirsten zuckte mit den Achseln.

Sekunden später ertönte das durchdringende Geräusch der Trockenhaube aus dem Salon.

Hannah stellte ihren Kaffeepott ab. »Ich muss kurz rüber zur Bank und Geld für Mama abholen. Danke für den Kaffee.«

»Keine Ursache. – Das war übrigens auch Irmgards letzter Gang.«

»Wie meinst du das?«

»Sie ist an ihrem Todestag bei der Bank gewesen. Uns traute sie ja nicht über den Weg. Weil sie so schlecht laufen konnte, hob sie nur einmal im Monat einen ziemlich hohen Betrag ab. Meistens waren es 500 Euro. Vielleicht dieses Mal mehr, weil sie zu Weihnachten Geschenke kaufen wollte. Und nun ist das Geld futsch.«

»Das ganze Geld ist weg? Hat sie es ausgegeben?«

»In den paar Stunden bis zum Abend? Wohl kaum. Wofür sollte sie auch? Ich schätze, Ulrich hat die Situation ausgenutzt und lange Finger gemacht.«

»Du glaubst, er hat das Geld einfach so genommen?«

»War doch kein Problem für ihn. Irmgard hatte es immer in der Nachttisch-Schublade. Er brauchte nur zuzugreifen.«

»Und warum?«

»Keine Ahnung. Aber ein paar kleine Geheimnisse wird er schon haben.«

Zur Bank waren es ebenfalls nur ein paar Schritte. Da Brigitte ihre Bankgeschäfte grundsätzlich allein erledigte, hatte Hannah die Filiale seit ihren Kindertagen nicht mehr betreten. Damals hatte sie gemeinsam mit Marlene ihre Mutter am Weltspartag begleitet, um ihre Spardose leeren zu lassen. Eine Reihe von Mitarbeitern hatte damals im mit Schreibtischen vollgepackten Schalterraum gesessen. Heute gab es neben den Automaten für Geldauszahlungen und Kontoauszüge nur noch einen einzigen Schalter, hinter dem ein junger Mann in vorschriftsmäßigem Anzug mit Krawatte und akkurat geschnittenen Haaren saß. Ansonsten spiegelten sich lediglich zwei mannshohe Grünpflanzen in dem polierten Fußboden.

Zwei Kunden hatte sie vor sich. Als der ältere Herr vor Hannah an der Reihe war, winkte er den Mann vom Informationsschalter zu sich heran. Der erhob sich offenbar etwas genervt. Seine Figur wirkte für jemanden mit einem Bürojob erstaunlich durchtrainiert.

Hannah hielt den gebotenen Diskretionsabstand, konnte aber trotzdem beobachten, dass der Banker dem Mann wie selbstverständlich die Girokarte abnahm und den Automaten für ihn bediente.

Wie oft er das wohl tagtäglich machte? Bestimmt gab es reichlich ältere Menschen, die mit dem Automaten nicht oder nicht mehr zurechtkamen. Wie auch mit dem Ticketschalter auf Bahnhöfen, Getränkeautomaten und vielen anderen Dingen.

Ein ungutes Gefühl beschlich Hannah. Wer dachte schon an ältere oder beeinträchtigte Menschen, die ihrer Selbstständigkeit beraubt wurden, weil sie mit der fortschreitenden technischen Entwicklung und Digitalisierung nicht Schritt halten konnten?

Der Bankangestellte händigte dem Kunden nun Geld und Karte mit ein paar Worten aus. Hannah war an der Reihe. Die Geheimzahl ihrer Mutter hatte sie sich auf einem kleinen Zettel notiert und gab sie ein.

Vollkommen irritiert starrte sie auf die im Display erscheinenden Worte: »Bitte wenden Sie sich an Ihren Kundenberater.«

Nach einer Schrecksekunde brach sie den Vorgang ab und versuchte es noch einmal. Wieder mit demselben Ergebnis.

Plötzlich war ihr heiß. Was war hier los? Was sollte sie jetzt tun? Hinter ihr wartete bereits die nächste Kundin. Unwillkürlich schaute Hannah sich um. Der Bankangestellte am Informationsschalter verstand sofort und erhob sich.

Sein »Kann ich Ihnen behilflich sein?« klang bemüht freundlich. Beiläufig warf er einen Blick auf das Display und drückte einen Knopf. Die Karte sprang heraus. Als er sich umdrehte, hatte Hannah das Gefühl, ausgiebig gemustert zu werden. »Wenn Sie möchten, können Sie die Angelegenheit gerne mit einem Kollegen kurz besprechen«, sagte er mit gedämpfter Lautstärke.

Hannah nickte wortlos und drehte sich um. Bestimmt war sie knallrot im Gesicht. Die Kundin hinter ihr schaute interessiert. Glücklicherweise kannte Hannah sie nicht.

Mit gesenktem Blick folgte sie dem Angestellten durch eine Glastür.

»Mein Kollege wird Ihnen weiterhelfen«, hörte sie ihn sagen und wurde in ein Büro am Ende des Gangs geschoben.

Ein Mann um die 50 stand auf, begrüßte sie mit Handschlag und stellte sich vor.

»Hannah Schmielink. Ich bin die Tochter von Brigitte Bergmann und wollte Geld für sie abholen. Ich habe eine Kontovollmacht.«

»Ich weiß, Frau Schmielink. Setzen Sie sich doch bitte. Ihre Mutter ist schon jahrzehntelang Kundin unseres Hauses. Die Kontovollmacht hat sie Ihnen auf meinen Rat hin vor einiger Zeit ausgestellt.«

Hannah setzte sich und versuchte, ihre Überraschung zu verbergen. Eines Tages hatte ihre Mutter ihr das Formular vorgelegt und gemurmelt: »Unterschreib' das mal. Kann sein, dass ich irgendwann im Krankenhaus bin und Rechnungen bezahlt werden müssen.«

Sie musste Klarheit haben. »Ich kann kein Geld aus dem Automaten holen. Wie kann das sein? Meine Mutter überzieht ihr Konto doch nicht.«

Ein fast trauriger Ausdruck erschien im Gesicht ihres Gegenübers. »Leider doch. In den letzten Monaten ist Ihre Mutter regelmäßig ins Minus geraten. Durch die Zahlung der Pensionsbezüge ihres verstorbenen Vaters wurde das wieder ausgeglichen, aber in diesem Monat reichte die Einzahlung nicht mehr. Ich kann es Ihnen gerne auf der Übersicht demonstrieren.«

Er drehte den Bildschirm seines Computers zu Hannah und zeigte auf verschiedene Zahlen. »Sehen Sie? Immer wieder Abbuchungen von 200 oder 300 Euro in kurzem Abstand. Mehrmals im Monat. Das sind für Ihre Mutter unübliche Kontobewegungen. Wissen Sie, ob sie in letzter Zeit besondere Ausgaben hatte?«

Entgeistert starrte Hannah auf die Zahlenkolonnen. »Keine Ahnung. Ich wäre im Traum nicht darauf gekommen, dass sie so viel Geld braucht. Eigentlich gibt sie kaum noch etwas für sich aus. Geldgeschenke macht sie uns nur zu Weihnachten und zum Geburtstag. Aber diese Summen?«

»Vielleicht musste sie für die Zahlung von Medikamenten in Vorleistung gehen? Sie ist doch Privatpatientin?«

»Das wäre möglich. Ich kläre das gleich ab in der Apotheke. Sie braucht mittlerweile ziemlich viele Medikamente.«

»Am besten kommen Sie noch einmal zusammen mit Ihrer Mutter. Dann können wir klären, wie ihr Konto ausgeglichen werden soll. Wenn ich ehrlich bin, macht sie mir in der letzten Zeit einen sehr fahrigen Eindruck. Sie hat genügend Reserven auf einem Sparkonto und verschiedene Geldanlagen bei uns abgeschlossen. Keine riesigen Summen. Sie wissen vermutlich darüber Bescheid. Aber ich bin mir unsicher, ob sie noch den vollen Überblick über ihre Finanzen hat. Lassen Sie sich auf jeden Fall einen Termin geben.«

Sie hatte keine Ahnung, wovon der Mann redete, aber das würde sie dem besorgten Herrn Hoogstedde lieber nicht gestehen.


Als Hannah zehn Minuten später die Apotheke verließ, war sie noch wesentlich mehr beunruhigt.

Glücklicherweise war sie die einzige Kundin im Verkaufsraum gewesen. Es musste sich ja nicht sofort im ganzen Ort verbreiten, dass ihre Mutter dort zwei Rechnungen nicht beglichen hatte, bei denen es insgesamt um fast 250 Euro ging. Die Medikamente waren ihr ins Haus geliefert worden, aber beide Male hatte sie nicht genug Bargeld zur Hand gehabt. Für die erste Rechnung war bereits vor zwei Wochen eine Mahnung herausgegangen, aber ohne Reaktion geblieben.

Auch die Apothekerin hatte angedeutet, dass Brigitte nicht mehr ganz den Überblick habe und Hannah fürsorglich angeboten, ihr die Rechnungen in Zukunft nach Münster zu schicken, damit sie sie über das Konto ihrer Mutter begleichen konnte. Die freundliche Frau ließ zu Hannahs Beruhigung durchblicken, dass es mehrere Kunden gab, bei denen so verfahren wurde.

Mit einer Pillenbox für sieben Tage, an die sie in letzter Sekunde gedacht hatte, verließ sie die Apotheke und holte tief Luft: Diese Baustelle war abgeräumt. Was würde noch alles auf sie zukommen? Rasch machte sie sich auf den Weg zum Salon. Mit einem Blick auf die Uhr stellte sie fest, dass sie alles in allem schon mehr als eine Dreiviertelstunde unterwegs war.

Direkt vor dem Laden traf sie Kirsten. »Brigitte ist schon unruhig, weil du so lange weg warst.«

»Ein Gespräch auf der Bank«, sagte Hannah ausweichend.

»Ich muss los. Die Kripo hat sich noch mal bei uns angesagt. – Hast du Lust, heute Abend vorbeizuschauen? Hendrik geht donnerstags immer ins Fitnessstudio. Wir könnten ungestört reden.«

»Mal schauen, wie es Mama geht«, antwortete Hannah.

»Kannst ruhig später noch kommen. Brigitte geht bestimmt früh ins Bett.«

Im Supermarkt war Brigitte in ihrem Element: Sie dirigierte Hannah durch die Regalreihen zu ihren Standardprodukten, grüßte hier und hielt dort ein kleines Schwätzchen, als ob nie etwas gewesen sei. Hannah staunte. Kein Außenstehender wäre auf die Idee gekommen, dass ihre Mutter Schwierigkeiten hatte, ihren Alltag zu bewältigen. Mit den frisch frisierten Locken war sie auch äußerlich kaum wiederzuerkennen.

In der Obst- und Gemüseabteilung gerieten sie beinahe wieder aneinander, als Hannah darauf bestand, frischen Feldsalat und Rosenkohl zu kaufen. »Macht alles zu viel Arbeit«, knütterte ihre Mutter vor sich hin, ließ Hannah aber am Ende gewähren.

Bei der Suche nach Streusalz musste Brigitte aber passen. Nachdem sie bei nicht enden wollendem Gedudel von schmalzigen Weihnachtsklassikern vergeblich durch mehrere Gänge geirrt waren, schaute Hannah sich entnervt um, wen sie fragen konnte. Endlich sah sie jemanden im hellblauen Einheitshemd des Personals vor einem Regal hocken.

»Könnten Sie mir wohl sagen ... Andi!«

Er richtete sich auf und grinste etwas schief. »Hallo, Hannah! Nach so vielen Jahren zweimal an einem Tag!« Dann wandte er sich höflich zu Brigitte und begrüßte sie. »Wie kann ich helfen, Frau Bergmann?«

Streusalz sei leider momentan ausverkauft, musste er ihnen gestehen, aber bis zum Wochenende würde es mit Sicherheit wieder da sein. Sie wechselten noch ein paar belanglose Worte, bevor er sein Tablet zückte und mit der Überprüfung des Warenangebots weitermachte.

»Woher kennt ihr euch?«, wollte Hannahs Mutter wissen, als sie auf die Schlange an der Kasse zusteuerten.

»Wir waren einige Jahre zusammen in einer Klasse.«

»Ich erinnere mich gar nicht, dass du mal von einem Andi gesprochen hättest. Wie heißt er noch mit Nachnamen?«

»Gellenbeck.«

»Ach ja! Der Kletterer. Den Namen lese ich öfter in der Zeitung. Der macht total verrückte Sachen.«

Andi und klettern? Hannah wollte nicht widersprechen, aber sie konnte sich den fülligen Andi kaum an einer senkrechten Felswand hängend vorstellen.

Während des Einkaufs hatte sich die Dunkelheit vollends herangeschlichen. In der Sonnenstraße leuchtete die Glockenparade an den Häuserfassaden.

Die Schauspieler einer nachmittäglichen Soap klangen so laut aus dem Wohnzimmer herüber, dass Hannah ihre hölzernen Dialoge in der Küche bestens mitverfolgen konnte. Ihre Mutter war für die nächste halbe Stunde gut beschäftigt. Diese Zeit musste sie nutzen.

Vorsichtig öffnete sie die schwere Lade im Küchenschrank. Als erstes kamen Kamm, Lesebrille und allerlei Krimskrams zum Vorschein. Weiter ließ sich die Lade seit Jahren nicht ohne heftiges Ruckeln öffnen. Das konnte sie nicht riskieren. Sie streckte die Hand weit aus und tastete sich vor.

Nacheinander erfühlte sie Brillenetuis, einen Behälter mit Kupfermünzen, Haarklemmen, eine Bürste. Erst ganz hinten wurde sie fündig und zog einen Stapel geöffneter Briefkuverts hervor.

Schon bald hatte sie die Mahnung von der Apotheke gefunden und – schlimmer noch – eine weitere Mahnung vom Finanzamt mit der Aufforderung, umgehend die fälligen Steuern zu entrichten. Mit wachsendem Entsetzen las Hannah die Informationen über Säumniszuschläge und die Androhung einer Zwangsvollstreckung bei Nichtbeachtung des Schreibens. Der Brief war mehrere Wochen liegen geblieben.

Sie horchte in Richtung Wohnzimmer. Noch schien die tägliche Episode in vollem Gang. Ein weiterer Griff in die Lade beförderte einen nicht mehr ganz frischen Plastikhefter ans Tageslicht: Kontoauszüge.

Sie blätterte zurück. Sämtliche Auszüge der vergangenen

Monate schienen lückenlos eingeheftet zu sein. So weit hielt ihre Mutter also perfekt Ordnung.

Als sie genauer hinschaute, stieß sie alsbald auf die ominösen Abbuchungen von jeweils 200 oder 300 Euro: allesamt Barabhebungen. Sie ging weiter zurück, um herauszufinden, wie lange das schon so lief.

Beim raschen Durchgang überflog sie auch die anderen Abbuchungen: die Tageszeitung, eine Spende für einen guten Zweck, der Jahresbeitrag für diverse Versicherungen – nichts Auffälliges. Erst als sie die Auszüge des vergangenen Sommers vor sich hatte, hörten die rätselhaften Barabhebungen allmählich auf.

»Was machst du da?« Hannah fuhr herum. Hochrot im Gesicht kam ihre Mutter auf sie zu, riss ihr den Hefter aus der Hand und schleuderte ihn in die Schublade. »Warum schnüffelst du hier herum? Meine Finanzen gehen dich gar nichts an. Und was ist das hier?« Mit zittriger Hand wies sie auf die Briefumschläge auf dem Tisch. »Liest du etwa meine Post?«

Hannah holte tief Luft. »Mama, ich habe ein Schreiben vom Finanzamt gefunden. Du hast die Steuern nicht bezahlt.«

»Wollte ich diese Tage machen. Das Krankenhaus kam dazwischen.«

»Im Moment kannst du sowieso kein Geld überweisen. Dein Konto ist überzogen.«

»Was sagst du da? Das stimmt doch nicht.« Brigitte ließ sich auf einen Küchenstuhl fallen.

»Leider doch, Mama. Ich konnte heute kein Geld abheben.«

»Aber wieso denn? Das ist doch noch nie passiert.«

Hannah nahm den Hefter aus der Lade und hielt ihr einen

Kontoauszug hin. »Weil du andauernd Geld abgeholt hast in den letzten Monaten. Viel mehr als früher.«

Ihre Mutter starrte auf den Auszug. Hannah blätterte zurück und zeigte auf die jeweiligen Zeilen.

»Wofür brauchst du so viel Geld? Ich verstehe das nicht«, setzte sie etwas sanfter hinzu, denn Brigitte war mittlerweile kreidebleich im Gesicht. »Mama, willst du einen Schluck Wasser?«

Ihre Mutter nickte kaum merklich.

Hannah ließ ihr Zeit. Brigitte musste sich erst wieder fangen. Als sie ein paar Mal an dem Wasser genippt hatte, setzte Hannah wieder an. »Mama, du musst mir sagen, was los ist.«

Brigitte starrte vor sich hin und sagte dann leise: »Ich glaube, Frau Meyer nimmt Geld aus meinem Portemonnaie.«

»Deine Putzhilfe?«

Brigitte nickte und umklammerte das Glas. »Immer wenn sie hier war, fehlt mir Geld. Meistens ein Fünfziger.«

»Und da bist du dir sicher?«

»Wieso ist denn sonst mein Portemonnaie andauernd leer? Kaum habe ich was von der Bank geholt, ist schon wieder Ebbe. Das kann doch nicht sein.«

»Hast du Frau Meyer schon länger in Verdacht?«

»Hm.«

»Warum hast du uns denn nichts gesagt?«

Brigitte starrte vor sich hin. »Sie ist doch so nett«, sagte sie dann leise. »Wir erzählen immer so gerne miteinander, wenn sie mit dem Putzen fertig ist. Sie hat ja auch die kranke Tochter.«

»Davon weiß ich gar nichts.«

»Das Mädchen ist behindert. Deswegen kann Frau Meyer nicht regelmäßig irgendwo arbeiten. Wenn ihre Tochter krank ist und nicht zur Schule gehen kann, muss sie bei ihr zu Hause bleiben. Bei mir kann sie immer dann arbeiten, wenn sie Zeit hat.«

Hannah hatte die Putzhilfe ihrer Mutter noch nie getroffen. Sie erinnerte sich nur vage, dass sie relativ jung und alleinerziehend sein sollte.

»Trotzdem: Du kannst doch nicht einfach so hinnehmen, dass dir andauernd Geld fehlt.«

»Aber was soll ich denn machen? Sie ist mehrere Stunden lang hier. Ich kann sie doch nicht die ganze Zeit im Auge behalten. Wie würde das denn aussehen?«

Das stimmte natürlich. Aber so konnte es auf keinen Fall weitergehen. »Frau Meyer will doch morgen wieder kommen. Wie wäre es, wenn wir vorher zwei Fünfziger in dein Portemonnaie stecken und dann für eine Weile das Haus verlassen? Danach haben wir hoffentlich Klarheit.«

»Gut«, atmete Brigitte auf. »So machen wir es.«

»Ist deine Sendung schon zu Ende, Mama?«

Ihre Mutter schaute auf die Küchenuhr. »Oh, mein Quiz! Das darf ich nicht verpassen.«


Hannah öffnete die Tür zum Keller, hievte die Kiste mit den Einkäufen hoch und stieg vorsichtig die Treppe hinunter. Sie musste sich konzentrieren, denn Stiefel, alte Hausschuhe und ein Stapel alter Zeitungen lagen am Rand der Stufen. Zudem war die Beleuchtung eher funzelig.

Unten setzte sie die Kiste ab. Wo war noch mal der Lichtschalter? Früher hätte sie ihn natürlich ohne Überlegen gefunden. Während sie kurz innehielt und sich orientierte, bewegte sie vorsichtig ihre rechte Schulter, die ihr bei Belastungen Probleme machte.

In dem Moment hörte sie ein Knarzen aus dem Waschkeller. Das Geräusch hatte sie seit Ewigkeiten nicht gehört, aber sie konnte es sofort einordnen: die Kellertür, die direkt in den Garten führte.

Ihr Puls beschleunigte sich. War da jemand? Brigitte konnte es nicht sein. Die saß vor dem Fernseher.

Ohne sich zu rühren, horchte Hannah angestrengt. Waren das Schritte? Nein, nichts. Sie hatte sich getäuscht.

Dann plötzlich ein schwacher Lichtschein unter der Tür zum Waschkeller! Sie hielt den Atem an. Jetzt ein Bollern. Ein unterdrückter Fluch.

Sie ließ die Kiste stehen, drehte sich um und raste die Treppe hoch. Oben drückte sie die Tür zu, schloss ab und holte Luft.

Wer war da im Keller?

Sie griff nach ihrem Schlüsselbund auf der Kommode und öffnete die Haustür. Als sie nach draußen trat, sprang die Außenbeleuchtung sofort an.

Nasskalte Luft schlug ihr entgegen. Niemand war unterwegs, aber bei Wisdoncks sah sie Licht in der oberen Etage. Sollte sie dort Hilfe holen? Oder selbst nachschauen?

Die Arme um ihren Oberkörper geschlungen lief sie zur seitlichen Einfahrt und spähte durch das bodentiefe, vergitterte Kellerfenster: die Waschmaschine, der Trockner, der Wasserschlauch, Regale ... ein schwarzer Stiefel, eine dunkle Hose ...

»Kann ich Ihnen helfen? Suchen Sie etwas?«

Eine Frau von Anfang dreißig, dick vermummt mit Jacke, Mütze und Schal, stand neben einem Fahrrad mit Anhänger und schaute sie freundlich an. Nun schob sie das Rad ein Stück näher und hielt Hannah die Hand hin: »Sonja Bernholt. Wir wohnen nebenan.«

Hannah hielt den Zeigefinger auf den Mund. Dann flüsterte sie: »Hannah Schmielink. Ich bin die Tochter von Frau Bergmann.«

»Dachte ich mir schon«, sagte Sonja Bernholt nun ebenfalls flüsternd.

Hannah wies auf das Kellerfenster. »Da muss jemand drin sein. Ich habe von innen etwas gehört und Licht gesehen.« Erst jetzt fiel ihr auf, dass inzwischen wieder Dunkelheit im Keller herrschte.

Sonja Bernholt riss die Augen auf. »Ein Einbrecher?«

In dem Moment machte sich jemand am Tor zwischen Garage und Haus zu schaffen. Mit einem vernehmlichen Quietschen öffnete es sich und eine massige Gestalt erschien. Ernst Jäger tippte sich an die Mütze. »N'Abend. So, das hätten wir. Habe den Akku vom Rasenmäher in den Keller gepackt. Den brauchen wir dieses Jahr nicht mehr. Die Mülltonne habe ich in die Garage gestellt. Schönen Abend noch.«

Ohne sich weiter um die verdutzten Frauen zu kümmern, stapfte er davon.

Sonja Bernholt beherrschte sich gerade lange genug, bis Jäger außer Hörweite war und prustete dann los. »Nicht gerade was man sich so unter einem Einbrecher vorstellt, oder? Ich habe ihn schon öfter in den Gärten der Nachbarn arbeiten sehen.«

Erleichtert fiel Hannah in das Gelächter ein. Die junge Frau ließ gar nicht erst Peinlichkeit aufkommen, dass Hannah sich vor dem alten Mann gefürchtet hatte, der schon jahrelang einen Schlüssel zur äußeren Kellertür besaß.

»So, jetzt muss ich aber langsam los«, sagte die Nachbarin und nickte in Richtung des Fahrrad-Anhängers. »Finn wird bestimmt bald ungeduldig.«

Wie aufs Stichwort kam ein »Mama« aus dem komplett gegen die Kälte verhüllten Anhänger.

»Wie alt ist Ihr Sohn denn?«

»Zweieinhalb. Unsere Tochter Emma ist ungefähr so alt wie Ihr Sohn.«

»Woher wissen Sie von Lasse?«, entfuhr es Hannah verblüfft.

»Von Ihrer Mutter. Sie erzählt gerne von ihrem Enkelsohn. Ich habe von Frau Mendel gehört, dass sie zurück ist aus dem Krankenhaus. Grüßen Sie sie bitte von mir. Wir unterhalten uns manchmal über den Gartenzaun. Im Winter allerdings weniger. – So, jetzt aber! Sind Sie morgen noch da zum Glockenfest?«

Hannah nickte. Glockenfest?

*Gegen viertel nach sechs*

Der Ruf ging durch, aber niemand meldete sich. Vermutlich hatte Jan noch auf dem Präsidium zu tun, und Lasse spielte bei seinem Freund Anton. Seufzend legte Hannah den Hörer auf. Als nächstes versuchte sie es bei ihrer Freundin Anne. So weit war es vom »Golddorf« hierher nicht. Brigitte musste sich schließlich irgendwann wieder ans Alleinsein gewöhnen, sodass Hannah ein spontanes Treffen mit ihrer Freundin machbar zu sein schien. Vorausgesetzt, Anne hatte Zeit. Aber auch dort meldete sich niemand.

Sie griff zum Handy und schrieb ihrer Freundin eine Nachricht.

Eine Weile saß sie untätig herum. Zum Putzen hatte sie heute keine Lust mehr, obwohl immer noch genug zu tun war. Feine Tröpfchen rannen die Fensterscheibe herunter, draußen nieselte es. Es sollte die ganze Nacht so bleiben.

Als die ewig gleichen Sorgen sie einholten, stand sie auf und griff nach der Zeitung, die noch ungelesen auf der Kommode im Flur lag. Zügig überflog sie die ersten Seiten, um sich von ihrer trüben Stimmung abzulenken. Es dauerte, bis sie sich konzentrieren und in einen Artikel vertiefen konnte. Allmählich entspannte sie sich: Die Welt da draußen existierte doch noch, und sie war ein Teil davon.

*Ebenfalls in der Sonnenstraße*

*Verdammt! Immer noch nichts. Vermutlich war ihre Nachricht gar nicht gelesen worden. Bei jedem Blick auf das Display wurde ihre Enttäuschung größer. Gleichzeitig fühlte sie sich aber irgendwie erleichtert. Wer weiß, wofür es gut war, dass der Kontakt nicht zustande kam.*

*Trotzdem schaute sie bei jeder sich bietenden Gelegenheit auf ihr Handy.*

*Zur selben Zeit*

Als Hannah das Wohnzimmer betrat, hatte ihre Mutter den Fernseher ausgestellt und starrte von ihrem Lieblingssessel aus nach draußen.

»Mama, hilfst du mir beim Tischdecken fürs Abendessen?«

Ächzend erhob Brigitte sich. Dann wies sie auf einen am gegenüberliegenden Straßenrand parkenden Wagen. »So ein Auto hat auch an dem Abend dort gestanden.«

»An welchem Abend?«

»Als Irmgard gestorben ist.«

Hannah erkannte den hellen SUV mit Coesfelder Kennzeichen sofort. Die Kriminalpolizei war wie angekündigt bei Wisdoncks eingetroffen. Dieser Wagen hatte vermutlich am fraglichen Abend tatsächlich vor dem Haus der Nachbarn geparkt.

»Mama, wie wär's mit einem Strammen Max?«, versuchte sie ein Ablenkungsmanöver.

»Wohl gerne.«

»Welche Medikamente musst du eigentlich vor dem Abendessen nehmen?«

»Äh ... die eine große Tablette ... die da. Und nachher noch die neue.« Brigitte wies auf eine große Schachtel.

»Ich habe in der Apotheke eine Pillenbox für die ganze Woche gekauft. Die können wir nach dem Abendessen zusammen füllen. Dann wird es leichter für dich.«

Brigitte nickte.

»Weißt du, welche Tabletten du wann nehmen musst?«

Ein Achselzucken.

»Aber du hast doch bestimmt im Krankenhaus eine Auflistung deiner Medikamente bekommen. Wo kann die sein?«

»Das weiß ich nicht.«

Ein Anruf bei Marlene ergab, dass die Liste sich in einem großen weißen Umschlag in einer Schublade des Küchenschranks befand – zusammen mit dem Arztbrief für den Hausarzt. Eine Entschuldigung, dass sie Hannah über diese wichtigen Unterlagen nicht informiert hatte, konnte ihre Schwester sich nicht abringen. Warum auch.


*Gegen halb neun*

Nach der Tagesschau überließ Hannah Brigitte die Auswahl des Fernsehprogramms. Zielsicher schaltete ihre Mutter um auf das Adventsfest der Volksmusik, das Hannah zum Gähnen langweilig fand. Rasch schweiften ihre Gedanken ab.

Das Abendessen war recht gut gelaufen. Immerhin war es ihr gelungen, ihre Mutter dazu zu bewegen, die Spiegeleier für den Strammen Max zu braten und beim Abräumen zu helfen.

Das Füllen der Pillenbox hatte sich jedoch als schwieriges Unterfangen erwiesen. Die Liste mit den Medikamenten war für Brigitte praktisch wertlos, weil es für sie nur die großen oder kleinen, dicken oder dünnen, weißen oder grünlichen Tabletten gab. Immer wieder hatte Hannah sie motivieren müssen, die Sache zu Ende zu bringen. Vermutlich hatte sie tatsächlich ihre Medikamente schon länger nicht wie vorgesehen eingenommen. Ein Termin bei ihrem Hausarzt war wohl unumgänglich.

Während der Moderator wortreich und mit ausladender Gestik den nächsten »Star der Volksmusik« ankündigte, sah Hannah, dass der SUV der Polizei nicht mehr da war. Wenig später verließ Hendrik in Jogginganzug und mit Sporttasche über der Schulter das Haus und fuhr in seinem Wagen davon.

Sollte sie wirklich? Hannah zögerte einen Moment, dann drückte sie auf den oberen Klingelknopf. Es dauerte eine Weile, bis das Licht im Treppenhaus anging und Kirsten öffnete.

»Hannah!«, sagte sie leicht verwundert, als habe sie ihre Einladung völlig vergessen. Auch die Jogginghose und das ausgeleierte T-Shirt ließen darauf schließen. »Komm rein.«

»Sicher? Du siehst müde aus.«

»Nun komm schon. Habe gerade eine Flasche Rotwein geöffnet. Du kannst mir Gesellschaft leisten.«

Der Flur wirkte nahezu unverändert: die Garderobe, der altmodische Schirmständer, die Kommode. Der hölzerne Kiepenkerl fehlte allerdings.

Kirsten ging voraus. Hannah folgte ihr nach oben – ein Weg, den sie früher mit verbundenen Augen hätte gehen können.

Das Wohnzimmer mit der dunklen Ledergarnitur, dem überdimensionierten, leicht fleckigen Glastisch und einem die komplette Wand ausfüllenden Regal wirkte ziemlich vollgestopft. Damals hatte sich hier das Elternschlafzimmer befunden, das nur unwesentlich größer als die Zimmer von Hendrik und Ulrich war.

Kirsten goss zwei bauchige Gläser gut halbvoll.

Hannah nippte an dem halbtrockenen Wein. Aus dem Augenwinkel sah sie, dass Kirsten hastig trank.

Was wollte sie hier eigentlich? Worüber sollten sie reden?

Hinter der bodentiefen, zweiflügeligen Glastür konnte sie draußen eine geschmackvolle, winterfeste Sitzgarnitur, einen zusammengeklappten Sonnenschirm und mehrere, mit Vlies umwickelte Grünpflanzen erkennen.

»Bestimmt im Sommer ein nettes Plätzchen«, sagte Hannah.

»Was?«, schreckte Kirsten auf. »Ach so. Die Tür haben wir vor einigen Jahren einbauen lassen, um uns auf dem Garagendach eine Sonnenterrasse einzurichten.«

»Könnt ihr den Garten unten nicht mitnutzen?«

»Irgendwann will man auch mal ungestört sein.«

»Aha.«

»Du kannst froh sein, dass du Irmgards Liebling damals nicht bekommen hast«, brach es plötzlich aus Kirsten hervor. »Von Anfang an stand sie andauernd bei uns auf der Matte und wollte irgendwas. Besonders von Hendrik. Mal sollte er hier was für sie tun, mal sie dorthin fahren oder nur eben schnell ein Schreiben lesen. Ich kam mir kontrolliert vor. Seit Schwiegervater nicht mehr da war, wurde es natürlich noch schlimmer.«

Hannah nickte wortlos. Kirsten musste vorher schon getrunken haben. So redselig war sie normalerweise nicht. Hoffentlich kramte sie die alte Geschichte nicht wieder hervor. Aber da kam sie schon!

»Ehrlich, Hannah, ich habe oft bereut, was wir dir angetan haben. Hendrik und ich haben das nicht gewollt. Das musst du mir glauben.«

»Lass es gut sein. Ist doch lange her.«

»Einmal musst du dir das aber anhören. Damals bist du einfach von hier abgehauen, hast dich in deiner Butze in Münster verkrochen und nie wieder mit einem von uns beiden unter vier Augen gesprochen.«

Das hätte sie auch gar nicht geschafft – so fertig wie sie damals gewesen war. Immer wieder hatte sie sich vorgeworfen, dass sie nicht mitgefahren war an die Atlantikküste. Aber Surfen war absolut nicht ihr Ding gewesen. Also hatte sie es vorgezogen, derweil ihr Zimmer in Münster einzurichten und sich schon mal ein wenig an der Uni umzusehen.

Ungerührt von Hannahs Schweigen fuhr Kirsten fort, als wolle sie sich die Sache endlich von der Seele reden: »Es war unser Sommer! Zelten mit der Clique! Sonne satt! Lange Tage am Strand! Der Wind! Dazu die romantischen Sonnenuntergänge! Alkohol in rauen Mengen! Ständig bildeten sich neue Pärchen. Ich wollte auch jemanden zum Schmusen haben. Hendrik war da. Es ist einfach so passiert. Wir haben nur im Augenblick gelebt.«

»Das ist doch alles Schnee von gestern.«

»Tja«, lachte Kirsten zynisch auf. »So wie unsere Ehe. Die ist auch bald passé. Die Kommissarin hat uns gerade gesagt, dass Hendriks Alibi genauer überprüft wird. Auf die Art und Weise habe ich erfahren, dass er an dem Abend bei einer frisch geschiedenen Arbeitskollegin war. Er bestreitet natürlich, etwas mit ihr zu haben, aber wahrscheinlich ist er vorhin geradewegs zu ihr gefahren. Ich nehme an, das Ganze geht schon länger.«

»Warte doch erst mal ab. Ihr steht im Moment alle unter großem Druck wegen Irmgards Tod. Wahrscheinlich renkt sich alles wieder ein, wenn die Sache geklärt ist.« Hannah merkte selbst, dass sie nicht sonderlich überzeugend klang, aber irgendetwas musste sie schließlich sagen.

»Das erzähl mal der Kripo! Ich hatte vorhin das Gefühl, dass die uns mittlerweile alle drei im Verdacht haben. In den nächsten Tagen sollen wir auf dem Präsidium in Münster vernommen werden und Fingerabdrücke und DNA-Proben abgeben. Eins sag' ich dir: Wenn sie mich ins Visier nehmen, dann stecke ich denen, dass Irmgards Rente verschwunden ist und sie meinen Schwager bitte unter die Lupe nehmen sollen. Ulrich braucht doch immer Geld.«

»Wieso das? Als Sanitär- und Heizungsbauer verdient man doch ganz gut.«

»Was weiß ich, wofür. Er ist andauernd abends unterwegs. Würde mich nicht wundern, wenn mein bieder-braver Schwager Stammkunde im Puff wäre.«

»Wie kommst du darauf?«

»Es würde zu ihm passen. Zu einer normalen Beziehung ist er doch gar nicht fähig. Eine Freundin hatte er nie. Hat sich auch nie für jemanden interessiert. Außer für dich natürlich.«

»Für mich?« Hannah fröstelte unwillkürlich. »Wie kommst du denn darauf? Das hätte ich doch wohl merken müssen.«

»Hast du aber nicht. Du hattest damals nur Augen für Hendrik. Jahrelang bist du hier ein und aus gegangen. Ulrich hatte alle Zeit der Welt, sich in dich zu verknallen. Von Ferne natürlich. Für mehr langt es ja bei ihm nicht.«

»Du spinnst! Er hat mich nie angesehen, geschweige denn mit mir gesprochen.«

»Das sehe ich aber anders. Er hat ständig in deiner Nähe herumgelungert und dich angehimmelt, dir was zu trinken geholt und solche Sachen.«

»Ich kann mich nicht erinnern.«

»Dann schau dir alte Fotos von unseren Feten an. Dir werden die Augen aufgehen!«

»Werde ich auf jeden Fall tun.« Hannah trank noch einen Schluck Wein und schaute demonstrativ auf die Uhr. »Ich muss bald wieder rüber. Ich will Mama nicht so lange allein lassen. Bleib ruhig sitzen. Ich kenne mich ja aus.«

»Nun bleib doch noch ein bisschen. Ich wette, Brigitte sitzt vor dem Fernseher und merkt gar nicht, dass sie allein ist.«

»Na gut. Noch ein Viertelstündchen«, gab Hannah nach.

Ohne zu fragen, goss Kirsten Hannahs Glas randvoll. Auch sich selbst schenkte sie großzügig nach und verschüttete dabei einiges auf dem Glastisch. Als sie das Glas hob, tropfte Wein auf ihr T-Shirt, aber sie bemerkte es nicht.

»Ich bin im Moment froh, wenn jemand da ist. Hendrik ist fast jeden Abend unterwegs. Und Ulrich sowieso.«

»Hast du Angst, allein zu sein?«

Kirsten trank hastig und stierte dann an Hannah vorbei ins Leere. »Ich glaube schon. Der Gedanke, dass irgendwer hier im Haus war und Irmgard etwas angetan hat, ist nicht gerade erheiternd.«

»Du meinst, ein Fremder?«

Kirsten schluckte. »Man kann sich nicht davon frei machen, besonders wenn man im Bett liegt. Bei jedem Geräusch schrecke ich auf, obwohl es aller Wahrscheinlichkeit nach keinen Grund dafür gibt. Ehrlich gesagt kenne ich mich so gar nicht.« Sie rührte gedankenverloren in der Weinpfütze auf dem Tisch. »Andererseits hoffe ich sogar, dass es wirklich ein Fremder war.«

Hingebungsvoll verteilte Kirsten die Flüssigkeit in immer größeren Schlieren. »Wenn nicht, dann kann es nur einer der beiden Männer gewesen sein, mit denen ich unter einem Dach lebe. Ich tippe auf Ulrich. Irgendetwas verbirgt er doch vor uns. Warum sollte er sich sonst immer in seinem Zimmer einschließen? Das ist doch nicht normal.«

»Hast du schon mal daran gedacht, dir irgendwo Hilfe zu holen? So ein Einbruch kann an sich schon traumatisch sein. Und dann noch der ungeklärte Mord an Irmgard. Beides zusammen ist schwer zu verkraften.«

»Ehrlich gesagt bin ich noch nicht auf die Idee gekommen, irgendeinen Psycho-Klempner aufzusuchen. Von denen halte ich nämlich nicht besonders viel. Ups!« Kirsten hielt sich die Hand vor den Mund. »Anwesende natürlich ausgeschlossen.«

Kirsten hatte keinerlei Anstalten gemacht, Hannah hinauszubegleiten, was ihr durchaus recht war.

Der Flur unten lag im Halbdunkel. Aus der Erdgeschoss-Wohnung drang ein dumpfes Geräusch. Ulrich war also zu Hause! Ihm wollte sie jetzt auf keinen Fall begegnen. Lautlos öffnete sie die Haustür und ließ sie hinter sich ins Schloss fallen.

Auf dem Treppenabsatz erfasste sie der Sprühregen und hinterließ in kürzester Zeit eine Schicht Feuchtigkeit auf Gesicht, Haaren und Kleidung.

Als sie die Straße überquerte, tauchte aus Richtung Ortsmitte eine zunächst nur schemenhaft zu erkennende Gestalt mit Kapuze auf. Recht groß. Schlank. Sonja?

Hannah verlangsamte ihre Schritte, sodass sie mit der Person zusammentraf.

»Guten Abend.«

»Guten Abend«, grüßte Hannah die Frau, die vielleicht ein wenig älter als sie selbst war. Sie hatte einen kleinen Akzent. Hannah war ihr noch nie auf der Sonnenstraße begegnet.

Das Adventsfest der Volksmusik war noch in vollem Gange, aber Brigitte war in ihrem Sessel eingenickt. Hannah stellte den Fernseher ab und weckte sie vorsichtig. Sie schlug sofort die Augen auf und murmelte: »Ich gehe wohl besser jetzt schlafen.«

Vorsorglich begleitete Hannah sie nach oben, doch Brigitte schien ihre Hilfe beim Zubettgehen nicht zu benötigen. Sie stieg bedächtig aber sicher die Treppe hinauf. Im Schlafzimmer begann sie sich auszuziehen.

»Muss ich die Alarmkette eigentlich auch nachts tragen?«

Gute Frage, musste Hannah eingestehen. Darüber hatte sie noch nicht nachgedacht. »Es wäre wohl besser. Wenn du Hilfe brauchst, hast du sie sofort zur Hand und musst nicht lange suchen.«

Ihre Mutter hatte beim Hinausgehen aus Gewohnheit das Licht im Wohnzimmer gelöscht. Hannah beließ es dabei, denn von der Straßenlaterne fiel genug Helligkeit ins Zimmer. Sie machte es sich in Brigittes Lieblingssessel bequem und checkte kurz ihr Handy. Im aufleuchtenden Display sah sie endlich Annes Antwort: »Bin gerade unterwegs. Rufe dich morgen früh an. LG«.

Endlich ein Lichtblick!

Während sie nach der Fernbedienung auf dem Beistelltischchen tastete, ging ihr durch den Kopf, dass niemand sie in dem dunklen Zimmer sehen konnte.

Ulrich Wisdonck erschien in der Einfahrt, zog den Kragen seiner Jacke hoch und öffnete die Garagentür. Sekunden später stieg er aufs Fahrrad und fuhr in Richtung Ortsmitte. Wo wollte er um diese Zeit noch hin? Bei dem Wetter!

Als nächstes schlenderte ein Paar Arm in Arm über den Gehweg. Hannah ahnte sofort, dass sie auf dem Weg zu Jägers Weihnachtsland waren.

Sie wunderte sich über sich selbst. In Gievenbeck käme sie niemals auf die Idee, müßig aus dem Fenster zu schauen, obwohl es vermutlich einiges zu sehen gäbe. Dazu war sie in der Regel viel zu beschäftigt.

Als sie aufstand, um die Rollläden herabzulassen, klingelte ihr Handy: Jan. Sie freute sich, denn sie hatte nicht unbedingt mit seinem Anruf gerechnet.

»Schön, dass du dich noch meldest! War heute spät bei dir, oder?«

»Stimmt. Wir hatten heftig zu tun. Ich habe gerade erst gesehen, dass du angerufen hast.«

»Und Lasse?«

»Hat bei Anton zu Abend gegessen und war spät im Bett. Ich hoffe, er ist sofort eingeschlafen. – Wie ist die Lage bei dir?«

Sie berichtete ihm kurz von dem überzogenen Konto und den nicht bezahlten Rechnungen.

»Und das Notruf-System? Funktioniert wenigstens das?«

»Alles bestens. Allerdings hat Marlene Kirsten Wisdonck als Kontaktperson für Notfälle angegeben. Einfach so – ohne mich zu fragen.« Verdammt! Das hätte sie ihm besser verschwiegen.

»Hannah!« Er klang sauer. Und besorgt.

»Mach dir keine Gedanken«, versuchte sie ihn zu beruhigen. »Bis jetzt steht sie nur pro forma auf der Liste. Ich habe schon einen Ersatz im Auge. – Übrigens waren deine Kollegen heute wieder bei Wisdoncks.«

»Wir sind noch ganz am Anfang. Allerdings haben wir festgestellt, dass die Verstorbene an ihrem Todestag einen größeren Betrag von ihrem Konto abgehoben hatte, der nicht aufzufinden ist. Immerhin 600 Euro.«

»Ein Mord für ein paar Hundert Euro? Ist das realistisch?«, fragte Hannah ungläubig nach.

»Das reicht unter Umständen, wenn das Opfer beispielsweise jemanden aus der Familie auf frischer Tat ertappt hat.«

»Weil der Diebstahl unter keinen Umständen herauskommen sollte.«

»So ähnlich. – Hannah, rede bitte mit niemandem darüber. Und halte dich von diesen Leuten fern.«

»Ich versuche es ja, aber das ist kaum möglich. Morgen gibt es ein Fest in der Nachbarschaft. Ich kann mich unmöglich ausschließen und werde unweigerlich alle treffen, die hier wohnen. Wisdoncks eingeschlossen.«

»Solange du nicht mit irgendwem allein bist, ist das ja auch okay.«

Hannah schwieg. Sie wusste genau, worauf er anspielte.

Einen Moment lang sagte keiner etwas. Dann räusperte sich Jan: »Weißt du schon, wann du zurückkommst?«

»Ich hoffe, ich schaffe es zum Chorkonzert am Sonntagnachmittag. Vielleicht kommt Anne mal vorbei, sonst drehe ich bis dahin vermutlich durch.«

»Macht euch ein paar schöne Stunden!«

»Ich versuche es.«

Es blieb einen Augenblick lang still in der Leitung. Dann sagte er leise: »Komisch ohne dich hier.«

»Ich bin doch öfter mal weg.«

»Ja, aber dann weiß ich genau, wann du zurückkommst.«

»Morgen und übermorgen wäre ich doch sowieso auf der Fortbildung gewesen.«

»Hm ... hätte dich aber jetzt gerne hier.«

»Ich dich auch.«

»Mist.«

»Großer Mist.«

Sie lachte leise.

»Ist ja nicht für ewig.«

»Stimmt.« Ein tiefer Seufzer. »Schlaf gut.«

»Du auch.«

Draußen war niemand mehr zu sehen. Auf eine Fernsehsendung konnte sie sich nicht konzentrieren. Sie beschloss schlafen zu gehen.

Das Bett roch immer noch muffig, obwohl sie es stundenlang gelüftet hatte. Ihre Füße waren eiskalt und ließen sie nicht einschlafen. Die Gedanken begannen zu kreisen. Wieder einmal.

Was für ein Tag!

Auf jeden Fall wusste sie nun, dass ihre Mutter tatsächlich nicht mehr in der Lage war, ihren Alltag ohne Hilfe zu bewältigen. Das überzogene Konto und die unbezahlten Rechnungen, die Steuererklärung, ihre Unfähigkeit, die Medikamente zuverlässig einzunehmen, ihre akuten Gedächtnislücken ... das alles war sicher nur der Anfang.

Ob sie morgen versuchen sollte, Kontakt zu Brigittes Hausarzt aufzunehmen? Vielleicht konnte sie sogar kurzfristig einen Termin bekommen, wenn sie die Situation schilderte. Die Krankenschwester in Stadtlohn hatte gemeint, dass die Medikamentengabe eine Krankenkassenleistung wäre. Das musste sie abklären.

Und dann die verschwundenen Fünfziger! Morgen würden sie klarer sehen, wenn nach Frau Meyers Putzaktion wieder Geld verschwunden war. Das würde dann allerdings bedeuten, dass sie eine neue Putzhilfe für ihre Mutter suchen musste. Auch kein leichtes Unterfangen heutzutage.

Hannah zupfte hier und da an der Bettdecke, um jegliches Eindringen von feuchtkalter Luft in die mittlerweile wohlige Wärme um sie herum zu verhindern. Kurz erwog sie, das Fenster zu schließen, verwarf den Gedanken aber, denn sie war an frische Luft gewöhnt.

Kirsten kam ihr in den Sinn. Ob sie ernsthaft Mann und Schwager verdächtigte, Irmgard etwas angetan zu haben? Und warum breitete sie das alles vor Hannah aus? Warum versuchte sie, ihre alte Freundschaft wieder aufzuwärmen? Um die »alte Geschichte« aus der Welt zu schaffen? Dazu hätte es schon früher Zeit und Gelegenheit gegeben. Wahrscheinlich war das Ganze nicht mehr als ein Lippenbekenntnis gewesen.

Und ihre Behauptung, dass Ulrich seit Ewigkeiten in Hannah verschossen sei? Absurd!

Plötzlich kam ihr in den Sinn, wo sie nachschauen konnte.

Sie warf die Bettdecke mit Schwung zurück, knipste die Nachttischlampe an und stand auf. Eilig streifte sie ihre Strickjacke über und begann, das Bücherregal abzusuchen: ihr uraltes Englisch-Lexikon, das mächtig aus dem Leim ging, mehrere Poesiealben aus der Grundschulzeit, einige Reclam-Heftchen aus dem Deutschunterricht … aber kein Fotoalbum.

Vorsichtig zog sie die Schubladen ihres Schreibtisches auf und wühlte in Schulheften, Postkarten, kaputten Füllern und anderem Krimskrams.

Ihre eisigen Füße ließen sie aufgeben. Sie musste das orangefarbene Album aus der Oberstufenzeit irgendwann mit nach Münster genommen haben. Allerdings erinnerte sie sich nicht, es jemals wieder in den Händen gehabt zu haben.

*Nicht weit entfernt*

»Wer bist du?«

Sie starrte auf die Nachricht. Vor einer Minute gesendet! Jemand saß genau in diesem Moment vor dem PC oder Handy und wartete auf ihre Antwort.

# Donnerstag, 7. Dezember

*Gegen halb neun*

Während die Kaffeemaschine ihren Dienst tat, zeigte sich der erste helle Schimmer am Morgenhimmel. Der Frühstückstisch war gedeckt, ihre Mutter schon aufgestanden, aber es dauerte, bis sie sich fertig gemacht hatte. Hannah beschloss, sich die Zeit mit der Tageszeitung zu vertreiben.

Beim Lesen eines Berichts über einen Ärztekongress fiel ihr ein, dass sie Brigittes Hausarzt anrufen wollte. Nachdem sie mehrere Minuten in einer Warteschleife gehangen hatte, meldete sich eine gestresst wirkende Mitarbeiterin und blaffte sie an, dass heute gar nichts zu machen sei und die Praxis freitags bereits um 12 Uhr schließen würde. Auch die Tatsache, dass man Brigitte im Krankenhaus einen Bericht für den Hausarzt mitgegeben hatte, machte keinen großartigen Eindruck.

Hannah wollte schon aufgeben, als nach Brigittes Krankenkasse gefragt wurde. »Meine Mutter ist privat versichert.«

Einen Moment lang hörte sie nichts. »Probieren Sie es morgen kurz vor Ende der Sprechstunde gegen halb zwölf. Ich will sehen, ob der Doktor Zeit hat. Hängt ganz davon ab, wer hier sonst noch ohne Termin hereinschneit.«

Erleichtert legte Hannah den Hörer auf und ging zurück in die Küche.

Plötzlich Lärm – eine Stimme – sehr laut. Hannahs Herz raste urplötzlich. Wo kam das her?

Sie stürzte in den Flur und lauschte, aber sie hörte nichts. Hatte sie sich getäuscht? Schon wollte sie sich abwenden, da ertönte es klar und deutlich aus dem Wohnzimmer: »Hier spricht die Hausnotrufzentrale. Mein Name ist Ingrid Käsler. Was kann ich für Sie tun, Frau Bergmann?«

Hannah brauchte eine Sekunde, um sich zu fassen. »Hier spricht Frau Bergmanns Tochter. Ich schaue sofort nach meiner Mutter. Sie ist oben. Bitte, bleiben Sie in der Leitung.«

»Natürlich. Bleiben Sie ganz ruhig, Frau Schmielink.«

Hannah eilte die Treppe hinauf. Die Tür zum Schlafzimmer ihrer Mutter stand offen. Das Bett war abgedeckt, Brigitte aber nicht zu sehen.

Im Badezimmer lief der Wasserhahn. Hannah riss die Tür auf. »Mama! Alles in Ordnung?«

»Was is'n?«, nuschelte Brigitte. Im Spiegel sah Hannah, dass sie sich gerade die Zähne putzte. Die Kette mit dem Notfallknopf hing genau in Höhe der Kante des Waschbeckens vor ihrem Oberkörper.

»Hast du Alarm gegeben? Die Notfallzentrale hat sich gemeldet.«

Brigittes Hand nestelte an dem grünen Knopf. »Nein, habe ich nicht.«

Hannah atmete durch. »Okay. Ich sage unten Bescheid. Wir können gleich frühstücken. Mach dich in Ruhe fertig.«

»Das hatte ich vor«, erwiderte Brigitte etwas bissig.

Während sie die Treppe hinunterging, merkte Hannah, dass sich ihr Puls allmählich beruhigte.

Im Wohnzimmer gab sie der Dame von der Zentrale Entwarnung. »Meine Mutter wäscht sich gerade. Ich vermute, sie ist aus Versehen an den Knopf geraten.«

»Das habe ich mir schon gedacht. Bei neuen Kunden ist das anfangs häufiger der Fall. Schauen Sie mal, ob Sie die

Kette mit dem Knopf ein wenig kürzen können. Wenn sie höher hängt, gibt es nicht so oft einen Fehlalarm.«

Hannah versprach, sich darum zu kümmern, und bedankte sich. Ihre Knie zitterten noch ein bisschen, als sie sich wieder an den Küchentisch setzte.

Das fing ja gut an. Brigitte hatte die Notrufzentrale oben nicht gehört. Wenn Hannah nicht da gewesen wäre, hätte man die erste Person von der Kontaktliste angerufen. Kirsten war um diese Zeit vermutlich längst im Salon. Der nächste Anruf wäre dann an Josefine gegangen.

So konnte das nicht gehen. Die alte Dame frühmorgens oder – noch viel schlimmer – mitten in der Nacht aus dem Bett zu klingeln, war unverantwortlich. Vor allem jetzt im Winter. Es musste irgendeine Alternative her! Nur welche?

Eine Viertelstunde später erschien Brigitte zum Frühstück. Hannah erwähnte den Fehlalarm nicht. Es hatte keinen Sinn, ihr zu erklären, dass sie ihn versehentlich ausgelöst hatte. Sie wäre nur beunruhigt, vielleicht sogar verängstigt. Die Kette konnte Hannah bei nächster Gelegenheit immer noch kürzen.

Aus dem Augenwinkel sah sie, dass ihre Mutter die Zeitung durchblätterte, ohne tatsächlich zu lesen. Im Lokalteil schaute sie sich einige Fotos an und verweilte dann auf der Seite mit den Todesanzeigen. Ob sie verstand, was sie las? Hannah kam der Stapel Zeitungen auf der Kommode im Flur vor Augen: Alle hatten ungelesen gewirkt.

»Die Anzeige für Irmgard steht immer noch nicht drin«, sagte Brigitte. »Warum nur? Wir müssen doch wissen, wann die Beerdigung ist.«

»Vielleicht erscheint sie morgen«, vertröstete Hannah sie. Irgendwie musste sie Brigitte ablenken. »Mama, heute kommt deine Putzhilfe. Wollen wir nun testen, ob sie Geld aus deinem Portemonnaie nimmt?«

Ihre Mutter wirkte im ersten Moment irritiert. »Frau Meyer. Ach! Ja, das wollten wir, haben wir gesagt. Wie denn …?«

»Lass uns den Tisch abräumen und dann zwei Fünfziger in dein Portemonnaie stecken. Wenn hinterher Geld fehlt, wissen wir Bescheid.«

Nach einem schnellen Blick aufs Display meldete Hannah sich mit dem vertrauten »Hi, Große.«

»Hallo, Kleine.« Diese Anrede war der Tatsache geschuldet, dass Anne ungefähr einen Zentimeter größer als Hannah war. »Wie ist denn die Lage bei dir? Wie geht es deiner Mutter?«

Hannah gab ihrer Freundin einen kurzen Überblick. »Für mich ist das eine vollkommen neue Situation. Ich weiß überhaupt nicht, wie ich mich verhalten soll, wo ich anfangen soll …«

»Das glaube ich dir gern. Vor allem weil dich Brigittes Erkrankung so plötzlich überfällt.«

Hannah seufzte. »Im Nachhinein ist man ja immer schlauer. Es gab schon länger Anzeichen, aber die habe ich nicht richtig gedeutet. Wenn ich allein daran denke, wie sauer Mama einmal war, weil sie uns am Samstag erwartet hatte, während ich felsenfest davon überzeugt war, dass wir uns für sonntags angekündigt hatten. Damals habe ich an ein Missverständnis geglaubt. Heute sehe ich das anders. Einmal hatte sie kein Geburtstagsgeschenk für Lasse. Sie behauptete, ich habe das kaufen wollen. Oder die Tatsache, dass sie plötzlich keinen Kuchen mehr backen wollte. Vermutlich schafft sie das gar nicht mehr.«

»Ich finde es absolut verzeihlich, dass du diese Dinge nicht einordnen konntest. Wahrscheinlich sind die Anzeichen von Demenz bei jedem Betroffenen verschieden. Bei Schwiegermutter haben wir es erst gemerkt, als sie bei eisigen Temperaturen in Sommersachen herumlief. – Lass uns in Ruhe darüber reden. Wie sieht es denn bei dir am Samstag aus?«

Hannah hätte auf der Stelle heulen können. Woher wusste Anne, wie sehr sie gehofft hatte, dass ihre Freundin ein Treffen vorschlagen würde? Sie brauchte ihren Rat, ihre Bodenständigkeit und ihre Unbekümmertheit.

»Wie wäre es mit dem frühen Nachmittag?«, schlug sie vor.

»Perfekt. Denk dir mal aus, was wir Schönes unternehmen können. Wir gönnen uns ja sonst nichts. Vielleicht etwas Adventliches?«

Sie überlegten eine Weile, dann versprach Anne noch, eine Broschüre über Patientenverfügungen mitzubringen. Schließlich beendeten sie das Gespräch.

Hannahs Stimmung hatte sich schlagartig aufgehellt. Sie schlug den Lokalteil auf und schaute nach Berichten über »vorweihnachtliche« Vergnügungen. Vielleicht sollten sie einen der umliegenden Weihnachtsmärkte besuchen. Von der Waldweihnacht in der Nähe von Velen hatte sie schon öfter Leute schwärmen hören.

Dann fiel ihr Blick auf einen Veranstaltungstipp für Billerbeck: ein Konzert im Ludgerus-Dom am kommenden Samstag. Und vorher vielleicht ein Besuch des Adventsmarkts in der Kolvenburg?

Sie legte die Zeitung zur Seite. Ein Treffen in Billerbeck – das klang verlockend.

*Nicht weit entfernt*

*Ihr Herz klopfte bis zum Hals. Der rechte Zeigefinger schwebte sekundenlang über ihrer Nachricht mit Treffpunkt und Zeitangabe. Dann tippte sie auf die Eingabetaste. Der Satz erschien blau unterlegt.*

*Sie stand auf, öffnete ihr Fenster und sog gierig die frische Luft ein. Von hier oben sah sie einen Zipfel vom »Weihnachtsland«. Es blinkte und funkelte wie immer.*

*Halb zehn*

Die Türklingel riss Hannah aus ihren Überlegungen. Demonstrativ blieb sie sitzen, bis ihre Mutter sich zögerlich erhob und die Haustür öffnete. Bald hörte Hannah eine lebhafte Stimme, die Brigitte offenbar spielend übertönte.

Eine junge Frau mit pechschwarzen, offensichtlich gefärbten Haaren betrat energisch die Küche und sagte mit strahlendem Lächeln: »Wie schön, dass ich Sie endlich kennenlerne. Ihre Mutter spricht so viel von ihren Töchtern.«

Unwillkürlich starrte Hannah die Frau an: Tattoos auf den bloßen Unterarmen, ein Piercing in der Nase, ein hautenges T-Shirt, Jeans mit Löchern, ausgetretene Schaftstiefel.

»Siehst du: Frau Meyer wollte also doch heute Morgen kommen«, sagte Brigitte triumphierend aus dem Hintergrund.

Hannah gelang es mühsam, die Fassung zu bewahren. Nie und nimmer hätte sie erwartet, dass ihre Mutter diese flippig wirkende junge Frau als Putzhilfe beschäftigen würde.

»Sie sind doch die Tochter aus Münster, oder?«, fragte Frau Meyer. Sie streckte Hannah die Hand hin, ohne eine

Antwort zu erwarten. »Jetzt fehlt mir nur noch Ihre Schwester aus Köln, aber die werde ich bestimmt auch noch mal kennenlernen.«

Ihr Händedruck war kräftig. Leichter Schweißgeruch stieg Hannah in die Nase.

»Wie geht es Ihnen denn, Frau Bergmann? Letzte Woche Freitag war hier niemand zu Hause, aber Frau Mendel hat mir gesagt, dass Sie ins Krankenhaus mussten. Alles wieder in Ordnung?«

»Doch. Es geht so«, antwortete Brigitte ausweichend.

»Eigentlich wollten wir ja die Gardinen endlich mal abnehmen und waschen, aber das verschieben wir wohl besser auf nächste Woche«, meinte Frau Meyer mit einem kritischen Blick auf Brigitte. »Dann sind Sie bestimmt wieder vollständig auf dem Damm.«

»In Ordnung.«

»Soll ich sonst etwas Besonderes machen?«

Brigitte zuckte mit den Achseln. »Nein, heute nicht.«

»Gut, dann mache ich mich mal an die Arbeit«, sagte Frau Meyer und begann, im Flur mit den Putzutensilien zu hantieren, die sie mitgebracht hatte.

Hannah sagte laut und vernehmlich: »Mama, wir wollten doch einen Spaziergang machen, damit du frische Luft bekommst. Dann sind wir Frau Meyer nicht im Wege.«

»Bei dem Wetter bleibe ich lieber zu Hause. Ich setze mich in meinen Sessel im Wohnzimmer. So machen wir das immer.«

»Mama, wir haben das doch gestern besprochen«, flüsterte Hannah ihrer Mutter ins Ohr. »Wegen den Fünfzigern im Portemonnaie.«

»Oh Gott, ja!«

Die Wolken hingen niedrig, aber es war immerhin trocken. Frau Meyers Auto war am Straßenrand geparkt. Es schien älterer Bauart zu sein, war aber ansonsten gut gepflegt.

Zwei Häuser weiter schleppte Norbert Althüsmann gerade einen Stapel Gartenstühle zu seinem Carport, in dem schon ein Stehtisch und ein Tapeziertisch standen. Als er Hannah und ihre Mutter entdeckte, stellte er die Stühle ab und kam auf sie zu. Sein spitzes, fast faltenloses, von weißer Haarpracht umrahmtes Gesicht schien sich seit mindestens einem Jahrzehnt nicht verändert zu haben.

»Gut, dass ich euch treffe! Ihr kommt doch heute Abend zum Glockenfest? Um sechs geht es los. Ihr könnt euch auf Glühwein und Würstchen freuen.«

»Heute!«, rief Brigitte und rieb sich erfreut die Hände. »Davon wusste ich ja gar nichts.«

»Haben wir gestern spontan entschieden«, sagte Althüsmann eifrig. In der Nachbarschaft war allseits bekannt, dass er liebend gerne Festivitäten organisierte: das Straßenfest im Sommer – früher mit Kinderbelustigung –, Grillabende, gelegentlich sogar Public Viewing zur Europa- oder Weltmeisterschaft und eben das Glockenfest.

»Ist es nicht ein bisschen kalt draußen?«, warf Hannah zweifelnd ein.

»Dagegen lässt sich doch etwas tun. Warte mal ab«, entgegnete Althüsmann voller Elan. »Ist lange her, dass du dabei warst. Sabine Jäger und ihre Familie wollen eventuell auch kommen. Seid ihr nicht im gleichen Alter?«

»Sie ist ein Jahr jünger, aber wir haben viel zusammen gespielt.«

»Eigentlich sollte das Glockenfest wie üblich am Freitag vor dem ersten Advent stattfinden, aber letzte Woche war Irmgard gerade gestorben. Ein Fest wäre wohl pietätlos gewesen. Wisdoncks sind damit einverstanden, dass wir es nachfeiern. Ist schließlich in 39 Jahren noch nie ausgefallen.«

»Werden die drei dabei sein?«

»Auf jeden Fall. Im Vertrauen gesagt ...«, Althüsmann senkte die Lautstärke, »die Trauer hält sich wohl in Grenzen. Speziell bei Kirsten.«

Brigitte nickte, während Hannah betreten zu diesem Klatsch schwieg. Althüsmann fuhr ungerührt fort: »Vom Hörensagen weiß ich, dass Kirstens Salon nicht allzu gut läuft. Wenn ich meine Haare schneiden lasse, sehe ich fast nie andere Kunden. Mit der Renovierung hat sie sich wohl ziemlich übernommen. Da kommt eine Erbschaft gerade recht. Irmgard war äußerst knauserig in Geldangelegenheiten und hat sich selbst rein gar nichts gegönnt, seit sie Witwe war. Da dürfte ein schöner Batzen auf den Konten liegen.«

Hannah rang mit sich. Durfte sie einen Mann in den Achtzigern in die Schranken weisen, oder sollte sie sein Gerede schweigend ertragen?

»Wir sehen uns heute Abend, Herr Althüsmann. Mama, was hältst du davon, wenn wir zum Friedhof fahren und bei Papas Grab nach dem Rechten sehen? Den Spaziergang können wir auch dort machen.«

Während ihres ausgedehnten Rundgangs zu den Gräbern von verstorbenen Verwandten hörte Hannah altbekannte Geschichten, aber auch Neuigkeiten von Cousinen und Cousins, an die sie schon länger nicht gedacht hatte. In der Regel sah man sich nur noch zu Beerdigungen. Brigittes Redefluss schien nicht versiegen zu wollen. Sie genoss sichtlich, dass Hannah ihr immer neue Fragen stellte.

Auf vielen Grabsteinen entdeckte sie öfter Namen, die ihr etwas sagten. Einige Verstorbene hatte sie persönlich gekannt, andere nur vom Hörensagen. Auch dieser Friedhof wandelte sich, stellte sie fest: pflegeleichte, mit Kies, Schotter oder Steinplatten bedeckte Gräber, einzelne verwahrloste oder gar aufgelassene Grüfte, ein neuer Bereich für Urnengräber, in dem noch ausreichend Platz zu sein schien.

Am Grab ihres Vaters stellten sie eine Kerze auf. Die Pflanzen mussten dringend beschnitten werden, stellte Hannah fest und fügte ihrer To-do-Liste stillschweigend einen neuen Punkt hinzu.

Als sie eine Reihe mit Einzelgräbern passierten, fiel ihr Blick auf einen kleinen, polierten Grabstein mit einem vertrauten Namen: Mario Jäger. Anhand der eingemeißelten Daten rechnete sie rasch nach: Der Bruder ihrer Spielkameradin Sabine war nur fünf Jahre alt geworden. Sie konnte sich kaum noch an den Kleinen erinnern, der bei einem Verkehrsunfall ums Leben gekommen war. Nur an die Bestürzung, die das Unglück damals in der Nachbarschaft ausgelöst hatte.

»Darüber sind Anita und Ernst nie weggekommen«, meinte ihre Mutter leise.

Bei ihrer Rückkehr empfing Ina Meyer sie mit hochrotem Gesicht und einem strahlenden Lächeln. Sie sei gleich so weit, versicherte sie. Nur die Gästetoilette fehle noch.

Eine Viertelstunde später hatte Frau Meyer ihre Putzutensilien zusammengepackt und kam in die Küche.

»So, das war's dann für heute, Frau Bergmann«, sagte sie und blieb im Türrahmen stehen.

»Alles klar.«

Zu Hannahs Verwunderung rührte die Frau sich nicht vom Fleck. Was wollte sie denn noch?

»Wie wollen wir es heute mit der Bezahlung machen, Frau Bergmann?«

»Ach ja.« Brigitte stand ächzend auf und holte ihr Portemonnaie aus der Handtasche im Flur. Sie suchte eine Weile, fischte die passenden Scheine und Münzen heraus und legte sie auf den Tisch.

Frau Meyer räusperte sich. »Tja, ist mir ein bisschen unangenehm, aber ich bekomme noch zehn Euro von vorletzter Woche. Sie hatten damals nicht genug Bargeld im Haus.«

»Stimmt. Das war mir ganz entfallen.« Brigitte schaute noch einmal in ihre Geldbörse, runzelte die Stirn und schaute Hannah hilfesuchend an. »Ich habe es nicht klein.«

Hannah half mit zwei Fünfern aus.

»Ich weiß nicht, ob ich es nächste Woche schaffe, Frau Bergmann. Mein Auto muss zum TÜV und danach vermutlich erst mal in die Werkstatt. Ich will versuchen, mir einen anderen Wagen zu leihen. Ich melde mich noch, ob es klappt.«

Mit einem munteren »Tschüss dann« war sie verschwunden.

Brigitte ließ sich auf den Stuhl sinken und schüttelte den Kopf. »Ich kann mich überhaupt nicht daran erinnern, dass ich ihr noch Geld schuldete.«

Hannah zog es vor, das nicht zu kommentieren. »Was ist denn mit den Fünfzigern, Mama?«

Brigittes Blick flackerte. Sie schien verwirrt. Hannah nahm ihr das Portemonnaie ab und schaute hinein. »Alles in Ordnung, Mama. Die beiden Fünfziger sind noch da.«

»Das ist gut«, seufzte Brigitte. »Und was bedeutet das nun?«

»Dass Frau Meyer dir mit ziemlicher Sicherheit kein Geld wegnimmt. Sie hätte heute alle Zeit der Welt gehabt, als wir unterwegs waren.«

»Aber vielleicht hat sie sich nicht getraut, weil du hier bist.«

Hannah nickte. Dieser Gedanke war ihr auch schon gekommen. »Du solltest sie nächste Woche noch mal auf die Probe stellen. Aber nachdem ich Frau Meyer jetzt kennengelernt habe, kann ich mir eigentlich nicht vorstellen, dass sie dir Geld stiehlt.«

»Habe ich dir doch gesagt. Sie ist so eine nette Person. – Vielleicht ist es doch Norbert Althüsmann.«

Nun war Hannah völlig perplex. »Althüsmann? Wie kommst du darauf?«

»Er kommt andauernd unter irgendeinem Vorwand vorbei, bringt mir Reklameblättchen aus dem Supermarkt oder die neuste Ausgabe der Apothekenzeitschrift mit und quasselt mir die Ohren voll. Und … «, Brigitte senkte verschwörerisch die Stimme, »… dann muss er jedes Mal plötzlich zur Toilette.«

»Aha.«

»Ich kann ja schlecht hinter ihm herlaufen. Jedenfalls braucht er immer ziemlich lange. Vielleicht schleicht er herum und greift kurzerhand ins Portemonnaie … Brauchen kann er das Geld bestimmt. So eine Polin wie Justyna ist nicht gerade billig, habe ich gehört.«

»Ich glaube kaum, dass Herr Althüsmann dir Geld klaut, Mama. – Übrigens habe ich allmählich Hunger.«

»Oder es war die Frau, die neulich hier war.«

»Welche Frau?«

»Ich kannte sie nicht. Sie hat mir zwar ihren Namen gesagt, aber ich habe ihn vergessen.«

112

»Was wollte sie denn von dir?«

»Sie hat mich gefragt, ob ich Hilfe brauche. Keine Ahnung, wie sie darauf kam.«

»Und wann war das?«

»Vor einigen Tagen.«

Vor einigen Tagen war Brigitte im Krankenhaus gewesen. Auch ihr Zeitgefühl hatte mittlerweile anscheinend mächtig gelitten.

»War sie nur bei dir oder auch bei anderen hier in der Straße?«

»Das weiß ich nicht. Ich habe sie nicht gefragt. Sie hat mich die ganze Zeit so komisch angeschaut und sich hier alles genau angesehen. Vielleicht wollte sie ausspionieren, ob sich ein Einbruch bei mir lohnt. Jedenfalls habe ich sie weggeschickt.«

Im Stillen beschloss Hannah, Josefine Mendel zu fragen, ob sie wusste, wer diese ominöse Besucherin gewesen sein könnte.

»So, jetzt müssen wir aber mit dem Mittagessen loslegen, Mama. Wie wäre es, wenn du den Rosenkohl fertig machst und ich die Kartoffeln?«


*Gegen vier Uhr*

Seufzend ließ Hannah sich am Küchentisch nieder. Brigitte hatte sich ins Wohnzimmer verzogen, um ihre Nachmittags-Soap anzuschauen.

Eine anstrengende Stunde lag hinter ihnen. Hannah hatte vorgeschlagen, Brigittes Wintergarderobe in Augenschein zu nehmen. Irgendwann war ihr klar geworden, dass ihre Mutter vollkommen überfordert war und Hannahs Entscheidungen willenlos hinnahm. Aber sie konnte Brigitte doch nicht einfach übergehen und Blusen, Pullover und Wäsche aussortieren, ohne sie zu fragen. Oder doch? Inzwischen war sie völlig verunsichert, wie sie sich verhalten sollte.

Der Kirschbaum vor dem Küchenfenster war bis auf einzelne Blätter kahl, die dunklen Äste ragten vor dem grauen Himmel auf. An den Enden waren sie stumpf, Ernst Jäger hatte sie beschnitten. Im Sommer bei vollem Blattwerk sah der Baum äußerlich unversehrt aus. Wie manche Menschen, denen man ihre Verletzungen und Erkrankungen nicht immer ansah, weil es ihnen gelang, sie geschickt zu kaschieren …

Die graue Wolkendecke löste sich zusehends in einzelne Päckchen auf, hinter denen der Himmel gen Westen schimmerte. Bei genauerem Hinsehen bemerkte Hannah, dass die Wölkchen sich in gemächlichem Tempo in Richtung Norden bewegten. Zwischen zwei Häusern in der nächsten Querstraße tauchte ein schmaler Lichtschein auf, der in rascher Reihenfolge von flammend rot zu zinnober, orange und schließlich violett wechselte. Wenige Augenblicke später war er verblasst, und die Dunkelheit setzte ein.

Ein Wetterwechsel kündigte sich an. Vielleicht gab es morgen eine Chance auf Sonne. Ein Blick aufs Thermometer verriet ihr, dass es sinnvoll wäre, sich zum Glockenfest warm anzuziehen.

Hannah warf einen letzten Blick in den Spiegel im Flur, zupfte an ihren Haaren und überprüfte, ob der Schal richtig saß.

»Nun komm schon! Sind doch bloß die Nachbarn«, knurrte Brigitte, die in ihrem flauschigen Mantel wartend an der Haustür stand. »Und vergiss nicht, die Haustür abzuschließen.«

Traditionell leuchteten an diesem Abend nur die Glocken an den Häusern in der Sonnenstraße. Alle anderen adventlichen Lichter waren erloschen – mit Ausnahme von Jägers Weihnachtsland direkt gegenüber von Althüsmanns Carport. Im Vorübergehen sah Hannah, dass in diesem Jahr sogar die Loggia einbezogen war. Dort beugte sich ein Engel mit goldenem Haar über die Brüstung und schüttete einen Sack mit imaginärem Schnee über die Landschaft aus.

Zwei Kinder flitzten mit Bobbycar und Kipplaster über die Straße. Ein junger Mann – vermutlich Sonjas Ehemann – stand am Rand und hielt die beiden im Auge.

Der Carport lag einigermaßen geschützt gegen den kalten Wind zwischen Althüsmanns Hauswand und der mannshohen Hainbuchen-Hecke, die Josefines Einfahrt begrenzte. Lichterketten, Tannengrün und flackernde Kerzen auf den Tischen sorgten für eine stimmungsvolle Atmosphäre, der Duft von Bratwurst und Glühwein erfüllte die Luft. Die Organisatoren hatten sich wirklich Mühe gemacht.

An einem runden Tisch im Hintergrund saßen Anita und Ernst Jäger in warme Wolldecken gehüllt mit Blick auf ihren herausgeputzten Vorgarten. Anita nickte Hannah kaum merklich zu und biss von ihrem im Pappstreifen klemmenden Bratwürstchen ab. Seitdem Hannah sie das letzte Mal gesehen hatte, hatte sie deutlich zugenommen und wirkte mit ihren halblangen, grauen Haaren wesentlich älter als der ebenfalls wohlgenährte Ernst.

Ihr gegenüber saß Magda Althüsmann in ihrem Rollstuhl, daneben eine schlanke Gestalt in einem Kapuzen-Mantel, die sich nun umwandte. Dunkles, welliges Haar lugte unter der groben Strickmütze hervor, Grübchen ließen ihr apartes Gesicht freundlich wirken.

»Hallo, Frau Bergmann. Sie sind wieder gesund, das ist ja toll! Und wen Sie haben mitgebracht?« Der polnische Akzent war deutlich zu hören.

»Meine Tochter Hannah.«

Die Frau gab Hannah mit einem herzlichen Lächeln die Hand. »Ich bin Justyna. Haben wir uns ja schon mal auf Straße getroffen.« Sie wies auf die restlichen freien Stühle. »Setzen Sie sich doch. Möchten Sie Wolldecke für Rücken, Frau Bergmann?«

Brigitte ließ sich dankbar nieder, während Justyna ihren Stuhl fürsorglich mit einer Decke auspolsterte.

»Mama, möchtest du ein Bratwürstchen?«, fragte Hannah.

»Gerne. Mit Senf. Aber pass auf, dass er dir kein verbranntes gibt.«

Als Hannah sich zum Grill umwandte, standen Kirsten und Hendrik Wisdonck mit Sonja am Stehtisch im vorderen Teil des Carports. Alle drei hatten dampfende Becher vor sich stehen. Hannah grüßte im Vorübergehen und stellte sich am Grill an, wo Ulrich geschickt mit den Würstchen hantierte. Er kommentierte ihre Bestellung mit keinem Wort, bugsierte zwei Würstchen auf schmale Pappteller, drückte jeweils einen Klecks Senf daneben und reichte ihr beide.

»Glühwein dazu, Hannah?«, dröhnte Althüsmann, der in dickem Parka hinter einem Tapeziertisch mit den Getränken stand. Schon hatte er zwei Porzellanbecher vor sich stehen und wollte aus einer Thermoskanne eingießen.

»Später gerne. Jetzt erst mal zwei Wasser.«

»Wenn du meinst«, brummte der Alte. »Ist eigentlich zu kalt dafür.« Er holte zwei Flaschen aus einer Getränkekiste im Hintergrund und öffnete sie. »Aber nachher trinken wir beide einen zusammen.«

Hannah lächelte gequält. Das konnte ja noch heiter werden.

Sie brachte die Würstchen zum Tisch, wo Brigitte sofort begann, ihres auf verbrannte Stellen zu untersuchen. Beim erneuten Gang zum Getränketisch sah sie aus dem Augenwinkel, dass Hendrik sie intensiv musterte, während er gleichzeitig gestikulierte und mit Sonja redete. Er trug eine gefütterte Lederjacke mit lässig um den Hals geschlungenem Schal. Sein Haar war immer noch dicht und blond mit wenig Grau darunter, das nicht groß auffiel. Kleine Fältchen um Mund und Augen ließen ihn reifer wirken. Ein wenig fülliger schien er allerdings geworden zu sein, seitdem sie sich auf Brigittes 70. Geburtstag gesehen hatten.

Auch beim Rückweg zu ihrem Sitzplatz ließ Hendrik sie nicht aus den Augen. Als sie sich mit den beiden Wasserflaschen in der Hand am Stehtisch vorbeigeschlängelt hatte, überkam sie das Gefühl, seine Blicke würden sich in ihren Rücken bohren.

»Hannah, schön, dass du da bist!«

»Hallo, Josefine!« Die Nachbarin war selbst beim improvisierten Grillfest dezent geschminkt und trug ein grünes Schultertuch aus Wolle zu ihrem eleganten Mantel. Auch Lucy war mit von der Partie und zog heftig an der Leine in Richtung Grill.

»Wie geht es Brigitte?«, fragte Josefine mit gedämpfter Stimme und legte ihre Hand kurz auf Hannahs Arm.

»Was soll ich sagen?«, seufzte Hannah. »Körperlich geht es ihr anscheinend schon besser, aber der Kopf macht halt nicht mehr so ganz mit. Sie vergisst vieles, und wenn sie sich erinnert, dann weiß ich oft nicht, ob ich ihr glauben kann.«

»Was meinst du damit?«

»Sie hat zum Beispiel behauptet, ihre Putzhilfe nähme ihr Geld aus dem Portemonnaie. Aber das scheint gar nicht der Fall zu sein.«

»Ach, das hat sie mir auch schon ein paar Mal erzählt. Nie im Leben bestiehlt Ina Meyer irgendwen. Für die lege ich meine Hand ins Feuer.«

»Putzt sie auch bei dir?«

»Aber ja. Ich halte sie für absolut vertrauenswürdig.«

»Gut zu wissen. Ich kannte sie bis heute Morgen überhaupt nicht und habe mich von Brigittes Gerede einlullen lassen. Tatsache ist aber, dass Geld aus ihrem Portemonnaie verschwindet. Sie muss ständig zur Kasse, um Nachschub zu holen.«

Josefine schwieg einen Augenblick lang. »Du weißt schon, dass Demenzkranke häufig glauben, jemand würde sie bestehlen? Meine Schwägerin hat damals ihre gesamte Familie beschuldigt und viel Unfrieden gestiftet.«

»Das ist ein Symptom von Demenz?«, entfuhr es Hannah. »Das wusste ich nicht.«

»Immer langsam, Hannah. Es ist nur eine Möglichkeit. Ich will nicht behaupten, dass Brigitte sich die Diebstähle tatsächlich nur einbildet. Ehrlich gesagt habe ich selber manchmal den Eindruck, dass mir Geld fehlt. Vielleicht kann ich mich aber auch nur an irgendwelche Ausgaben nicht erinnern. Oder ...«

»Oder?«

Josefine holte tief Luft. »Ich wage es kaum auszusprechen, aber ich habe schon meinen Enkelsohn Niklas verdächtigt.«

Hannah erinnerte sich vage an den etwas unwillig wirkenden jungen Mann, den sie am vergangenen Wochenende bei Josefine angetroffen hatte.

»Niklas könnte ohne Weiteres herausfinden, wo ich mein Bargeld verstecke. Meistens verdränge ich den Gedanken aber schnell wieder, weil ich gar nicht wissen will, ob es wirklich stimmt. – Aber Hannah, wir sollten vorsichtig sein.«

»Wie meinst du das?«

»Wir fangen an, Leute zu verdächtigen. So war es damals in der Familie meiner Schwägerin auch. Und am Ende war alles ganz anders.«

Hannah schaute sie erwartungsvoll an.

»Nach ihrem Tod hat jemand beim Aufräumen ein geheimes Versteck gefunden, in dem sich mehrere Tausend Euro befanden. Sie hatte das Geld wohl selbst ›in Sicherheit‹ gebracht.«

Hannah schüttelte ungläubig den Kopf.

Am Tisch der Älteren unterhielt Brigitte sich mit Justyna, die gleichzeitig Magda Althüsmann aus einer Tasse zu trinken gab. Jägers saßen immer noch da, ohne sich am Gespräch zu beteiligen.

»Ernst Jäger arbeitet doch auch bei dir im Garten, Josefine?«

»Ja. Warum fragst du?«

»Warum reden die eigentlich mit niemandem? Früher war das doch nicht so. Oder ist mir das als Kind nur nicht aufgefallen?«

Josefine senkte die Stimme. »Ernst ist nicht gerade ein verträglicher Mensch. Ein kleiner Patriarch, wenn du mich fragst. Anita hat es nicht leicht.«

»Aber dann könnte sie doch wenigstens die Nachbarschaft pflegen.«

»Er lässt sie nicht, seitdem er sich mit Norbert Althüsmann überworfen hat.«

»Ich erinnere mich dunkel«, murmelte Hannah. »Was war noch mal der Anlass?«

»Genau weiß ich das gar nicht mehr. Die beiden sind einfach zu verschieden. Ernst ist der große Schweiger, und Althüsmann redet bekanntermaßen für sein Leben gern.

Weiß über alles Bescheid und vor allem besser als jeder andere. Eines Tages sind sie wegen irgendeiner Lappalie aneinander geraten. Seitdem haben sie nicht mehr miteinander gesprochen.«

»Und die Frauen mussten mitmachen?«

»Anita würde nie wagen, sich gegen ihren Mann zu stellen. Ernst ist noch richtig vom alten Schlag. Eure Generation weiß ja kaum noch, wie das früher war. Wir Frauen haben doch nie eigenes Geld verdient. Mein Mann war immer großzügig und hat mir eine feste Summe für meine persönlichen Ausgaben zur Verfügung gestellt. Aber Anita hat sich nie auch nur ein Paar Schuhe kaufen oder zum Frisör gehen dürfen, ohne Ernst um Geld bitten zu müssen. Und er allein hat dann entschieden, ob die Ausgabe nötig war. Oder eben nicht.«

»Das muss ja fürchterlich demütigend sein.«

»Man wird unterwürfig und macht sich klein. Nur um des lieben Friedens willen. So wie Anita eben. – So, jetzt aber genug davon. Ich besorge mir rasch ein Würstchen und setze mich zu euch.«

Im Weggehen warf Hannah einen Blick über die Schulter und sah direkt in Hendriks Augen.

Sie setzte sich so, dass sie die Gruppe am Stehtisch im Auge behalten konnte. Ihr gegenüber saß Magda Althüsmann zusammengesunken in ihrem Rollstuhl. Sie schien nur noch aus Haut und Knochen zu bestehen und starrte blicklos ins Leere. Obwohl ihr keinerlei Regung anzumerken war, sprach Justyna immer wieder mit ihr, als ob sie dem Gespräch folgen könne.

»Dein Würstchen ist jetzt bestimmt kalt«, sagte Brigitte schnippisch. »Worüber hast du denn so lange mit Josefine gesprochen?«

»Über nichts Besonderes. Nur wie nasskalt es heute ist.«

Und das stimmte. Je länger sie am Tisch saß, desto mehr fühlten sich Hannahs Füße wie Eisbrocken an.

Sonja Bernholt hatte ihren Mann offensichtlich bei der Aufsicht über die Kinder abgelöst. Der junge Mann becherte kräftig, um den Alkohol-Rückstand aufzuholen. Auch Kirsten hatte sich schon wieder Glühwein-Nachschub besorgt.

Justyna putzte Magda Althüsmann die Nase. »Sie haben alles gut im Blick«, suchte Hannah das Gespräch mit der Polin. Die Gelegenheit war günstig, denn Josefine hatte Brigitte soeben in ein Gespräch verwickelt.

Justyna schien erfreut, wiegelte aber ab. »Für mich das ist ganz normal.«

»Wie lange sind Sie eigentlich schon bei Althüsmanns?«

»Meine Tochter war 12, als ich kam hierher. Nun sie wird bald 15.« Justyna seufzte.

»Ein schwieriges Alter«, warf Hannah mitfühlend ein.

»Das ist wahr. Lebt sie bei meiner Mutter, aber es ist schwierig mit ihr. Mein Mann ist Monteur und viel weg.«

»Fahren Sie zu Weihnachten nach Hause?«

»Nur wenn Herr Althüsmann neue Betreuerin findet. Ist aber ein bisschen schwierig.«

»Ach so. – Sie sprechen recht gut deutsch, Justyna.«

»Ich versuche, viel zu üben. Das ist wichtig für Menschen, die ich betreue. Wenn sie mich nicht verstehen, weil ich deutsche Wörter nicht kenne oder mich zu viel polnisch anhöre, dann klappt das nicht mit uns.«

Hannah holte tief Luft. »Justyna, ich habe eine Frage an Sie. Bitte, es ist nur eine Frage. Wenn es nicht geht, dann ist es nicht schlimm.«

»Sprechen Sie schon frei los damit«, meinte Justyna lächelnd. Die »rrrs« rollten nur so über ihre Lippen und machten sie ungeheuer sympathisch.

Hannah erklärte ihr die Sache mit dem Notruf und der Kontakt-Liste. »Kirsten Wisdonck steht an erster Stelle, aber es kann natürlich mal sein, dass sie unterwegs ist und nicht nach meiner Mutter schauen kann. Könnten Sie sich vorstellen, dann einzuspringen? Wenn etwas Schlimmes passiert ist, würde ich natürlich sofort kommen.«

Auf Justynas Stirn erschienen Falten. »Ich würde wirklich das gerne machen. Ist ja nur Kleinigkeit, aber wenn ich Frau Althüsmann ins Bett bringe oder mit ihr spazieren gehe, kann ich dann nicht so schnell bei Ihrer Mutter sein. Und …« Sie schaute sich kurz um. »Herr Althüsmann will das sicher nicht. Sie verstehen? Vielleicht finden Sie andere Person?«

Hannah versuchte, sich ihre Enttäuschung nicht anmerken zu lassen. Es war schließlich nur ein Versuch gewesen.

»Wer möchte eine Waffel zum Nachtisch?«, schallte es plötzlich durch den Carport. Sonja hatte ihr Waffeleisen neben Althüsmann auf dem Tapeziertisch aufgebaut und schwenkte fröhlich ihre Kelle. Die Schüssel mit Teig vor ihr war gewaltig.

»Oh, das ist ja mal etwas ganz Neues«, sagte Brigitte hocherfreut. »Holst du mir eine?«

»Erst mal sind die Kinder dran«, erwiderte Hannah und wies auf die kleine Schlange, die sich bereits vor Sonja gebildet hatte. Ulrich säuberte derweil schon den Grill – der Bedarf an Würstchen schien gedeckt zu sein.

»Und hier gibt es dazu Glühwein und Kinderpunsch«, pries Althüsmann seine Getränke an.

*Zur selben Zeit – am selben Ort*

*Die Zeit wollte einfach nicht vergehen. So oft es ging schaute sie verstohlen auf ihre Uhr, aber jedes Mal waren höchstens ein paar Minuten vergangen. Die Nervosität kroch ihr immer intensiver in die Glieder. Wie sollte sie noch still sitzen können? Heute würde es endlich passieren.*

*Sie konnte es kaum abwarten, bis die ersten Gäste sich verabschieden würden. Dann konnte sie sich unauffällig anschließen, und niemand würde Verdacht schöpfen.*

*Nur wenig später*

Hannah wandte sich kurz um: Die Waffelproduktion stockte immer noch.

Anita Jägers Mund war nur ein schmaler Strich. Sie schaute andauernd auf die Uhr und schien sich äußerst unwohl zu fühlen. »Wollte Sabine nicht mit ihrer Familie kommen?«, versuchte Hannah, sie ins Gespräch zu ziehen.

»Eigentlich wohl«, antwortete die Nachbarin zögerlich, während ihr Mann eisern schwieg. »Aber wie das so ist: Irgendetwas ist dazwischengekommen. Sabine macht ja wieder mehr Stunden in der Schule. Und die Kinder sind schon zu groß, um noch Spaß am Glockenfest zu haben.«

»Das kann ich mir vorstellen.«

»Wollen wir uns Waffeln holen?«, brummte Ernst Jäger offensichtlich ungehalten. Anscheinend passte es ihm nicht, dass seine Frau mit Hannah sprach.

Josefine, Justyna und Brigitte hatten offensichtlich ein neues Thema gefunden. Hannah stand auf und schlängelte sich am Stehtisch vorbei zum Waffelstand, allerdings reihten sich Jägers noch blitzschnell vor ihr ein.

»Auch 'ne Möglichkeit, sich in der Nachbarschaft beliebt zu machen. Ein zünftiger Einstand wäre mir lieber gewesen«, zischte Kirsten Hannah von hinten ins Ohr. Sie roch stark nach den typischen Glühwein-Gewürzen.

»Ist doch nett gemeint. Und kommt gut an«, erwiderte Hannah, ohne sich umzusehen.

»Hauptsache«, hörte sie Kirsten murmeln. »Wann kann man denn wohl mit Anstand von hier verschwinden?«

Hannah musste plötzlich an ihre morgendliche Zeitungslektüre mit Brigitte denken. »Habt ihr eigentlich schon einen Beerdigungstermin festlegen können? Wenn ich rechtzeitig Bescheid weiß, kann ich mir eventuell Urlaub nehmen.«

»Die Polizei hat die Leiche inzwischen freigegeben. Aber Irmgard wird eingeäschert und die Urne im engsten Familienkreis beigesetzt. Schwiegermutter hatte sich das so gewünscht.«

»Aha.« Hannah hatte sich unwillkürlich Kirsten zugewandt, enthielt sich aber eines Kommentars.

»Schau nicht so kritisch, Hannah. Wir haben genug unter Irmgards Fuchtel gelitten.« Kirsten hatte lauter gesprochen. Sie schien sich nicht mehr ganz unter Kontrolle zu haben. Althüsmann schaute interessiert zu ihnen herüber.

Mit gedämpfter Stimme raunte Kirsten Hannah nun zu: »Morgen Nachmittag ist die Testamentseröffnung beim Notar. Bin schon total gespannt, welche ›freudigen‹ Nachrichten wir da zu hören bekommen werden. Irmgard war ja immer für eine Überraschung gut.«

Hannah zog es vor, nicht zu antworten, denn das Thema gehörte wohl nicht hierher.

Brigitte starrte mittlerweile mit leerem Gesichtsausdruck vor sich hin. Josefine und Justyna erörterten offenbar ernste Themen. Beide schauten betrübt, und Josefine tätschelte der Polin von Zeit zu Zeit tröstend den Arm.

»Das dauert mir hier zu lange«, maulte Kirsten, ließ sich von Althüsmann einen Glühwein geben und ging zurück zum Stehtisch, wo Sonjas Ehemann seinen Jüngsten auf dem Arm hatte und mit Waffelstückchen fütterte.

»Hannah, jetzt trinkst du aber einen mit mir«, ordnete Althüsmann an, als er sie in der Warteschlange erblickte. Seufzend ergab Hannah sich, nahm einen Becher mit stark nach Nelke und Zimt duftender Flüssigkeit entgegen und ließ ihn erst mal abkühlen, um nicht wieder einen Hustenanfall zu bekommen.

Althüsmann prostete ihr zu: »Wie gefällt es dir auf dem Glockenfest?«

»Wunderbar! Sie haben sich viel Arbeit gemacht. Wie immer. Die Straße wirkt so heimelig, wenn nur die Glocken leuchten.«

»Tja, bloß dass sich nicht alle daran halten«, brummte Althüsmann und nickte in Richtung der bunten Lichter im Garten gegenüber. »Ziemlich geschmacklos, finde ich. Und jedes Jahr wird es größer und schriller. Keine Ahnung, was er damit will. – Nächstes Jahr musst du unbedingt mit deiner Familie zum 40. Glockenfest kommen. Wir wollen alle einladen, die hier jemals gewohnt haben.«

»Gute Idee. Manche habe ich schon lange nicht mehr gesehen.« Vorsichtig probierte Hannah die dampfende Flüssigkeit: Das Zeug war richtig gut. Süffig und nicht zu stark.

»Total lecker.« Sie schaute sich um zum Tisch der Älteren, wo Justyna gerade Magda Althüsmann die Hände wärmte, während sie weiter mit Josefine redete. »Mir scheint, Ihre Frau ist bei Justyna in sehr guten Händen.«

»Das kann man wohl sagen«, pflichtete Althüsmann ihr bei. »Mit ihr haben wir wirklich einen Glücksgriff getan. Sie ist verlässlich, freundlich und sich für nichts zu schade.«

»Ich habe gehört, die Betreuerinnen aus Osteuropa haben immer nur eine Aufenthaltsgenehmigung für drei Monate und müssen dann abgelöst werden. Ist das auch bei Justyna so?«

»Ja, leider, denn ihre Kolleginnen sind das Problem. Du kannst dir gar nicht vorstellen, was wir schon alles mit den diversen Damen erlebt haben.«

»Man hört ja so allerhand.«

»Leider sind die Geschichten nicht übertrieben. Wir hatten hier schon eine Heimweh-Kranke, die nach zwei Wochen wieder abgehauen ist. Dann steht man da ohne Betreuung und muss sehen, wie es weitergeht. Danach kam eine Alkoholikerin, die eine umfangreiche Flaschensammlung in ihrem Zimmer angelegt hat. Einige Frauen sind vom Wesen her schwierig, lassen sich nichts sagen und wollen alles so machen, wie sie es in ihren Heimatländern gewohnt sind.«

Hannah nahm noch einen Schluck. Allmählich erwärmte das Getränk ihre Glieder. »Das ist sicher nicht so einfach, vor allem für Ihre Frau, wenn sie sich immer wieder an neue Gesichter gewöhnen muss.«

»Für mich auch nicht«, schnaubte Althüsmann. »Manche ticken schon aus, wenn man sie bittet, ein paar Kartoffeln zu schälen oder Töpfe zu spülen. Offiziell gehört das nämlich nicht zu ihren Aufgaben. Ich habe inzwischen Essen auf Rädern bestellt, um dem Ärger aus dem Weg zu gehen. Dabei haben die Frauen es gut bei uns: ein eigenes Apartment mit

Badezimmer, Fernseher, Wlan-Anschluss – alles vom Feinsten.«

Althüsmann trank seinen Glühwein aus, schaute in die Thermoskanne und stellte sie zur Seite. »Wenn wir eine zweite Justyna finden würden, könnte es bei uns noch eine Weile so weitergehen. Immerhin sind die Polinnen noch günstiger als die Unterbringung in einem Pflegeheim.«

Hannah trank den letzten Schluck Glühwein und nahm endlich zwei mit Puderzucker bestäubte Waffeln von Sonja entgegen. Die junge Nachbarin war hochrot im Gesicht, wünschte ihr einen guten Appetit und sah verstohlen auf ihre Armbanduhr. Die Teigschüssel war noch nicht einmal halb leer.

Der Grillstand nebenan war verwaist. Ulrich schien bereits gegangen zu sein.

Hendrik war immer noch in ein Gespräch mit Sonjas Ehemann vertieft. Mit Kirsten hatte er den ganzen Abend noch nicht gesprochen.

»Philipp, die Kinder müssten bald mal ins Bett gebracht werden«, hörte sie Sonja hinter sich sagen. »Wo ist Emma eigentlich?«

Ihr Ehemann schaute sich um. »Gerade war sie noch hier. Finn, weißt du, wohin Emma gegangen ist?«

Der Kleine schüttelte den Kopf und legte ihn auf Philipps Schulter ab. Da musste wirklich jemand dringend ins Bett. Sein Vater übergab ihn kurzerhand an Hendrik. Der Kleine merkte nichts davon und schmiegte sich vertrauensvoll an den Mann, der ihm nun liebevoll über den Kopf strich. Einen Augenblick später hörte man Philipp auf der Straße nach seiner Tochter rufen. Hannahs und Hendriks Blicke trafen sich einen Moment lang.

Brigitte aß ihre Waffel – ausnahmsweise ohne zu meckern – und verkündete dann, dass ihr kalt sei.

»Soll ich dich nach Hause bringen, Mama?«

Ein zustimmendes Nicken.

»Gut. Dann wollen wir mal.«

»Ich glaube, für Frau Althüsmann wird es auch Zeit zum Schlafengehen«, schloss Justyna sich an und stand auf.

»Kommt ihr noch mal zurück?«, kam es von Josefine.

»Ich denke schon«, sagte Hannah.

»Ich versuche es. Mal sehen, ob Frau Althüsmann schnell einschläft. Dann kann ich noch mal weggehen.«

Als sie aus dem Carport traten, empfing sie eisiger Wind. Durch die Lücken der dünnen Wolkenschicht funkelten einzelne Sterne.

»Emma!« Philipp klang mittlerweile energischer. »Komm heraus! Es ist zu dunkel. Ich kann dich heute nicht finden.« Offenbar trieb Emma dieses Spielchen öfter mit ihrem Papa. Philipp begann ohne Hast, in Jägers Vorgarten zwischen den beiden meterhohen, mit Tannengrün und Lichterketten umwickelten Plastikkerzen, dem Schlitten mit dem Geschenke-Stapel und den mehr als mannshohen Figuren von Weihnachtsmann und Knecht Ruprecht nach seiner Tochter zu suchen.

Plötzlich wackelte der Riesen-Weihnachtsmann. Das konnte nicht nur der Wind sein. Hannah gab Philipp einen dezenten Hinweis, woraufhin der sich anschlich und Emma unter lautem Gejohle hinter der Figur aufspürte.

»Hier gibt es ein super-tolles Versteck, Papa«, kreischte das Mädchen aufgeregt. »Aber ich verrate nicht wo.«

Im Haus war es angenehm warm. Während Brigitte das Fernsehprogramm studierte, bereute Hannah schon, dass sie versprochen hatte, noch einmal zurückzukommen. Eigentlich war ihr Bedürfnis nach nachbarschaftlicher Konversation gestillt.

Das Bild von Hendrik mit Finn auf dem Arm ging ihr nicht aus dem Kopf. Plötzlich meldete sich die Sehnsucht nach Lasse. Vielleicht war er noch nicht im Bett.

»Lasse Schmielink«, meldete er sich vorschriftsmäßig.

»Hallo, Lasse, du bist ja noch auf!«

»Hallo, Mama! Papa und ich hatten zu tun. Wir haben gerade erst gegessen, und Papa räumt jetzt die Spülmaschine ein.«

»Was hattet ihr denn zu tun?«

»Großes Geheimnis. Du musst noch warten, bis du es erfährst.«

Ein Weihnachtsgeschenk. Damit erübrigte sich wohl die Frage, ob er sich noch einen Rest vom Glauben an das Christkind bewahrt hatte.

»Kein Problem. Wie läuft es in der Schule?«

Lasse rang sich mit Mühe drei Sätze ab und sagte dann: »Willst du Papa noch sprechen? Der hat jetzt Zeit.«

»Ja, gib ihn mir mal. Schlaf gut.«

Es dauerte ein paar Sekunden, bis ein weiches »Hannah« an ihr Ohr drang. In diesem Tonfall sprach er normalerweise nicht mit ihr. Nicht mehr. Nur in besonderen Situationen …

»Alles gut bei euch?«

»Ja, klar. Und bei dir?«

»Ich komme gerade vom Glockenfest – Glühwein und Würstchen inklusive.«

»Brrr – bei der Kälte. Hast du alle Nachbarn getroffen?«

»Ja, auch die von gegenüber. Aber es waren genug Beschützer dabei. Keine Sorge.«

»Das ist kein Witz, Hannah. Die drei sind immer noch unsere Hauptverdächtigen.«

»Ich weiß. – Samstag treffe ich mich mit Anne. Ich hoffe, dass ich Sonntag spätestens gegen Mittag bei euch bin.«

Es ging noch eine Weile weiter, denn keiner hatte Lust, das Gespräch zu beenden. Schließlich erinnerten sie sich gegenseitig, dass Lasse ins Bett gebracht werden musste, und sie legten auf.

Der Abend war noch jung. Hannah verspürte plötzlich einen Energieschub und beschloss, doch noch kurz rüberzugehen und einen Glühwein zu trinken. Sie zog ein zweites Paar Strümpfe an, wickelte sich einen von Brigittes selbstgestrickten, superwarmen Schals um den Hals und zog Handschuhe an.

»Du willst noch mal weg?« Brigitte klang merkwürdig.

»Ja, ich habe es Josefine doch versprochen.«

»Ach so. Ich dachte, du würdest mit mir fernsehen.«

Was sollte das denn auf einmal? So anhänglich kannte sie ihre Mutter sonst gar nicht.

»Ich bleibe nicht allzu lange.«

Als sie die paar Schritte zu Althüsmanns ging, war vom Carport her nichts zu hören. Der Stehtisch, der Platz für die Älteren und der Getränkestand waren gähnend leer. Norbert Althülsmann trug gerade ein voll beladenes Tablett mit Bechern und Thermoskannen ins Haus. Er sah grau im Gesicht aus und irgendwie enttäuscht. Vermutlich hatte er sich mehr von diesem Fest versprochen.

Nur eine Person war geblieben, um beim Aufräumen zu helfen: Hendrik war gerade dabei, den Stehtisch zusammenzuklappen.

»Keiner mehr da?«, fragte Hannah unnötigerweise.

»Bin ich keiner?«, frotzelte Hendrik in Hannah nur zu vertrauter Manier. »Ich muss noch ein paar Dinge wegräumen. Dann habe ich Zeit«, sagte er leise und rief in Richtung Althüsmann: »Norbert, den Grill hole ich morgen ab und erledige den Rest. Ruh dich aus! War sicher anstrengend für dich.«

Ohne Widerworte verzog Althüsmann sich mit einem knappen »Gute Nacht, Hannah.«

Grinsend holte Hendrik eine Thermoskanne aus einem Korb hervor und hielt sie ihr hin. »Vielleicht nicht mehr ganz so heiß wie vor zwei Stunden, aber immer noch lecker.«

Hannah nahm einen tiefen Schluck und merkte schnell, wie ihr angenehm warm wurde. Sie reichte die Kanne an Hendrik weiter, der sich ebenfalls ausgiebig bediente. Dann putzte er sich den Mund ab und schaute auf die Uhr. »Und nun? Ist ja wirklich noch nicht spät. Nicht mal acht Uhr.«

»Kirsten?«

»Hatte zu viel intus. Kommt öfter vor in den letzten Tagen. Die ungeklärte Situation macht ihr zu schaffen.«

»Und dir?«

»Mir auch, aber weniger. Wollen wir einen Spaziergang machen? Einmal durchs Baugebiet?«

Wie früher, kam Hannah sofort in den Sinn und ihr Herz klopfte unsinnigerweise.

»Los geht's«, sagte sie und zog den Schal hoch um den Kopf.

Sie bogen zwei Mal nach rechts und befanden sich mitten in der Siedlung.

»Was schimmert denn da?« Hannah zeigte auf eine große helle Stelle am Himmel zwischen den Häusern.

»Wir haben fast Vollmond, aber er versteckt sich hinter der dünnen Wolkenschicht. Ich glaube, es gibt Frost.«

»Aha. – Sag mal, haben wir es eilig?«

Beide prusteten los, denn schon früher hatte Hannah nicht mit seinem Tempo mithalten können.

Hendrik ging ein paar betont langsame Schritte. »Besser so?«

»Ein bisschen.«

Wortlos hakte er sich bei ihr unter.

Hannah zog den Schal höher. Musste ja nicht jeder sehen, dass sie mit einem verheirateten Mann unterwegs war. Dann redete sie sich gut zu: Es war schließlich nur ein harmloser Spaziergang.

Einmal begegneten sie einem Mann mit Hund, ab und zu rollte ein Auto in mäßigem Tempo vorbei. Flüchtig dachte sie an das Telefongespräch mit Jan. Hendrik war einer der Hauptverdächtigen.

Allmählich nahm sie die adventlich geschmückten Häuser wahr: Pyramiden und Schwippbögen in den Fenstern, Sterne in verschiedensten Formen und Größen, Girlanden an den Balkonen, mit Unmengen von Lichtern dekorierte Büsche und Bäume in den Vorgärten. Pure Energieverschwendung, aber herzerwärmend.

Als sie erneut nach rechts abbogen, liefen sie auf ein Haus mit einem vielzackigen Stern zu. »Was für ein wunderbares Licht! Ich hätte auch gern so einen Herrnhuter Stern.«

»Und warum besorgst du dir keinen?«

»Keine Ahnung. Wahrscheinlich vergesse ich es bis zum nächsten Advent.«

»Oder der Anblick soll etwas Besonderes bleiben.«

Instinktiv drückte sie Hendriks Arm. Er hatte es genau getroffen.

»Wer schmückt denn bei euch den Baum?«

»Ich natürlich. Aber Lasse wird mir dieses Jahr wohl zum ersten Mal helfen wollen.«

»Dein Sohn?« Sie meinte, einen traurigen Unterton in seiner Stimme zu hören.

»Ja.«

»Bist du glücklich mit deinem Mann?«

»Ja, bin ich.«

»Glücklicher als in deiner ersten Ehe?«

»Ja.« Himmel, das hatte noch nie jemand zu fragen gewagt!

»Freut mich für dich, dass du noch Mutter geworden bist. Bei uns hat es leider nicht geklappt. Liegt an mir. Also: Sei froh, dass es mit uns damals nichts geworden ist.«

Beinahe wäre ihr herausgerutscht, dass Kirsten schon etwas Ähnliches gesagt hatte, aber sie konnte sich gerade noch beherrschen.

»Vielleicht ganz gut, wenn ihr jetzt allein seid. Kirsten und Irmgard haben sich ja wohl nicht so gut verstanden.«

Er lachte zynisch auf. »Das ist eine ziemliche Untertreibung. Sie haben sich gegenseitig das Leben zur Hölle gemacht. Und mir auch«, fügte er leise hinzu.

»Aber wieso denn bloß?«

»Als wir damals geheiratet haben, sind Kirsten und ich selbstverständlich in den ersten Stock gezogen. Unausgesprochen war klar, dass wir die Wohnungen tauschen, wenn sich erst mal Nachwuchs bei uns einstellt. Aber der kam eben nicht, was nach Mutters Ansicht nur an Kirsten liegen konnte. Davon ließ sie sich nicht abbringen. Sie hat sich einfach stur gestellt und ist im Erdgeschoss geblieben, auch als Vater starb.«

»Und Ulrich?«

»Hockt in seinem Kellerzimmer, seitdem Kirsten eingezogen ist. Wer konnte ahnen, dass es ewig so weitergehen würde? Vier unzufriedene Menschen in einem Haus. Das konnte ja nicht gut gehen.«

»Warum seid ihr nicht ausgezogen?«

»Ja, warum nicht?« Er kratzte sich am Kopf. »Es kam für mich einfach nicht in Frage. Sie ist schließlich meine Mutter. Mir war klar, dass sie eines Tages auf Hilfe angewiesen sein würde. Auf Ulrich konnte ich nicht zählen.«

»Ich höre von allen Seiten, dass er ständig unterwegs ist. Jeden Abend. Was macht er denn bloß?«

»Weiß ich nicht. Will ich auch gar nicht wissen. Er lebt sein eigenes Leben. Schließt sich ein in seinem Zimmer.«

Sie bogen noch einmal nach rechts ab. Linker Hand tiefes Schwarz: der Grünstreifen entlang der Berkel mit Buschwerk, Bäumen, weiter hinten Wiesen und der klapprigen kleinen Brücke. Als Kinder hatten sie dort einen riesigen Spielplatz gehabt, ein kleines Paradies, das im Moment von der Dunkelheit verschluckt wurde.

Rechter Hand reihte sich immer noch ein Haus ans andere. Am Straßenrand gegenüber gab es einige Parkbuchten, die fast alle besetzt waren. Bald würden sie die Sonnenstraße wieder erreichen.

»Hast du eigentlich früher mal bemerkt, dass Ulrich etwas für mich übrig hat?«

»Nöh! Wie kommst du denn darauf?«

»Kirsten behauptet das. Und ehrlich gesagt: Er schaut mich gelegentlich ziemlich seltsam an.«

Ein dünner Schrei zerriss die Stille. Aufgeschreckt flüsterte Hannah: »Was war das? Hörte sich das nicht an wie eine Frau?«

»Bestimmt eine Katze. Davon gibt es hier reichlich.«

Hannah lauschte, aber es tat sich nichts mehr.

»Ich glaube, du musst dir nichts dabei denken, wenn Ulrich dich so ansieht. Er ist einfach seltsam.«

»Okay! Hast du noch Fotos von damals? Von unseren Feten mit der Clique im Jugendheim und im Partykeller bei Katrins Eltern?«

»Ich glaube nicht. Aber bei Ulrich hängt eine uralte Fotowand. Ich glaube, da bist du auch drauf. Mehrmals sogar.«

Hannah spürte mit einem Mal die eisigen Temperaturen. Die Wirkung des Glühweins war vollends verflogen. Sie fühlte sich fast wieder nüchtern.

»Schau mal«, sagte Hendrik, als sie den Abzweig zur Berkel erreicht hatten, und zeigte auf eine schwarze Katze, die quer über die Straße lief – mit einer Maus in der Schnauze.

*Zur selben Zeit*

*Völlig außer Atem drückte sie die Klinke herunter. Nicht abgeschlossen!*

*Kolossal erleichtert öffnete sie die Tür. Es war dunkel, aber einige Konturen konnte sie wegen der Lichterkette draußen erkennen: Gartenstühle, Auflagen, Berge von leeren Kartons, Verpackungsmaterial aus Styropor und Plastik. Sonst nichts. Es war genug. Sie war gerettet. Vorerst.*

»Wieso rennst du denn mit dem Jungen von Wisdoncks die Straßen auf und ab? Weiß Kirsten davon?«

Sie hätte wissen müssen, dass Brigitte an ihrem Stammplatz kaum etwas entging. Nebenbei schaute sie einen Film mit einer spektakulären Bergrettung.

»Kirsten wollte zuerst mitgehen, aber dann war es ihr zu kalt«, log Hannah, ohne mit der Wimper zu zucken. »Ich mache mir mal einen Tee. Es ist wirklich total ungemütlich draußen.«

Zehn Minuten später war die Bergrettung auf dem Bildschirm abgeschlossen, allerdings ohne Erfolg. Bei unheilschwangerer Musik und dräuendem Himmel trugen mehrere Männer von der Bergwacht die verunglückte Person durchs Bild und deckten sie mit einer Plane ab.

»Wie bei Irmgard«, hörte Hannah ihre Mutter murmeln. »Man hofft und hofft und spürt doch, dass es vergeblich ist.«

Hannah war alarmiert. War Brigittes Erinnerung durch die Szene in dem Film zurückgekehrt? »Meinst du den Abend, als sie gestorben ist?«

Ihre Mutter nickte bedächtig. »Ich saß hier und habe ferngesehen. Auf einmal war das Wohnzimmer voll von dem zuckenden blauen Licht. Ich habe schnell den Fernseher und die Stehlampe ausgemacht und bin aufgestanden, um besser sehen zu können. Gegenüber stand so ein orangefarbener Krankenwagen. Gleich darauf kam der Notarztwagen – auch mit Blaulicht.«

Hannah sah, wie Brigitte schluckte. Jetzt besser nichts Falsches sagen. Vielleicht kam noch mehr.

»Das Blaulicht ging aus, und die Sanitäter und der Arzt sind rein zu Wisdoncks. Ich wusste gleich, sie sind wegen

Irmgard da. Frag mich nicht warum. Ich wusste es einfach. Ich stand da und starrte rüber, aber es tat sich rein gar nichts. Ich hatte keine Ahnung, ob das ein gutes oder ein schlechtes Zeichen war.«

»Das war bestimmt schlimm für dich.«

»Mir war überhaupt nicht gut, und ich musste mich setzen. Sie war doch noch gar nicht so alt. Sogar jünger als ich. Ich habe gehofft und gebetet, dass sie es schafft. Aber alles umsonst.«

Brigitte starrte einen Moment aus dem Fenster. »Ich muss wohl eingenickt sein. Als ich wieder wach wurde, stand dieses große helle Auto da, und der Rettungswagen vor Wisdoncks Haus war verschwunden. Erst dachte ich, sie hätten sie ins Krankenhaus gebracht, aber dann kam das schwarze Fahrzeug mit den verdunkelten Scheiben. Zwei Männer stiegen aus und machten die Klappe hinten auf. Dann haben sie sie rausgebracht. Auf einer Trage.«

Ihre Stimme drohte zu versagen, aber sie holte tief Luft und sprach weiter. »Sie hatten sie abgedeckt – mit einer Plane. Da wusste ich Bescheid. Das tun sie nur, wenn jemand tot ist.«

»Wie schrecklich für dich! Und alles so plötzlich!«

Wieder ein stummes Nicken. »Ein Herzinfarkt, dachte ich. Oder ein Schlaganfall. Ich weiß noch, wie ich mir vorgenommen habe, Justyna zu fragen, ob sie Irmgard etwas angemerkt hat. Aber dann … nichts mehr. Alles schwarz. Ich muss wohl umgekippt sein.«

»Wieso wolltest du denn mit Justyna reden, Mama?«

»Sie muss doch die Letzte gewesen sein, die Irmgard lebend gesehen hat.«

*Endlich wagte sie es, sich zu rühren. Eine gefühlte Ewigkeit hatte sie regungslos in der eisigen Kälte verharrt und gelauscht. Kein Auto. Kein Rascheln oder Scharren. Nichts.*

*Einmal meinte sie, Stimmen zu hören. Ein Mann und eine Frau – nicht in unmittelbarer Nähe, sondern etwas weiter weg. Sie schienen sich zu verabschieden, wünschten sich eine gute Nacht.*

*Unendlich vorsichtig tastete sie ihre Umgebung ab, faltete Pappkartons zusammen, legte sie auf den Boden, darauf eine Schicht Styropor. Zum Zudecken nahm sie die Auflagen für die Gartenstühle. Perfekt. Sie musste nicht erfrieren heute Nacht.*

*Ihr Magen knurrte vernehmlich. Sie hielt die Luft an, aber draußen tat sich nichts.*

*Ich bin in Sicherheit, sagte sie sich immer wieder vor, um nicht durchzudrehen.*

*Gegen neun Uhr abends*

»Wer ist denn diese Justyna?«

Hannah erklärte Jan in kurzen Worten, um wen es sich handelte.

Er räusperte sich umständlich. »Entschuldige, Hannah, aber du erzählst mir seit Tagen, dass deine Mutter Anzeichen von Demenz zeigt, und nun will sie sich plötzlich haargenau erinnern, dass diese Polin an dem betreffenden Abend bei Irmgard Wisdonck geklingelt hat. Sogar mit exakter Angabe der Uhrzeit.«

»Ich gebe zu, dass sich das unglaubwürdig anhört, aber warum sollte sie das einfach so behaupten, wenn es nicht stimmt?«

»Ich habe mal gehört, dass Demenzkranke durchaus nicht selten Begebenheiten erfinden.«

Leider war das nicht von der Hand zu weisen, musste Hannah zugeben.

»Ich bin nicht hundertprozentig sicher, ob sie die Wahrheit sagt, aber vielleicht könnte trotzdem jemand von euch mit ihr sprechen. Wenn ihre Aussage plausibel wirkt, kann es doch nicht schaden, Justyna auf den Zahn zu fühlen. Ich finde es jedenfalls reichlich merkwürdig, dass sie offenbar mit niemandem über ihren Besuch bei Irmgard Wisdonck geredet hat.«

»Also gut. Immerhin passt Brigittes Beobachtung zum Zeitraum, in dem die Frau gestorben ist. Der Gerichtsmediziner hat ihn auf zwei Stunden vor dem Auffinden der Leiche festgelegt – plus minus 30 Minuten. Ich schicke Gerrit morgen bei euch vorbei. Anschließend kann er sich ja mal mit dieser Polin unterhalten. Kennst du ihren Nachnamen?«

»Nein. Könnte ich aber herausfinden.«

»Lass mal. Wir fragen sie einfach selbst. Wann kann Gerrit denn morgen bei euch auflaufen? Ist neun Uhr zu früh?«

*Zur selben Zeit*

*Sie musste dringend mal. Warum hatte sie auch so viel getrunken? Ausgerechnet heute Abend.*

*Konnte sie es wagen? Lieber noch warten, bis todsicher niemand mehr unterwegs war.*

*Wo war bloß ihre Tasche geblieben? Sie musste ihr unterwegs von der Schulter gerutscht sein. Und das verdammte Handy war auch weg.*

*Kein Geld, keine Papiere, kein Handy! Sie saß hier fest. Es war zum Verzweifeln.*

Hannah konnte nicht einschlafen. Hatte sie überreagiert? Was, wenn Brigitte wirklich nur fantasierte, die Tage oder sogar die Wochen komplett verwechselte? Und was sollte die freundliche, umsichtige Betreuerin von Magda Althüsmann mit Irmgards Tod zu tun haben?

Plötzlich hatte sie vor Augen, wie Josefine und Justyna auf dem Glockenfest miteinander geredet hatten. Mit Sicherheit war es um ein ernstes Thema gegangen. Wusste Josefine mehr?

Das konnte sie herausfinden, aber nicht mehr heute ...

Ihr letzter Gedanke vor dem Einschlafen galt dem Kellerzimmer im Haus gegenüber, das seltsamerweise ständig verschlossen war, wenn sein Bewohner zu Hause war. Zu gerne wüsste sie, was Ulrich dort verbarg. Und ob sie wirklich auf dieser ominösen Fotocollage zu sehen war ...

Freitag, 8. Dezember

*Frühmorgens*

*Sie schreckte aus einem grauenhaften Albtraum auf. Hoffentlich hatte sie nicht geschrien. Niemand durfte sie hören, niemand sie finden.*

*Die hintere Tür des Autos hatte sich plötzlich geöffnet. Da erst hatte sie die Person auf der Rückbank gesehen. In letzter Sekunde war sie losgerannt – in die Dunkelheit. Nur der riesige Mond hinter den Schleierwolken und die Laterne hatten sie gerettet, und sie war entkommen.*

*Jetzt hatte sie andere Probleme. Der Druck auf der Blase war unerträglich. Mit kältesteifen Fingern öffnete sie die Tür. Es war immer noch stockdunkel. Rasch sah sie sich nach einem geeigneten Ort um, an dem sie sich erleichtern konnte.*

*Nur wenig später*

»Wir haben das nicht gewollt. Es ist einfach so passiert«, sagte er noch.

Das Aufwachen war mühsam. Nur allmählich löste sich das Gesicht des Mannes in ihrem Traum auf.

Vorsichtig drehte Hannah sich auf den Rücken und realisierte, wo sie war. Und dass sie nicht mehr neunzehn war, sondern eine erwachsene Frau. Mit Mann und Kind. Doch die Bilder wirkten nach.

Hendriks Geständnis nach seiner Rückkehr von der Atlantikküste hatte damals das Ende ihrer heilen Welt eingeläutet. Bis dahin war ihr Leben völlig ohne Komplikationen verlaufen, und sie hatte keinen Gedanken daran verschwendet, dass es jemals anders sein könnte.

Ohne jeglichen Argwohn hatte sie Hendrik mit der Clique in den Urlaub fahren lassen. Sie waren seit fast zwei Jahren zusammen gewesen. Aus ihrer Sicht gab es keinerlei Anzeichen, dass sich das je ändern könnte.

Ausgerechnet Kirsten! Ihre beste Freundin! Ihr Verrat hatte höllisch wehgetan und wurde nur übertroffen von dem Gefühl, nicht mehr gut genug für Hendrik zu sein. Ausgemustert. Weggeworfen.

»The winner takes it all.« Jeden Abend hatte der nicht mehr taufrische Abba-Song sie zum Heulen gebracht. Bis das Semester begann und sie mühsam aus dem Loch herauskrabbelte.

Wochen später legte sie die LP wieder auf und wartete auf die Tränen, aber die kamen nicht. Leise summte sie den Text mit, packte die Platte in die Hülle und verstaute sie im Regal. Bei irgendeinem Umzug war sie verloren gegangen.

*Kurz vor neun*

Hannah bewunderte die von Raureif überzogenen Büsche und Bäume in den Vorgärten. Die weißen Kristalle an den Rändern der immergrünen Blätter hielten sich hartnäckig, die Dächer schimmerten grau-weiß vor dem blassen Himmel.

Sie waren überpünktlich. Wieder parkte der helle SUV mit Coesfelder Kennzeichen in der Sonnenstraße, dieses Mal vor ihrem Elternhaus.

Gerrit lächelte ein wenig gedämpft, was sie gut verstehen konnte, denn er kam nicht als Freund, sondern dienstlich. Dunkle Ringe unter seinen Augen verrieten, dass sein kleiner Sohn ihn nachts auf Trab hielt. Ansonsten sah er so attraktiv aus wie eh und je und schien überhaupt nicht zu altern.

Halb verdeckt hinter ihm eine Frau von gut 50 Jahren mit einer grauen Kurzhaarfrisur, die einen Schnitt hätte vertragen können, einem dunklen Dufflecoat und derben Schnürschuhen.

»Meine Kollegin von der Kripo Coesfeld«, stellte Gerrit vor.

»Petra Schostok«, sagte die Frau und schüttelte Hannah kräftig die Hand.

»Hannah Schmielink. – Meine Mutter ist im Wohnzimmer.«

Brigitte schaute etwas verängstigt, obwohl Hannah ihr beim Frühstück mehrfach versichert hatte, dass die Kripo-Beamten sehr nett seien und sie nichts zu befürchten habe.

»Ein Glas Wasser?«, bot Hannah an. »Oder Kaffee?«

Gerrit nickte erfreut. »Kaffee wäre wunderbar, Hannah.« Petra Schostok schloss sich an.

Als sie Minuten später mit einem Tablett zurückkam, demonstrierte Brigitte gerade, dass sie von ihrem Fensterplatz aus die Straße und die Zuwegung zu Wisdoncks bestens im Blick hatte.

»Darf ich mal?«, fragte Gerrit höflich, half Brigitte beim Aufstehen und setzte sich für einen Augenblick in den Sessel.

Hannah begann, die Tassen zu verteilen, und alle nahmen am Esstisch Platz.

»Frau Bergmann, könnten Sie uns kurz schildern, was Sie an dem Abend beobachtet haben, als Frau Wisdonck starb?«

»Ich saß dort am Fenster. Um kurz nach halb acht sah ich Justyna von Althüsmanns her kommen. Sie bog ab zu Wis-

143

doncks und klingelte. Ich schätze, dass Irmgard zu Hause war, denn Justyna ist nicht zurückgekommen.«

»Aber Sie haben Frau Wisdonck nicht gesehen?«

»Nein. Vom Sessel aus kann ich nicht erkennen, wer die Tür öffnet.«

Gerrit nickte. Anscheinend deckte sich diese Aussage mit seiner Einschätzung.

»Woher wissen Sie so genau, dass es kurz nach halb acht war, Frau Bergmann?«, mischte sich Petra Schostok ein.

»Mittwochs schaue ich mir um die Uhrzeit immer den Krimi im Zweiten an. Gleich am Anfang kam wieder so eine gruselige Szene: Eine Frau rannte durch einen dunklen Tunnel. Man hörte Schritte, und sie sah sich andauernd um. Mir war klar, dass sie gleich ermordet würde. Das wird ja meistens sofort am Anfang des Films gezeigt. Ich gucke dann immer weg.«

»Auf die Straße.«

»Genau. Eine Minute später ist ja dann das Schlimmste vorbei, und ich sehe mir die Sendung bis zum Ende an.«

»Wissen Sie noch, wie die Folge hieß?«

Brigitte schüttelte den Kopf. »Keine Ahnung.«

Gerrit nickte seiner Kollegin zu, die ihren Laptop aufklappte und tippte.

»Frau Bergmann, war es ungewöhnlich, dass Justyna an dem Abend bei Frau Wisdonck klingelte? Waren Sie überrascht?«

»Überhaupt nicht. Justyna macht öfter einen Besuch in der Nachbarschaft, wenn sie Magda abends ins Bett gebracht hat. Zu mir kommt sie auch manchmal. Neulich habe ich ihr noch beim Patentmuster für einen Schal geholfen, den ihre Tochter zu Weihnachten bekommen soll. Justyna hat das Stricken nämlich erst hier in Deutschland gelernt.«

Petra Schostok schien fündig geworden zu sein. »Die Sendung ist noch in der Mediathek eingestellt. Soll ich mal reinschauen?«

Gerrit nickte ihr zu und wandte sich dann wieder an Brigitte. »Und Frau Wisdonck? Hat sie auch Strickunterricht erteilt?«

»Nein, Irmgard musste schon vor Jahren damit aufhören. Wegen ihrem Tennisarm.« Hannah sah, dass Gerrit schmunzelte. »Aber sie backt total leckere Torten. Vielleicht wollte Justyna ein Rezept von ihr. Außerdem war sie immer daran interessiert, Deutsch zu lernen. Bei Althüsmanns kam sie damit nicht weit.«

»Wie meinen Sie das?«

»Magda spricht ja seit ihrem Schlaganfall gar nicht mehr. Und Norbert? Der redet bestimmt nur das Nötigste mit Justyna oder meckert an ihr herum.«

»Gerrit, hier ist die Szene. Sie beginnt um 19 Uhr 33: eine Frau in einem Tunnel. Die Folge wurde am 29. November gesendet. Das passt.«

Gerrit und seine Kollegin hatten sich entschlossen, Justyna zu befragen. Hannah sah ihnen nach, wie sie die Straße überquerten und das letzte Haus auf der gegenüberliegenden Seite ansteuerten.

Die Sicht war nicht mehr so klar wie vor einer Stunde. In der feuchten Luft hatte sich leichter Dunst gebildet, aber der angekündigte Nebel ließ auf sich warten.

Brigitte ließ die Zeitung sinken. »Immer noch keine Todesanzeige für Irmgard. Wann wollen Wisdoncks sie denn endlich beerdigen?«

»Kirsten hat mir gestern Abend gesagt, dass sie eingeäschert und im engsten Familienkreis beigesetzt wird.«

Ihre Mutter starrte sie an. »Im engsten Familienkreis? Was soll das heißen?«

»Es wird keine große Beerdigung geben, Mama. Macht man heutzutage immer öfter so. In Münster ist es schon gang und gäbe.«

»Sie wollen ihre Nachbarn nicht dabei haben?«, fragte ihre Mutter ungläubig.

Was sollte Hannah ihr antworten? Im Grunde lief es darauf hinaus.

Brigitte sah plötzlich sehr angegriffen aus. Sie schaute aus dem Fenster und schüttelte den Kopf. »Irmgard hat fast fünfzig Jahre vis-à-vis gewohnt. Seitdem wir beide Witwen sind, haben wir immer aufeinander achtgegeben. Und nun darf ich mich nicht einmal von ihr verabschieden? Sie wird einfach so verscharrt? Ohne Blumen, ohne Kränze, ohne Beerdigungskaffee? Was ist das heute bloß für eine Welt?«

Versteinert saß sie da und starrte auf das Haus gegenüber.

Hannah ließ sie eine Weile in Ruhe, bevor sie fragte: »Mama, wollen wir einen kleinen Spaziergang machen? Noch ist es trocken draußen.«

Ein stummes Kopfschütteln.


*Zur selben Zeit*


Norbert Althüsmann hatte sich allem Anschein nach noch nicht gekämmt und seine Strickjacke falsch zugeknöpft.

»Ja, bitte?«, krächzte er knapp.

»Gerrit Höllmann, Kripo Münster. Das ist meine Kollegin Petra Schostok von der Kripo Coesfeld.«

»Ist ihr etwas passiert?«, brach es unvermittelt aus dem Mann heraus. »Hatte sie einen Unfall? Nun sagen Sie schon!«

146

»Nein, keine Sorge, Herr Althüsmann«, bemühte sich Gerrit, den alten Herrn zu beruhigen. »Es ist nichts passiert. Wir würden uns gerne mit der polnischen Betreuerin Ihrer Frau unterhalten. Wir wissen nur, dass sie Justyna heißt.«

»Ihr Nachname ist Tomascewski. Justyna Tomascewski. Aber sie ist nicht da. Sie ist verschwunden.«

Gerrit und Petra sahen sich kurz an. »Dürfen wir hereinkommen, Herr Althüsmann?«

»Ja, natürlich«, murmelte er fahrig und trat einen Schritt zur Seite. »Wohin sollen wir ... vielleicht ins Wohnzimmer ...«

»Machen Sie sich keine Umstände.«

Im Flur stand ein monströser Rollstuhl, daneben führte ein Treppenlift parallel zum Geländer nach oben.

Althüsmann stand unschlüssig herum. »Ich bin völlig fertig. Heute Morgen kam die Schwester vom Pflegedienst. Aber wie soll es weitergehen mit meiner Frau? Ich kann sie nicht alleine heben wegen meiner Spinalkanal-Operation«, stieß er düster hervor. »Was soll ich denn bloß ohne Justyna machen? Wie konnte sie es mir und meiner Frau antun, einfach so abzuhauen?«

»Wie kommen Sie darauf, dass Frau Tomascewski abgehauen ist?«

»Weil sie weg ist. Wo soll sie denn sein?«

»Wann genau haben Sie gemerkt, dass sie nicht mehr da ist?«

»Als ich gestern Abend vom Glockenfest nach Hause kam, hing ihr Mantel noch an der Garderobe. Sie macht allerdings oft einen Spaziergang, nachdem sie Magda ins Bett gebracht hat. Ich war gestern völlig erledigt und bin bald vor dem Fernseher eingeschlafen. Wann Justyna das Haus verlassen hat, habe ich nicht mitbekommen. Heute Morgen war sie jedenfalls nicht da. Oh Gott! Wie soll ich es ohne sie schaffen?«

147

»Vielleicht könnten Sie den Pflegedienst vorübergehend öfter kommen lassen?«

»Es bleibt mir wohl nichts anderes übrig.«

»Noch mal meine Frage, Herr Althüsmann: Wie kommen Sie darauf, dass Justyna abgehauen ist? Sie könnte doch spontan jemanden besuchen.«

Der alte Mann schien sich etwas gefangen zu haben. Energisch sagte er: »Weil ihre Sachen auch verschwunden sind.«


*Zur selben Zeit*


Hannah stand auf und öffnete den Wohnzimmerschrank. Im mittleren Fach stand das gute Kaffeegeschirr griffbereit, das zu Feiertagen und für Besuch benutzt wurde, im Fach darüber diverse Vasen, Sammeltassen-Gedecke und Einzelstücke aus Glas und Porzellan, die Hannah seltsam vertraut waren, obwohl sie sie seit Ewigkeiten nicht gesehen hatte.

»Was machst du da?«, kam vom Fenster her.

»Du hast doch bestimmt irgendwo ein Versteck für Bargeld, Mama?«, sagte Hannah beiläufig und hielt den Atem an.

»Ja, natürlich. In der alten Zuckerdose, die ich von Papas Mutter geerbt habe«, sagte Brigitte und stand umständlich auf.

Rasch entdeckte Hannah die bunt bemalte Porzellandose halb verdeckt in der Schrankecke. »Darf ich sie herausnehmen?« Hannah spürte ihr Herzklopfen.

»Lass mich das mal machen. Der Deckel ist nicht ganz in Ordnung.«

Brigitte rückte eine gläserne Sahneschale und die Etagere für Knabbergebäck eine Winzigkeit beiseite und schob ihre schmale Hand in die entstehende Lücke. Die Zuckerdose kam unversehrt zum Vorschein. »Bitte schön!«, sagte sie triumphierend und hob den Deckel ab.

*Zur selben Zeit*

»Sie müssen ganz nach oben, ins Dachgeschoss«, sagte Althüsmann. »Gehen Sie bitte schon vor. Ich schaue inzwischen kurz nach meiner Frau.«

Ab dem zweiten Stock wurde die Treppe aus glänzendem, hellen Stein steiler. Der dunkle, mit Messingstangen an den Stufen befestigte Läufer fehlte ab hier. Schließlich erreichten sie einen kleinen Absatz mit einem Gummibaum. Die Tür zum Apartment war nicht verschlossen.

»Was riecht denn hier so seltsam?« Petra schnüffelte übertrieben heftig. Gerrit hatte eine Ahnung, aber die behielt er für sich.

Linker Hand befand sich ein kleines, offenbar kürzlich modernisiertes Badezimmer mit dunkel gefliestem Fußboden und Wänden. Auf dem Rand des viereckigen Waschbeckens und auf der schmalen Konsole unter dem Spiegel lagen einige Toilettenartikel, in der Ablage der bodentiefen Dusche Shampoo und Duschgel.

Der Hauptraum wirkte auf den ersten Blick großzügig, die tief heruntergezogenen Dachschrägen trübten diesen Eindruck jedoch beträchtlich.

Auf der rechten Seite ein Bett in Übergröße, das penibel gemacht war, über der Stirnseite eine kleine Dachluke, die nur wenig Tageslicht hereinließ. Gegenüber ein massiver Kleiderschrank, der als Raumteiler diente. Als Petra eine Tür nach der anderen öffnete, war ihnen sofort klar, warum

Althüsmann darauf beharrte, dass Justyna Tomascewksi nicht mehr zurückkehren würde: Sämtliche Fächer waren ausgeräumt, ein Dutzend Bügel baumelten leer an der Stange in der Mitte. Gerrit warf einen schnellen Blick in die Nachttischschublade: nichts.

Linker Hand befand sich der Wohnbereich: eine dreisitzige Couch mit einem Bezug, der vor Jahrzehnten einmal modern gewesen sein mochte, ein billig wirkender Glastisch mit einigen Zeitschriften und einer leeren Obstschale. Eine Regalwand mit einem Flachbildschirm und einigen Fotos und ein Kühlschrank, der in der Ecke vor sich hin brummte, vervollständigten die karge Einrichtung. Auch in diesen Teil des Apartments kam nur wenig Licht durch ein winziges Fenster.

»Passt alles irgendwie nicht zusammen«, meinte Petra. Gerrit nickte zustimmend.

In dem Moment stieß Althüsmann zu ihnen. »Das Apartment haben wir vor Jahren für meinen Sohn eingerichtet, er hat aber nur kurz hier gewohnt. Ich habe es dann für die Betreuerinnen renovieren lassen: neuer Fußboden, Anstrich, Bad und so weiter.« Ein gewisser Stolz auf diese Tat klang durch seine Worte hindurch.

Petra Schostok öffnete derweil den Kühlschrank, dann die Schubladen und Klappen der Regalwand. Nichts.

»Sie haben heute Morgen hier oben nach Justyna geschaut?«, fragte Gerrit den Alten bestimmt.

Zögerlich bekannte Althüsmann: »Habe ich. Hätte ihr ja etwas passiert sein können.«

Er hat geschnüffelt, war Gerrit augenblicklich klar, aber er thematisierte das nicht weiter. »Besitzt sie eine Handtasche, die sie mitnimmt, wenn sie unterwegs ist?«

»Ja, eine braune. Ist mehr so ein Beutel, den sie über der Schulter trägt.«

»Aus Leder?«

»Ich glaube, er ist aus Kunststoff.«

»Wissen Sie etwas über den Inhalt des Beutels?«

»Natürlich nicht!«

»Hat Justyna ein Handy?«

»Natürlich. Nicht zuletzt für den Kontakt zu ihrer Familie in Polen.«

»Lässt sie die Tasche manchmal bei Ihnen unten liegen?«

»Nein, niemals. Schon alleine wegen der Zigaretten. Sie raucht hier oben ab und zu bei geöffnetem Fenster, obwohl ich ihr das strengstens untersagt habe.«

Petra blickte auf und runzelte die Stirn. Gerrit grinste sie kaum merklich an. Obwohl Justyna anscheinend gut lüftete, hätte er als langjähriger Raucher wetten mögen, woher der seltsame Geruch stammte, den seine Kollegin auf dem Treppenabsatz bemerkt hatte.

»Hier ist die Tasche jedenfalls nicht«, resümierte Petra und wies auf die geöffneten Schubladen.

»Glauben Sie mir: Justyna ist weg!«, wiederholte Althüsmann mit Nachdruck.

Plötzlich ging Petra zielstrebig auf die Couch zu, die unter der Dachschräge stand. Jemand hatte sie ein wenig vorgerückt, damit man darauf sitzen konnte, ohne sich den Kopf zu stoßen. Petra bückte sich und trat hinter das Sitzmöbel. Unter dem Fenster beugte sie sich tief nach unten.

Gerrit hielt den Atem an, bis seine Kollegin sich wieder aufrichtete. »Das solltest du dir anschauen.«

Hannah sah sofort die dicke Rolle, die in der Zuckerdose lag: Geldscheine. Während sie sie glättete und zählte, merkte sie, dass es ausschließlich Fünfziger waren.

»450 Euro«, flüsterte sie, als sie den letzten Schein auf den Tisch legte.

»Ich habe jedes Mal, wenn ich von der Kasse kam, ein paar Fünfziger zur Seite gelegt, damit sie mir niemand wegnehmen kann«, sagte Brigitte mit größter Selbstverständlichkeit.

»Herausgenommen hast du keine mehr?«, fragte Hannah sicherheitshalber nach.

Ihr Mutter zuckte mit den Schultern.

»Vielleicht für Medikamente von der Apotheke?«

»Ja, ich schätze wohl.«

»Und für Waren von Brinkers?«

»Kann sein. Ich weiß es nicht mehr so genau. – Einmal waren Leute von einem kleinen Zirkus hier. Denen habe ich was gegeben.«

»Einen Fünfziger?«

»Ich glaube, ja. Sie hatten doch kein Geld, um Futter für die Tiere zu kaufen.«

Hannah hatte Mühe, sich zusammenzureißen. Die Sorge um das überzogene Konto, um Geld, das Frau Meyer oder sonst wer gestohlen haben könnte! War die ganze Aufregung völlig umsonst gewesen? Lag die Antwort hier vor ihr auf dem Tisch? Hatte ihre Mutter nur vergessen, dass sie Geld in der Zuckerdose hortete?

»Da! Sie sind zurück von Althüsmanns«, sagte Brigitte und wies auf den SUV vor dem Fenster.

Hannah sah die beiden Kripo-Beamten miteinander reden. Als Gerrit sie am Fenster erblickte, wechselte er ein paar

Worte mit seiner Kollegin. In dem Moment klingelte das Festnetztelefon. Hastig nahm Hannah ab und meldete sich.

»Hallo, Schwesterherz!«, flötete es am anderen Ende. Marlene!

»Wollte mal hören, wie es so läuft mit Mama.«

»Das kann sie dir am besten selbst sagen. Ich gebe den Hörer mal weiter.«

»Warte, Hannah! Wir müssen unbedingt über diese Geschichte mit der Vorsorgevollmacht reden. Diese Rechtsverdreher drücken sich dermaßen schleierhaft aus, dass ich … «

Das Klingeln an der Haustür war bestens zu hören.

»Marlene, ich muss Schluss machen. Die Kripo steht vor der Haustür.«

»Die Kripo? Was will die denn …«

»Ich rufe dich nachher zurück. Ach nein, das geht nicht, ich muss noch zu Mamas Hausarzt.«

Die letzten Worte hauchte sie in den Hörer. Brigitte musste nicht unbedingt davon wissen. »Sollen wir heute Nachmittag telefonieren?«

»Um drei muss ich zum Frisör. Wir sind heute Abend eingeladen.«

Erneut klingelte es. Hannah hielt Brigitte zurück, die Anstalten machte, zur Tür zu gehen. »Warte mal. Marlene will mit dir sprechen. – Marlene, melde dich, wenn du Zeit hast. Ich gebe dir Mama.«

Hannah schloss rasch die Tür zum Wohnzimmer, damit Brigitte nicht mithören konnte.

»Wir haben Justyna Tomascewski nicht angetroffen«, erklärte Gerrit.

»Vermutlich ist sie heute Nacht nicht zu Hause gewesen«, ergänzte seine Kollegin.

»Handtasche und Mantel fehlen jedenfalls. Interessanterweise haben wir aber ihre gepackten Koffer hinter der Couch gefunden. Nur einige Toilettenartikel im Badezimmer und ein paar andere Kleinigkeiten hat sie stehen lassen, vermutlich um ihre Abreise-Vorbereitungen zu tarnen. Althüsmann schnüffelt anscheinend ganz gerne bei ihr herum.«

Hannah war irritiert. »Was bedeutet das?«, fragte sie mit leiser Stimme.

»Das wissen wir nicht. Jedenfalls hat Frau Tomascewski gestern noch einmal das Haus verlassen, nachdem sie die alte Dame ins Bett gebracht hat.«

»Aber wo ist sie?«

»Vielleicht schon längst in Polen?«

»Du meinst, sie hat die Biege gemacht? Aber warum?« Hannah wagte ihren Gedanken kaum auszusprechen, tat es aber dennoch: »Könnte ihr Verschwinden mit Irmgard Wisdoncks Tod zu tun haben?«

»Das ist im Moment noch Spekulation«, meinte Gerrit. »Genauso gut kann es sein, dass sie die Nase voll hatte von dem nörgelnden alten Herrn und vorzeitig in den Weihnachtsurlaub gefahren ist. Verdenken könnte ich es ihr nicht.«

»Aber ohne Gepäck?«, warf Petra Schostok ein.

Niemand wusste darauf eine Antwort zu geben.

»Norbert Althüsmann hat uns berichtet, dass Justyna sich gestern Abend auf dem Nachbarschaftsfest längere Zeit intensiv mit einer Frau Mendel unterhalten hat.«

»Stimmt. Das habe ich auch bemerkt«, bestätigte Hannah.

»Vielleicht hat sie sich dieser Frau anvertraut. Die beiden sollen sich gut verstehen. Diese Frau Mendel ist fast 90 Jahre alt. Dich kennt sie noch als Kind. Würdest du zu ihr mitkommen?«

Sämtliche Farbe war augenblicklich aus Josefines Gesicht gewichen. »Sie ist verschwunden?«, kam es fast tonlos über ihre Lippen. Sie wankte leicht, und ihre Hand schien nach Halt zu suchen.

»Setzen Sie sich doch, Frau Mendel«, sagte Gerrit behutsam und geleitete sie zur Küche, wo seine Kollegin ihr fürsorglich einen Stuhl hinschob. Hannah schaute sich um und entdeckte eine Wasserflasche. Schnell goss sie Josefine ein Glas ein und drückte es ihr in die Hand. Dankbar zu ihr aufblickend nahm die alte Dame einen Schluck.

Lucy erhob sich von ihrem Korb, ließ sich vor Josefine auf dem Boden nieder und lehnte den Kopf an ihre Beine. Als ihr Frauchen eine einladende Handbewegung machte, sprang sie mit einem Satz auf Josefines Schoß und ließ sich von ihr kraulen. Fasziniert schaute Hannah zu, wie rasch die alte Dame sich beruhigte.

Dann stellte die Nachbarin das Wasser energisch auf dem Tisch ab und schaute in die Runde. »Was ist passiert?«

»Ehrlich gesagt wissen wir nicht, wo Frau Tomascewski sich aufhält.«

Josefine sagte leise: »Sie wirkte in letzter Zeit sehr unglücklich. Althüsmann wird immer unverträglicher, hat ständig etwas an ihr auszusetzen. Dazu kam die Sorge um ihre Tochter. Die Oma wird nicht mehr fertig mit ihr. Justyna hatte große Angst, dass das Mädchen in falsche Kreise geraten ist.« Sie seufzte tief. »Sie war so niedergeschlagen gestern. Vielleicht spukte ihr schon den ganzen Abend durch den Kopf, dass sie fortgehen will.«

»Aber gesagt hat sie nichts davon? Nicht mal eine Andeutung?«, wollte Gerrit wissen.

»Nein, sie war bloß unruhig. Wie auf dem Sprung. Ein paar Mal hatte sie Tränen in den Augen, während wir sprachen. Wie passt das denn alles zusammen?« Josefine schlug die Hände vors Gesicht. »Mein Gott, hoffentlich geht es ihr gut.«

»Davon gehen wir erst einmal aus, Frau Mendel«, sagte Gerrit und tätschelte ihr kurz den Arm.

Nach einer Weile ließ Josefine die Hände sinken. »Wenn ich so darüber nachdenke: Ich kann mir nur sehr schwer vorstellen, dass Justyna Magda einfach so Knall auf Fall im Stich lassen würde.«

»Geht mir genauso«, pflichtete Hannah ihr bei und dachte an die fürsorgliche Art, mit der die Polin Frau Althüsmann am Vorabend betreut hatte.

»Nur weil sie sich Magda verpflichtet fühlt, hat Justyna ihre Stelle hier bisher noch nicht gekündigt. Sie wusste, dass es Norbert kaum gelingen würde, schnell Ersatz für sie zu finden. Althüsmanns Söhne sind keine große Hilfe, denn sie wohnen beide nicht in Gescher. Bliebe nur ein entsetzliches Chaos, und das wollte Justyna Magda unter allen Umständen ersparen.«

Gerrit räusperte sich. »Haben Sie eine Idee, was sie veranlasst haben könnte, plötzlich ihre Meinung zu ändern und von einem Tag auf den anderen wegzugehen?«

»Plötzlich?« Josefine starrte ihn an. Ihre Augen waren geweitet.

Hannah merkte, dass Gerrit ins Schwarze getroffen haben musste. Sie nahm die Hände der alten Dame und drückte sie. »Erinnerst du dich an irgendetwas, das dem Kommissar helfen könnte, sie zu finden, Josefine?«

Die Nachbarin schluckte mehrmals. Offensichtlich kämpfte sie mit sich, bis sie sich plötzlich einen Ruck gab. »Sie hat gestern Abend gesagt, sie hätte Angst, einen großen Fehler gemacht zu haben.«

»Einen Fehler? Hast du sie gefragt, worum es ging?«

»Ich wollte nicht indiskret sein. Auf einmal stand sie auf, um Magda ins Bett zu bringen. Ich habe noch eine ganze Weile gewartet, aber sie ist nicht zurückgekommen.«

Sie schluchzte: »Ich ... habe ... kein gutes ... Gefühl. Es muss etwas ... Schlimmes passiert ... sein.«

Alle schwiegen. Lucy richtete sich auf und leckte hingebungsvoll Josefines Gesicht ab.

»Was werdet ihr unternehmen?«, fragte Hannah, als sie vor dem SUV standen.

Gerrit kratzte sich am Kopf. »Schwierig. Für eine Vermisstenmeldung ist es zu früh, weil wir keinen konkreten Tatverdacht haben. Vielleicht hilft uns das hier weiter.«

Er zog ein Foto aus der Tasche: Justyna und ein Mädchen, vermutlich ihre Tochter, lachten strahlend in die Kamera. Im Hintergrund war ein kleines Fachwerkhaus zu sehen.

»Das Foto muss schon älter sein. Justyna hat sich inzwischen verändert«, gab Hannah zu bedenken.

»Es gehörte zu der Bildergalerie, die sie in ihrem Zimmer aufgestellt hat. Wir könnten trotzdem versuchen, damit herauszubekommen, wie sie von hier weggekommen ist. Vielleicht hat sie jemand gesehen: ein Busfahrer etwa oder ein Zugschaffner.«

»Vergiss nicht die Telefonnummer in Polen, die Althüsmann dir gegeben hat«, sagte Petra Schostok.

»Ich werde gleich versuchen, Kontakt zu ihrem Mann aufzunehmen. Mehr können wir momentan wohl nicht tun. Hoffen wir mal, dass sie bald wieder auftaucht und sich alles aufklärt.«

Dunkel und beengt kam Hannah der Flur mit der Praxis-Anmeldung vor, wo nur noch eine Sprechstundenhilfe ausharrte. Freundlich bat sie Hannah, im Wartezimmer Platz zu nehmen. Anscheinend war es nicht die Frau, mit der sie gestern telefoniert hatte. Oder die Vorfreude auf das wohlverdiente Wochenende hatte ihre Stimmung zum Positiven verändert.

Zwei der drei mit ihr wartenden Patienten, eine junge Frau mit Kopftuch und ihr Sohn, wurden sofort aufgerufen, zügig danach der ältere Herr. Hannahs Hoffnung, schnell an der Reihe zu sein, erfüllte sich nicht. Geschlagene 30 Minuten saß sie allein in dem trostlos wirkenden Raum mit abgetretenem Linoleumboden, grauen bodenlangen Gardinen vor dem Fenster und einer Kiste mit kläglichen Resten von Plastikspielzeug, bis ein Mann von gut 50 in weißem Kittel sie aufforderte, ihm zu folgen.

Ohne sie weiter zu beachten, hämmerte Brigittes Hausarzt auf der Tastatur seines PC und vertiefte sich in die angezeigte Krankenakte.

»Sie sind also die Tochter von Frau Bergmann«, stellte er dann in neutralem Ton fest. »Was führt Sie zu mir?«

Hannah hielt ihm das Kuvert mit dem Schreiben des Krankenhauses hin. Er überflog es und murmelte: »Verdacht auf demenzielle Veränderungen.«

»Was glauben Sie?«, fragte Hannah und hielt den Atem an.

»Das kann ich mir durchaus vorstellen.«

Zehn Minuten später verließ Hannah niedergeschmettert die Praxis. Brigittes Hausarzt hatte ihr in gleichmütigem Tonfall zu verstehen gegeben, dass er bereits seit einiger Zeit Symptome von Demenz bei ihrer Mutter festgestellt habe.

Auf Hannahs bestürzte Nachfrage, was denn nun passieren solle, antwortete er ausweichend. Man könne selbstverständlich einen Test machen, ob die Diagnose stimme, aber das würde sich sowieso in absehbarer Zeit zeigen. Medikamente würden zwar seit Jahren entwickelt, seien aber noch nicht marktreif.

Mit den Worten, sie müsse damit rechnen, dass ihre Mutter irgendwann in einem Pflegeheim enden würde, wollte er sie offensichtlich loswerden. In letzter Sekunde fiel Hannah die Medikamentengabe durch den Pflegedienst ein. Kommentarlos stellte ihr Gegenüber eine ärztliche Verordnung für die Krankenkasse aus.

»Kommen Sie gerne noch mal vorbei, wenn ich etwas für Sie tun kann«, sagte er kühl und stand auf.

So ein Widerling!

Aufgewühlt und und tief in Gedanken war sie einfach losgelaufen, ohne darauf zu achten wohin. Erst nach und nach nahm sie ihre Umgebung bewusster wahr: das repräsentative Haus mit den grünen Blendläden und der riesigen Kastanie davor, das weiße, spätbarocke Ensemble mit dem etwas verwilderten Garten, die uralte Gaststätte mit den Sandsteineinfassungen – an diesen prächtigen Gebäuden war sie als Jugendliche achtlos vorbeigelaufen.

Hinter der noblen Villa aus der Gründerzeit bog sie auf den Weg rund um die Kirche und machte sich auf den Rückweg. Unterwegs kaufte sie Kleinigkeiten für Weihnachten. Auch zu einem Abstecher in die gut sortierte örtliche Buchhandlung konnte sie sich aufraffen.

Als sie in ihr Auto einstieg, hatte sie einen Entschluss gefasst: Sie würde alles dafür tun, damit ihre Mutter so lange wie eben möglich zu Hause bleiben konnte.

Vorsichtig rangierte sie aus der Parklücke und fuhr mit mäßigem Tempo in Richtung Sonnenstraße, denn der Nebel wurde von Minute zu Minute dichter.

*Wenig später*

*Sie war ein einziger Eisblock. In ihren Gedärmen rumorte es, und die Blase wollte ihr kaum noch gehorchen. Der Nebel war inzwischen beinahe undurchdringlich, aber konnte sie es riskieren, ihr Versteck zu verlassen? Nicht solange Menschen unterwegs waren – wie vorhin, als Stimmen ganz in der Nähe zu hören waren – ein Mann und eine Frau. Es mussten Besucher sein, denn zu den Nachbarn gehörten diese Leute mit Sicherheit nicht. Womöglich saßen sie jetzt in einem der Häuser im wohlig warmen Wohnzimmer, tranken heißen Kaffee oder Kakao und aßen selbstgebackene Weihnachtsplätzchen mit reichlich Sahne.*

*Solange es ging, schwelgte sie in dieser Fantasie, weil sie nicht wusste, ob sie noch die Kraft für eine neue haben würde. In regelmäßigen Abständen ging sie auf und ab, um ihren Kreislauf in der erbärmlichen Kälte in Schwung zu halten. Das war wichtig.*

*Es wollte einfach nicht dunkel werden. Die Zeit verging im Schneckentempo.*

*Bis die Schritte kamen. Dieses Mal wurden sie nicht wieder leiser, sondern lauter. Sie wich in die äußerste Ecke zurück und zitterte am ganzen Körper. Tränen traten ihr in die Augen, während sie in Panik zur Tür starrte. Konnte der liebe Gott das zulassen? Das durfte er doch nicht!*

*Aber er hörte sie wohl nicht. Die Klinke wurde nach unten gedrückt. Es dauerte nur einen Moment, bis die Tür sich öffnete.*

Sie hatten eine ausgiebige Mittagspause gemacht. Was sollten sie sonst tun bei dem Waschküchenwetter draußen? Nur verschwommen waren Häuser und Bäume hinter einem grauen Schleier zu erkennen.

Ein grüner Kleinwagen rollte im Schritttempo vorbei. »Der Pflegedienst für Magda«, sagte Brigitte mit einem Stirnrunzeln. »Eigentlich kommen die morgens. Merkwürdig.«

Das Rezept von Brigittes Hausarzt schoss Hannah durch den Kopf. Vielleicht sollte sie es beim selben Pflegedienst versuchen. Wenn die Mitarbeiter sowieso jeden Morgen bei Althüsmanns waren, war es kein großer Zeitaufwand, kurz bei ihrer Mutter reinzuschauen und für die richtige Einnahme der Tabletten zu sorgen.

Hannah nahm noch ein Plätzchen, obwohl diese Sorte unangenehm süß und künstlich schmeckte. Nicht wie früher.

Die Idee kam ihr ganz spontan. »Wollen wir Spritzgebäck machen?«

»Meinst du? Ich weiß gar nicht, ob wir dafür alles im Haus haben.« Brigitte erhob sich sofort und ging zur Küche. Hannah lächelte in sich hinein.

Die Zeit verflog erstaunlich schnell, und bald duftete es im ganzen Haus. Eine beachtliche, von Mutter und Tochter gemeinsam erstellte Menge von Kringeln, Handstöcken und Herzchen lag zum Auskühlen auf dem Kuchengitter. Während Hannah sich an den Abwasch machte, begann Brigitte damit, einen Teil der Plätzchen mit Schokoladenguss zu überziehen.

Beim Spülen konnte sie ihre Gedanken wunderbar wandern lassen, stellte Hannah wieder einmal fest. Fast so gut wie beim Bügeln. Lasse kam ihr in den Sinn, dem sie auf jeden Fall vor Weihnachten noch eine Backaktion versprochen hatte. Gesine, für die sie noch kein Weihnachtsgeschenk – ökologisch korrekt natürlich – gefunden hatte. Ihr Adventskranz, den zu Hause vermutlich niemand beachtete. Das Konzert mit ihrem Chor am Sonntag in der St.-Sebastian-Kirche von Nienberge.

»Du könntest schon mal die Keksdose aus dem Wohnzimmerschrank holen, Hannah.«

Der Nebel war noch dichter geworden. Abgesehen vom Vorgarten und Wisdoncks Haus schien die Welt verschluckt zu sein. Wo Justyna bloß stecken mochte?

Hannah öffnete den Wohnzimmerschrank und bückte sich gerade nach der mit weihnachtlichen Motiven verzierten Blechkiste, als das Telefon klingelte.

»Puh, hat ziemlich gedauert beim Frisör.«

»Ach, Marlene!« Sie setzte sich in Brigittes Sessel. Dass ihre Schwester sich noch einmal melden wollte, hatte sie völlig vergessen.

»So, jetzt erzähl mal, was heute Morgen bei euch los war. Wieso war die Kripo da?«

»Sie suchen die polnische Betreuerin von Magda Althüsmann, die seit gestern Abend verschwunden ist.«

»Du meine Güte! Ist ihr etwas passiert?«

»Die Kripo hat noch keine Ahnung.«

Auf dem Bürgersteig gegenüber ging eine Frau in hochhackigen Schuhen auf und ab: Kirsten. Ihr blauer Kleinwagen stand auf dem Seitenstreifen. Müsste sie an einem Freitagnachmittag nicht eigentlich im Salon sein? Sekunden später leuchteten in der Einfahrt Scheinwerfer und Nebelschlussleuchte der hellen Limousine auf, die rückwärts auf die Straße rollte. Kirsten stieg zu Hendrik in den Wagen.

Der Termin beim Notar! Kirsten hatte gestern davon gesprochen, dass heute Nachmittag die Testamentseröffnung sein sollte.

Mit Mühe konzentrierte sich Hannah wieder auf das Telefongespräch.

»... hat Mama so nett von der Polin gesprochen. Sie kommt ja wohl öfter abends zu Besuch. Ich finde, wir sollten für Mama auch so eine Betreuerin besorgen, die sich um sie kümmert.«

Schon wieder dieses Thema!

Hendriks Wagen stand immer noch mit laufendem Motor am Straßenrand. Kirsten stieg auf einmal wieder aus und lief zum Haus, kam aber schon sehr bald zurück. Zu Hannahs Verwunderung fuhren sie dennoch nicht ab.

»So einfach ist das nicht. Hier im Haus gibt es keinen abgetrennten Wohnbereich mit eigenem Badezimmer. Darauf haben diese Frauen aber Anspruch.«

»Nur wenn sie von einer offiziellen Vermittlungsagentur kommen. Wenn man sich schwarz jemanden aus Rumänien oder der Ukraine holt, sind die Standards nicht so hoch. Die sind auch billiger.«

»Aber viele von denen sprechen nicht so gut Deutsch wie Justyna. Das halte ich nicht für besonders sinnvoll. Im Übrigen kann ich mir nicht vorstellen, dass Mama eine fremde Person um sich haben möchte. Sie ist eine ziemliche Eigenbrötlerin geworden und kann recht stur sein. Das könnte ganz schnell Ärger geben.«

Während Hannah redete, sah sie Ulrich in großer Eile auf Hendriks Wagen zustürzen. Er riss die hintere Tür auf und stieg ein. Augenblicklich fuhren sie los.

»Sie wird sich daran gewöhnen.«

»Oder auch nicht. Meiner Meinung nach kann sie im Moment noch einigermaßen allein klarkommen. Mit unserer

Unterstützung natürlich. Bis jetzt ist sie ziemlich sicher auf den Beinen. Gestern haben wir ohne Probleme einen langen Spaziergang gemacht. Und sogar mit dem Treppensteigen und in der Dusche kommt sie gut klar.«

»Und falls etwas passieren sollte, hat sie ja das Notruf-System.«

»Apropos: Das hat uns gestern den ersten Fehlalarm beschert. Hoffentlich geht das nicht so weiter. Ich mag gar nicht daran denken, welchen Stress das für Kirsten und Josefine bedeuten würde.«

»Meine Rede: Eine Polin wäre die ideale Lösung.«

Ulrich war in großer Hast ins Auto eingestiegen. Womöglich hatte er den Termin beim Notar total verschwitzt. Wie lange mochte die Sache dauern? Viel Zeit blieb ihr sicher nicht. Sie musste das Gespräch mit Marlene schnellstens irgendwie beenden und diese einmalige Chance nutzen.

»Sprich gern mal mit Althüsmann. Der kann ein Lied davon singen, welche Probleme es mit diesen Frauen gibt! Dann können wir weiter darüber reden.«

»Wenn du meinst. Wir müssen aber unbedingt noch diese Geschichte mit der Vorsorgevollmacht besprechen.«

»Was gibt es denn da zu besprechen?« Hannah merkte selbst, dass sie nicht den richtigen Ton traf. »Es ist doch offensichtlich, dass ich Mamas Bevollmächtigte sein muss, weil ich näher an ihr dran bin. Oder willst du jedes Mal aus Köln anreisen, wenn Entscheidungen anstehen?«

Es dauerte einen Moment, bis Marlene antwortete. »Natürlich kann ich nicht andauernd bei Mama auf der Matte stehen. Aber wenn du bevollmächtigt bist, habe ich überhaupt keinen Einfluss mehr darauf, was mit Mama geschieht. Nur du allein kannst zum Beispiel die Zustimmung zu einer lebensgefährlichen Operation geben.«

»Zunächst mal muss in dem Fall ein Richter zustimmen, und außerdem führe ich als Bevollmächtigte nur aus, was Mama in ihrer Patientenverfügung festlegt.«

»Das kapiere ich nicht.«

»Du musst dich eben wohl oder übel auch mit dem Thema befassen«, schnaubte Hannah.

»Immer mal langsam. Was ist denn mit diesen sogenannten freiheitsentziehenden Maßnahmen? Wenn ich dieses Juristendeutsch schon höre! Was soll das bedeuten?«

»Steht doch drin: Bettgitter, verschlossene Stationen oder Haustüren, entsprechende Medikamente.«

»Ich bitte dich! Wir können unsere Mutter doch nicht einsperren lassen.«

»Das kann eines Tages sehr wohl auf uns zukommen, wenn sich Mamas Demenz verschlimmert.«

»Kann sein, aber ich will mitreden. Ehrlich gesagt: Das passt mir alles nicht. Ich werde Mama sagen, dass sie uns beiden gemeinsam diese Vollmacht geben soll. Das ist ja auch möglich. Ich habe mich erkundigt.«

»Wir können uns nicht bei jeder anstehenden Entscheidung erst umständlich abstimmen. Entweder ich mache es allein, oder du machst es allein. Alles andere ist nicht praktikabel.«

»Ohne dich will ich das natürlich auch nicht übernehmen.«

»Dann lassen wir eben alles laufen. Wenn Mama irgendwann ihre Angelegenheiten nicht mehr alleine regeln kann, bekommt sie einen gesetzlichen Betreuer. Wir können keinen Einfluss darauf nehmen, wen der Richter dazu bestimmt. Wenn dir das lieber ist …«

Plötzlich war die Leitung tot. Marlene hatte aufgelegt.

Brigitte hatte in beachtlichem Tempo weiter an der Verzierung des Spritzgebäcks gearbeitet. Mit einem Blick auf die Keksdose sagte sie: »Ich glaube, die ist zu klein. Hol doch eben noch die alte Kiste aus dem Keller.«

»Wie wäre es, wenn ich stattdessen ein paar Plätzchen zu Josefine bringe? Die freut sich bestimmt.«

»Das ist eine wunderbare Idee! Aber bleib nicht so lange. Zeit fürs Aufräumen habe ich jetzt nämlich nicht mehr. Mein Fernsehprogramm! Du weißt schon! Könnte sein, dass endlich wieder mal einer von den deutschen Ski-Adlern gewinnt.«

»Lass es einfach stehen. Ich erledige das, wenn ich wieder da bin.«

Hannah zog ihre Jacke und Stiefeletten an und durchsuchte die kleine Schale auf der Kommode. Schnell fand sie das schmale Lederetui mit dem Plastik-Anhänger in Form eines »W«, das Irmgard vor Jahren ihrer nächsten Nachbarin Brigitte anvertraut hatte, und steckte es ein.

Feuchtkalte Luft schlug ihr entgegen. Anstatt direkt die Straße zu überqueren, wandte sie sich nach rechts, um ein paar Schritte zu gehen. Das Gespräch mit Marlene hatte sie mehr aufgewühlt, als ihr lieb war.

An der Querstraße schaute sie auf die Uhr: Die Zeit rannte ihr davon. Sie gab sich noch ein paar Minuten, um runterzukommen.

Sie konnte kaum zehn Meter weit sehen. Die Weihnachtsbeleuchtung in den Vorgärten durchdrang nur mäßig den dichten Nebel. Aber die Bewegung tat ihr gut. Allmählich kam sie zur Ruhe.

Eine gestreifte Katze tauchte aus dem Nichts auf, stutzte bei Hannahs Anblick und überquerte direkt vor ihr die

Straße. Flüchtig dachte sie an den Schrei, den sie gestern Abend ganz in der Nähe gehört hatte.

Im Vertrauen darauf, dass niemand bei diesem Wetter auf der Straße unterwegs war, bog sie vom Gehweg ab. Mit klopfendem Herzen zog sie das Lederetui aus der Jackentasche und steckte den Schlüssel ins Schloss.

Durch den Glaseinsatz in der Haustür fiel gerade genug Licht in den Flur, um sich zu orientieren: Direkt hinter der Haustür befand sich rechts die Treppe nach oben, linker Hand die Tür zu Irmgards Reich.

Hannah holte tief Luft und ging an der Garderobe vorbei zur Kellertür. Ihr Puls beschleunigte sich rasant. Sollte sie wirklich?

Fenster gab es hier unten nicht, sagte sie sich und riskierte es, das Licht einzuschalten. Die Tür lehnte sie hinter sich an.

Den Läufer auf der Treppe hatte es damals noch nicht gegeben. Auch an die Holzvertäfelung und Bilder an den Wänden erinnerte sie sich nicht.

Diese Stufen war Irmgard hinuntergestürzt, kam ihr plötzlich in den Sinn. Am Fuß der Treppe hatte Hendrik sie gefunden. Mit aller Macht schüttelte sie die Vorstellung ab und ging weiter.

Die Tür zu Ulrichs Zimmer ließ sich geräuschlos öffnen. Ihre Augen brauchten einige Sekunden, bis sie sich an die dürftigen Lichtverhältnisse gewöhnt hatten. Ihr Herz klopfte bis zum Hals.

Der Raum war größer als gedacht. Ein schmales Bett, ein Schreibtisch mit aufgeklapptem Laptop und eingeschalteter Lampe, ein Regal mit mehreren Ordnern, Musikanlage, stapelweise CDs und einem Drucker. Dazu Schrank, Stehlampe und ein Sessel, auf dem Hose, Hemd und Pullover kreuz und quer übereinander lagen. In der Tat sah es danach aus, als wäre Ulrich in großer Eile aufgebrochen.

Ihr Blick fiel auf ein abgegriffenes Blatt auf dem Schreibtisch. Bei näherem Hinschauen war ein vertrautes Gewirr von Straßen, Plätzen, Gewerbegebieten und Grünflächen zu erkennen. An mehreren Stellen hatte jemand Kreuzchen gemacht und Nummern dazu geschrieben. Wofür brauchte Ulrich im Zeitalter von Google Maps und Handy-Navi einen solchen Plan? Seltsam!

Den Laptop wagte sie nicht anzurühren aus Angst, Spuren ihres Schnüffelns zu hinterlassen. Stattdessen versuchte sie, die Schubladen des Schreibtisches zu öffnen, aber wie die Schranktüren waren sie abgeschlossen. Sollte sie die Ordner unter die Lupe nehmen? Aber in die konnte jeder reinschauen. Dort würde sie mit Sicherheit nichts Verdächtiges finden.

Sie schaute sich um. Keine Bilder an den Wänden, nur die besagte Fotocollage in der dunklen Ecke über dem Kopfteil des Bettes. Sie ging näher heran, aber bei dem trüben Licht waren keine Einzelheiten zu erkennen. Rasch aktivierte sie die Taschenlampenfunktion an ihrem Handy und beugte sich weit vor.

Das Glas reflektierte das Licht, aber trotzdem sah sie mit einem Blick, wer auf den Fotos verewigt war: sie selbst – mit glasigem Blick, Bierflasche und Zigarette in der Hand an einer rustikalen Theke, ausgelassen tanzend unter Luftschlangen, neben einem Bollerwagen am ersten Mai.

Allerdings war nicht nur sie zu sehen. Kirsten, Hendrik und die anderen aus der Clique räkelten sich mit ihr auf den versifften Sofas im Jugendheim und in verschiedenen Partyräumen. Und Ulrich! Einmal stand er hinter der Theke, ein anderes Mal tanzte er neben ihr, sonst sah man ihn eher am Rand des Geschehens.

Allmählich wurde es Zeit zu gehen! So ein Notartermin konnte ja nicht ewig dauern. Aber da war noch etwas mit den Bildern. Es ratterte in ihrem Kopf, aber sie kam nicht darauf. Irgendetwas …

Wie unter Zwang schaute sie ein letztes Mal hin. Die Erkenntnis traf sie mit einem Schlag: Jede einzelne Aufnahme, auf der sie zu sehen war, war ihr vertraut. Es waren ihre eigenen Fotos aus dem orangefarbenen Album, das sie vermisste.

Ein schwaches Geräusch schreckte sie auf. Waren sie etwa schon zurück? Sie verharrte regungslos und lauschte.

Nichts.

Sie war schon viel zu lange hier unten. Ein Blick zurück: alles wie vorher.

Vorsichtig schloss sie die Tür hinter sich und stieg die Treppe hoch, Stufe für Stufe. Wieder ein Geräusch. Von oben.

Das musste die Haustür sein.

»War wieder mal nicht abgeschlossen.« Kirsten!

Jemand gab eine unverständliche Antwort. Wer war das?

Hannah hielt die Luft an. Bitte nicht Ulrich! Sicher würde er schnurstracks in sein Zimmer gehen. Ihr Magen krampfte sich zusammen.

»Ich bin so dermaßen wütend, kann ich dir sagen.«

Wieder Kirsten. Dann ein metallisches Geräusch. Ein Garderobenhaken?

Wer um Himmels willen war bei ihr?

»Das nützt aber jetzt auch nichts.«

Wer war das? Von einer Sekunde auf die andere war ihr glühend heiß. Bitte lass es Hendrik sein!

Wieder das metallische Geräusch.

»Wie konnte sie uns das antun? Nach allem, was du für sie getan hast!«, wütete Kirsten weiter.

»Ich habe beim besten Willen keine Ahnung.« Das war Hendrik! Definitiv. Waren die beiden allein? Oder stand Ulrich schweigend daneben?

»Natürlich nicht. Ich hatte so dermaßen gehofft, dass wir nun endlich das ganze Haus für uns allein hätten. Ich könnte überall im Bademantel und meinetwegen nackt herumlaufen, ohne ständig über deinen lüsternen Bruder zu stolpern.«

»Ich weiß.«

Hannah atmete aus. In Ulrichs Gegenwart würde Kirsten nicht so reden. Sie schöpfte Hoffnung.

»Natürlich weißt du das. Wir könnten dieses Testament anfechten. Aber du unternimmst ja nichts.«

»Du hast gehört, was der Notar gesagt hat. Es ist ziemlich aussichtslos. – Moment mal. Das Licht im Kellerflur brennt.«

Die drei Sekunden, bis Hendrik den Lichtschalter gefunden und die Tür geschlossen hatte, kamen Hannah wie die längsten ihres Lebens vor. Eng an die Wand gepresst, hatte sie hinter der Tür gestanden – nur einen halben Meter von seiner tastenden Hand entfernt.

Jetzt wurden die Stimmen leiser. Offenbar waren sie auf dem Weg nach oben. »Du hättest Irmgard eben rechtzeitig reinen Wein einschenken sollen, was dein Bruder so treibt, aber das …«

Den Rest konnte sie nicht mehr verstehen. Die Wohnungstür oben fiel ins Schloss. Bange Sekunden vergingen, bis sie sich traute, in den Flur zu schlüpfen.

Mit weichen Knien hastete sie zur Haustür.

Abgeschlossen! Das hatte Kirsten also gerade gemeint: Hannah hatte die Tür vorhin nur zugezogen.

Mit zittrigen Fingern zog sie das Etui aus der Tasche. Hoffentlich tauchte Ulrich jetzt nicht doch noch auf! Sie atmete tief durch und zwang sich zu ruhigen Bewegungen, drehte den Schlüssel um.

Das Licht sprang an. Sie musste nach außen unbedingt wie ein ganz normaler Besucher wirken, der das Haus verließ.

»Nicht zu schnell«, sagte sie sich mehrmals vor, während sie weiterging. Ein schneller Blick in beide Richtungen: niemand.

Sie überquerte die Straße. Brigitte war nicht zu sehen, aber der flackernde Bildschirm. Bestimmt schwebten die deutschen Adler bereits in der Luft.


*Kurz nach sechs abends*

Als das Telefon klingelte, schaute Hannah auf die Uhr. Es war zu früh für einen Anruf von Jan. Die Nummer im Display sagte ihr nichts.

»Hannah Schmielink bei Bergmann«, meldete sie sich.

»Kirsten hier. Störe ich?«

»Nein, überhaupt nicht.«

»Ich wollte dich fragen, ob du Lust hast, eine Kleinigkeit mit mir essen zu gehen. Ich habe Hendrik eben zur Weihnachtsfeier in seiner Firma gefahren und möchte nicht hier allein herumsitzen. Aber sag ruhig, wenn es dir nicht passt. Ich bin nicht böse.«

Hannah fühlte sich ein wenig überrumpelt, aber andererseits war der Vorschlag verlockend, denn sie hatte sich schon den Abend mit Brigitte vor dem Fernseher verbringen sehen.

»Ich weiß nicht, was meine Mutter dazu sagt. Sie scheint im Moment nicht gerne allein zu sein.«

»Dann geht es ihr wie mir. Bis Irmgards Tod aufgeklärt ist, kann ich mich zu Hause einfach nicht entspannen.«

»Also gut«, rang Hannah sich durch. »Wo gehen wir hin?«

»Wir finden schon ein Plätzchen. Allerdings habe ich schon ein Glas Rotwein getrunken. Sollen wir zu Fuß gehen?«

»Ich fahre. Dann bin ich schneller wieder hier.«

»Gut. In einer halben Stunde? Ich muss mich ein bisschen aufbrezeln.«

Beim gemütlichen Italiener waren leider alle Tische besetzt oder reserviert. »Freitagabend eben«, kommentierte die Chefin mit einem bedauernden Achselzucken. Sie beschlossen, es ein paar Schritte weiter zu probieren.

Direkt vor dem Lokal trafen sie auf ein Pärchen: Ina Meyer in Begleitung eines Manns mit dunkler Mütze, Goldring im Ohr und Dreitagebart.

»Hallo! So sieht man sich wieder«, sagte Brigittes Putzfrau gut gelaunt.

»Ich geh schon mal rein«, verkündete Kirsten aus dem Hintergrund. »Es scheint voll zu sein.«

Hannah nickte.

»Das ist Frau Bergmanns Tochter«, informierte Ina Meyer ihren hageren Begleiter.

Der Mann lächelte freundlich, ließ seine Zigarette in die linke Hand gleiten und reichte ihr die Hand. »Freut mich. Ich bin Inas Bruder.«

Das folgende Schweigen drohte peinlich zu werden. Hannah starrte auf die abgetragene Jacke des Mannes und Ina

Meyers für diese Witterung viel zu leichten Mantel und überlegte angestrengt, welches Thema sie anschneiden könnte.

»Gut, dass ich Sie treffe«, hörte sie Ina Meyer sagen. »Mein Bruder leiht mir sein Auto. Ich komme also nächste Woche zum Putzen. Sagen Sie es Ihrer Mutter?«

»Alles klar. – Eine Frage noch, Frau Meyer: Meine Mutter schafft es anscheinend nicht mehr so ganz, die Küche in Ordnung zu halten. Könnten Sie sich vorstellen, dort gelegentlich mit zu putzen?«

»Ich habe ihr das schon öfter vorgeschlagen, aber Ihre Mutter ist da sehr eigen.«

»Ich rede noch mal mit ihr. Und wenn es irgendwelche Probleme mit der Bezahlung gibt, rufen Sie mich doch bitte an. Meine Mutter behält nicht mehr alles im Kopf.«

»Das habe ich schon gemerkt.« Ina Meyer klang ehrlich bekümmert. Sie notierte sich bereitwillig Hannahs Handynummer und verabschiedete sich.

»War nett, Sie kennenzulernen«, sagte der Hagere und gab Hannah nochmals die Hand.

Als sie den Schankraum betrat, beschlug sofort ihre Brille. Wahrscheinlich lag es an dem lodernden Feuer im Kamin. Rasch wischte sie die Gläser ab und sah sich um.

Kirsten hatte einen Tisch an der Wand unter einem ausgestopften Adler gewählt und studierte die Speisekarte.

»Ihr Freund?«, erkundigte sie sich bei Hannah, ohne aufzuschauen.

»Der Bruder.«

»War früher Kunde im Salon. Ich glaube, inzwischen lebt er von Hartz IV. Dass deine Mutter die Frau immer noch beschäftigt! Ich dachte, sie klaut ihr Geld.«

»Was weißt du darüber?«

»Brigitte hat öfter deswegen gejammert, wenn ich ihr die Haare gemacht habe. Eine Zeit lang kannte sie kein anderes Thema.«

»Sie hat sich das nur eingebildet.«

»Dann solltest du ihr klarmachen, dass sie schleunigst mit ihren Verdächtigungen aufhören soll. Brigitte hat zwar keinen Namen genannt, aber andere Kundinnen haben sicher einiges mitbekommen. Hier kennt jeder jeden, und wenn Ina Meyer Gerüchte zu Ohren kommen, kann Brigitte sich eine neue Putzfrau suchen.«

Hannah wäre am liebsten in den Boden versunken. Noch eine neue Baustelle! Vermutlich erinnerte sich ihre Mutter nicht einmal daran, dass sie ihre Putzhilfe in aller Öffentlichkeit angeschwärzt hatte.

Kirsten reichte ihr eine Speisekarte. »Wir sollten uns rasch entscheiden, so voll wie das heute hier ist.«

Hannah nahm die gediegene Ledermappe an, schaute sich aber erst einmal um.

Das dunkle Mobiliar, die Bodenfliesen aus Terracotta, das blanke Holz der Tischplatte, die Ölgemälde an den Wänden, die blau-weißen Kacheln, die den Kamin umrahmten: Augenblicklich fühlte sie sich wohl in diesem traditionsreichen Haus.

Kirsten sah umwerfend aus mit ihren aufgesteckten Haaren, dunklem Blazer und grauer Bluse. Hannah fühlte sich auf einmal leicht underdressed in ihrer üblichen Strickjacke und dem lässig um den Hals gebundenen Baumwolltuch. Flüchtig kam Hannah in den Sinn, dass sie den Abend mit einer Mordverdächtigen verbrachte, aber sie verdrängte den Gedanken schnell wieder.

»Hendrik und ich haben unsere Hochzeit hier gefeiert«, sagte Kirsten und klappte die Mappe mit einem Seufzer zu.

Natürlich erinnerte sich Hannah, obwohl sie die Einladung damals nicht angenommen hatte. Die beiden als glückliches Brautpaar zu sehen, hatte sie sich dann doch nicht antun wollen. Wortlos vertiefte sie sich in die Speisekarte.

Sie war unschlüssig, denn sie hatte schon deftig zu Mittag gegessen. Ein Salat-Fan war sie überhaupt nicht. Dann fiel ihr Blick auf die Vorspeisen.

»Tja, bald können wir wohl unsere Scheidung begießen. Auf der Weihnachtsfeier heute Abend trifft er sie.«

»Ist das denn wirklich etwas Ernstes?«

»Von ihr aus anscheinend schon. Aber auch ohne sie wäre unsere Ehe am Ende.«

»Bin gleich bei Ihnen«, raunte die junge Kellnerin ihnen zu, als sie ein voll beladenes Tablett zum Nebentisch brachte.

»Die Testamentseröffnung hat mir heute die letzten Illusionen genommen. Ich dachte immer, wenn Hendrik und ich das Haus für uns allein haben, bekommen wir eine neue Chance.«

»Aber?«

»Irmgard hat meinem Schwager ein lebenslanges Wohnrecht in der unteren Etage eingeräumt. Keine Ahnung, ob Hendrik davon wusste. Mir hat er nie etwas gesagt. Wir sind also weiter gezwungen, mit Ulrich unter einem Dach zu leben.«

»So, was darf es denn nun bei Ihnen sein?« Die Kellnerin beugte sich eifrig über den Tisch, um die Kerze anzuzünden.

Hannah bestellte die westfälische Brotsuppe, Kirsten hatte sich für Tafelspitz mit pikanter Zwiebelsauce entschieden, laut Karte das »Münsterländer Nationalgericht«. Dazu orderte sie eine Karaffe Rotwein, Hannah eine Flasche Wasser.

»Es könnte ein bisschen dauern mit dem Essen«, warnte die junge Frau. »Wir haben im Saal eine große Gesellschaft.«

»Wie lange denn ungefähr?«

»Eine halbe bis dreiviertel Stunde, würde ich schätzen.«

Hannah war nicht gerade begeistert, denn sie hatte ihrer Mutter versprochen, gegen acht wieder zurück zu sein. Brigitte hatte nicht sehr glücklich gewirkt, dass Hannah noch mal das Haus verlassen wollte.

Kirsten schien die Warterei nicht zu kümmern. Sie redete pausenlos weiter. »Weißt du, früher dachte ich, ich hätte mein Leben voll im Griff. Hatte ich ja auch. Ich habe meinen Traumprinzen bekommen, bin Chefin eines erfolgreichen Unternehmens geworden. Na gut, den Studienplatz in Bielefeld habe ich seinerzeit sausen lassen.«

»Stimmt, du wolltest dich ja ursprünglich fürs Lehramt einschreiben.«

»Ich habe es damals nicht bereut, lieber in Hendriks Nähe geblieben zu sein. Ich hatte immer schon ein Faible für aufwändige Frisuren. In meinem Beruf konnte ich mich optimal verwirklichen, hatte im Rekordtempo meinen Meisterbrief und damit Aufstiegschancen. Alles lief bestens, bis ich die Pille abgesetzt habe und nichts passierte. Ich war total geschockt.«

»Das kann ich mir vorstellen.«

»Wir haben es mit künstlicher Befruchtung probiert. Drei komplette Zyklen haben wir über uns ergehen lassen. Du glaubst nicht, was wir mitgemacht haben: ständig Termine, Stress, Schmerzen, Enttäuschungen. Der ganze Druck hat uns zermürbt.«

»Schrecklich, wenn man sich immer wieder vergeblich Hoffnungen macht.«

Die Kellnerin brachte die Getränke. Kirsten goss sich ihr Glas randvoll, nahm mehrere große Schlucke und breitete

weiter das Schreckensszenario ihrer jahrelangen Bemü-
hungen um Nachwuchs aus.

»Hast du dir irgendwann mal einen Plan B zurechtgelegt
für den Fall, dass ihr mit dem Kinderwunsch abschließen
musstet?«

»Ich schätze, das war wohl die Renovierung des Salons.
Ich hatte schon länger davon geträumt. Schade, dass es so
einen Plan B nicht für unsere Wohnsituation gibt.«

»Vielleicht könntet ihr Ulrich überreden, das Haus zu ver-
kaufen, und euch von dem Geld etwas Neues leisten.«

»Wird er aus Prinzip ablehnen. Schon um mich zu ärgern.«

»Und wenn du dir mit Hendrik eine Wohnung mietest?«

»Du weißt doch, wie man hier im Ort über Leute spricht,
die kein Eigentum haben. So ein Gerede kann ich mir als
Geschäftsfrau nicht leisten.«

Kein sehr ergiebiges Gesprächsthema, fand Hannah. Un-
willkürlich hatte sie den Blick schweifen lassen. Ein älterer
Mann zwei Tische weiter schien sie intensiv zu mustern.
Jetzt nickte er ihr sogar zu, als würde er sie kennen.

Sie beugte sich näher zu Kirsten hin. »Dreh dich mal unauffällig um. Woher kenne ich den Mann mit der hellblauen
Krawatte?«

»Das ist der Filialleiter der Bank, die mir wegen meiner
Kredite ständig auf den Füßen steht. Ich kann mir nicht vorstellen, woher du ihn kennen solltest.«

»Aha.« Hannah verschwieg ihr wohlweislich, dass sie mit
dem netten Herrn kürzlich ein Gespräch in seinem gläsernen
Büro geführt hatte.

Kirsten schüttete die letzten kläglichen Tropfen aus der
Karaffe in ihr Glas. »Aber warum quatsche ich eigentlich die
ganze Zeit von mir? Erzähl du mal, wie es dir geht. Wo

wohnst du inzwischen? Arbeitest du immer noch in der Beratungsstelle?«

In den nächsten Minuten beantwortete Hannah eine Reihe von Fragen und staunte über Kirstens Interesse an ihrem Leben. Mehrmals kam die Kellnerin mit dampfenden Gerichten aus der Küche, aber jedes Mal steuerte sie einen anderen Tisch an.

Als sie wieder einmal leer ausgingen, schaute Kirsten genervt auf ihre Uhr. »Jetzt könnte ich aber wirklich langsam etwas in den Magen vertragen.« Sie gähnte ungeniert. »Übrigens hat Brigitte mir mal erzählt, dein Mann wäre bei der Kripo. Da können wir ja froh sein, dass er nicht bei uns ermitteln muss.«

Hannah formulierte ihre Antwort bewusst vorsichtig: »Das ist natürlich nicht möglich, wenn er das Umfeld kennt.«

»War auch mehr ein Scherz. Aber diesen Kommissar Höllmann kennst du schon?«

»Ja, er ist ein Kollege von Jan.«

»Ich kapiere absolut nicht, warum die das Alibi meines Schwagers nicht genauer unter die Lupe nehmen.«

»Das tun sie mit Sicherheit. Hast du den Beamten eigentlich inzwischen von Irmgards verschwundener Rente berichtet?«

»Habe ich. Die wussten schon davon, fanden es aber anscheinend nicht weiter wichtig. Der DNA-Test hat auch noch nicht stattgefunden. Keine Ahnung warum.«

»Vielleicht kommt das noch. – Sag mal, siehst du eigentlich noch irgendwen von der alten Clique?«

Der Nebel hatte sich ein wenig gelichtet, als sie die Gaststube verließen. Hannah atmete auf. Während sie aßen, hatten sie sich nur über Belanglosigkeiten unterhalten. Vor dem Bezahlen hatte Hannah kurz bei ihrer Mutter angerufen, um sie zu beruhigen, dass sie bald zurück sein würde.

Die Ortsmitte war mittlerweile deutlich belebter. Paare und Grüppchen jeglichen Alters flanierten zwischen den Lokalen.

Sie wollten gerade zum Parkplatz abbiegen, als sie zu einer kleinen Gruppe von gut gelaunten Männern mit Nikolaus-Mützen aufschlossen. Einer von ihnen machte unvermittelt einen Schritt zur Seite, sodass Hannah nicht mehr ausweichen konnte. Sie hörte ein »Sorry«, ging aber wortlos weiter. Die Truppe hatte anscheinend schon ganz gut getankt.

»Du meine Güte! Sven! Wie siehst du denn aus!« Hinter ihr umarmte Kirsten den langen Kerl, der Hannah angerempelt hatte, und gab ihm Begrüßungsküsschen links und rechts auf die Wangen.

Hannah schaute derweil in die Runde und stutzte. Andi? Tatsächlich! Ihr alter Schulkamerad war mit der albernen Mütze kaum zu erkennen.

»Hallo Hannah«, begrüßte er sie zurückhaltend. Vermutlich war ihm sein Aufzug peinlich. »So sieht man sich wieder.«

Er wies auf den Nikolaus namens Sven. »Meinen kleinen Bruder kennst du wahrscheinlich nicht mehr, oder?«

»Klein?«, giggelte Kirsten dazwischen, denn Sven war mindestens einen Kopf größer als Andi.

»Doch«, sagte Hannah zu dem schlanken, aber athletisch wirkenden Mann, der seine Nikolaus-Mütze tief ins Gesicht gezogen hatte und sie jetzt breit anlächelte. »Irgendwie kommst du mir bekannt vor.«

Kirsten kannte noch ein weiteres Mitglied der Gruppe. Ein längeres Geplänkel folgte. Hannah trat von einem Bein auf das andere.

»Wollt ihr nicht mitkommen auf Nikolaus-Tour?«, schlug jemand schließlich vor. »Wir haben noch einiges vor.«

Kirsten schien nicht abgeneigt. »Was meinst du, Hannah? Nur ein halbes Stündchen. Schließlich ist samstags Hauptkampftag im Salon.«

Zehn Minuten später saß Hannah vor einem alkoholfreien Bier, das ihr zu kalt und zu herb war. Die anderen prosteten sich mit hochprozentigem Schnaps zu.

»Sven ist eine lokale Berühmtheit, Hannah«, sagte Kirsten und ging auf Tuchfühlung zu Andis Bruder. »Er ist Extremkletterer und war schon in der ganzen Welt unterwegs. Der El Capitano im Yosemite-Nationalpark war sein letzter Coup.«

Bei einigen Wörtern hatte Kirsten deutliche Probleme mit der Aussprache. Anscheinend tat der Alkohol mittlerweile seine Wirkung.

Hannah tippte sich an die Stirn. »Jetzt kapiere ich. Meine Mutter hat neulich gesagt, du ständest andauernd in der Zeitung wegen deiner Kletterei, Andi. Sie hat dich mit deinem Bruder verwechselt.«

»Ich und Sport. Never ever«, grinste Andi.

»Habe gehört, als nächstes geht's auf den Everest, Sven?«, bohrte Kirsten.

»Stimmt«, lachte er. »Aber erst im Mai.«

Kirsten ließ nicht locker. »Dass du so ein Risiko eingehen magst! Da sind doch in diesem Jahr ziemlich viele auf dem Weg zum Gipfel umgekommen.«

»No risk, no fun«, gab Sven nonchalant zur Antwort. »Die Gefahr gehört untrennbar dazu. Wenn man es geschafft hat, heil aus der Nummer herauszukommen, fühlt man sich jedes Mal großartig.«

»Und was machst du bis dahin, damit du nicht vor Langeweile umkommst in unserem Kaff?«

»Keine Sorge! Da gibt es schon die eine oder andere Ablenkung.«

Hannah hätte gerne noch weiter von Svens Reisen gehört, aber sie wollte ihre Mutter nicht länger warten lassen. Also hatte sie sich verabschiedet, als Kirsten mit der Nikolaus-Truppe weiterzog.

Andis Bruder hatte sie irgendwie beeindruckt. Seine Expeditionen waren bestimmt faszinierende Erfahrungen: die grandiose Bergwelt mit Eis und Schnee, fremde Länder und Kulturen. Davon konnte sie nur träumen und derweil mit Jan und Lasse Familienurlaub machen.

Der Parkplatz war inzwischen voll. Vorhin war ihr überhaupt nicht aufgefallen, wie schlecht er beleuchtet war. Kirsten hatte unaufhörlich geplappert, sodass Hannah sich nicht einmal gemerkt hatte, wo genau sie ihr Auto abgestellt hatte. Erst mit Hilfe der Fernbedienung konnte sie es orten.

Sie ging um den Wagen herum und wischte die völlig beschlagenen Scheiben ab. Da die Sicht auch durch die Feuchtigkeit im Innenraum behindert wurde, ließ sie das Gebläse laufen und versenkte kurz die seitlichen Scheiben. Nicht optimal, aber so musste es irgendwie gehen.

Beim Blick über die Schulter konnte sie fast nichts erkennen. Die rückwärtige Scheibe schien immer noch von innen beschlagen zu sein, und der Nebel tat ein Übriges.

Sie schaltete die Heckscheibenheizung ein und wartete ungeduldig. Nach zwei, drei Minuten zeigten sich lediglich schmale Streifen. Länger wollte sie nicht mehr warten.

Sie gab Gas und setzte im Zeitlupentempo rückwärts. Nach Gefühl schlug sie leicht nach links ein, warf einen Blick zur Seite: noch Platz genug.

Plötzlich ein beängstigend lautes Geräusch. Irgendwie hohl.

»Verdammt!«

Sie fuhr ein paar Zentimeter vor und stieg wieder aus. Hoffentlich hatte sie nicht den Wagen in der Reihe gegenüber touchiert! Zum zweiten Mal an diesem Tag kam die Taschenlampenfunktion ihres Handys zum Einsatz. Sie bückte sich, um sich auf die Suche nach Kratzern oder Beulen an dem in Frage kommenden Auto zu begeben.

»Irgendwelche Probleme? Können wir helfen?«

Hannah fuhr erschrocken auf. Eine glühende Zigarettenspitze leuchtete vor ihrer Nase.

»Ach, Sie sind das!«, rief eine Frau.

Ina Meyer und ihr Bruder! Wie aus dem Nichts waren sie aufgetaucht.

Hannah wies auf das Auto, vor dem sie standen. »Es gab beim Zurücksetzen ein komisches Geräusch, aber ich sehe nichts.«

»Darf ich?« Frau Meyers Bruder nahm ihr das Handy ab und beleuchtete die Front des Wagens. Eine kleine Delle im Nummernschild war deutlich zu erkennen.

»Ist wahrscheinlich schon drin gewesen«, kommentierte er. »Lohnt jedenfalls bei der alten Karre nicht, die Polizei zu rufen. Freitags haben die genug anderes zu tun.«

Er gab ihr das Handy zurück. »Vielleicht sind Sie auch über ein Steinchen gefahren. Ist ja nicht gepflastert hier. Sollen wir Sie aus der Lücke lotsen?«

Zwei schweißtreibende Minuten später sah Hannah die beiden im Licht des Rückscheinwerfers grüßend die Hand heben.

Eigentlich sehr nette Leute.

Ihre Mutter saß erwartungsgemäß vor dem Fernseher und schaute sich den Freitagskrimi an. Hannah setzte sich dazu, aber weder die Bilder auf der Mattscheibe noch die Dialoge kamen bei ihr an.

Die Musik für den Abspann begann. Brigitte stellte den Ton leiser und murmelte: »Ich weiß überhaupt nicht, wer denn nun eigentlich der Mörder war. – Ach, übrigens: Jan hat vorhin angerufen. Du sollst zurückrufen, wenn du wieder da bist.«

Sofort meldete sich Hannahs schlechtes Gewissen. Was hatte Brigitte ihm wohl erzählt?

»Hallo Schatz!«, sagte sie betont munter, als sie Jan an der Strippe hatte. »Störe ich den fleißigen Polizisten bei wichtigen Tätigkeiten?«

»So fleißig bin ich im Moment gar nicht«, brummte er anscheinend nicht besonders gut gelaunt in den Hörer. »Es ist relativ ruhig bei uns. Vermehrt Einbrüche – wie meistens um diese Jahreszeit, aber dafür weniger Schlägereien, Ruhestörungen und so weiter. Ist den Leuten anscheinend zu ungemütlich draußen.«

»Am Wochenende hast du frei?«

»Rufbereitschaft. Ich habe Gesine vorsichtshalber an ihr Versprechen erinnert, auf Lasse aufzupassen, falls ich wider Erwarten los muss.«

»Dann ist ja alles geregelt. – Ist Justyna inzwischen aufgetaucht?«

»Bisher nicht. Die Suche mit dem Foto hat nichts gebracht. Natürlich ist es trotzdem nicht ausgeschlossen, dass sie mit öffentlichen Verkehrsmitteln unterwegs ist.«

»Habt ihr die Familie in Polen erreicht?«

»Ja, aber auch dort Fehlanzeige. Sagt jedenfalls die Tochter, die leidlich Englisch spricht. Mit dem Ehemann ist die Verständigung noch schwieriger, aber er scheint besorgt zu sein.«

Plötzlich fiel ihr ein, was sie ihm noch hatte sagen wollen. »Gestern Abend habe ich einen Schrei gehört. Keine Ahnung, aber es könnte Justyna gewesen sein.«

»Davon hast du aber Gerrit heute Morgen nichts gesagt.«

»Die Sache war mir zwischenzeitlich komplett entfallen. Ich habe geglaubt, es wäre eine Katze. Aber es könnte auch eine Frau gewesen sein.«

»Und wo war das genau?«

»Am Grünstreifen in der Nähe der Berkel.«

»Was machst du da abends im Dunkeln?«

»Einen kleinen Spaziergang durch die Siedlung, weil das Glockenfest schon vorbei war, nachdem ich Brigitte nach Hause gebracht hatte und der Mond so schön schien. Auf dem Rückweg kam ich dort vorbei.«

»Und du warst nicht zufällig mit jemandem von der Familie Wisdonck unterwegs wie heute Abend?«

Brigitte hatte also doch geplaudert! Das hätte sie sich denken können. Sie musste ihn irgendwie ablenken.

»Ich war bloß mit Kirsten eine Kleinigkeit essen. Sie war ziemlich schlecht drauf, weil heute die Testamentseröffnung war. Sie brauchte jemanden zum Zuhören.«

»Wieso? Ist sie unzufrieden?«

»Es geht wohl hauptsächlich um das Wohnrecht, das ihr Schwager von seiner Mutter eingeräumt bekommen hat. Ich kann verstehen, dass Kirsten nicht glücklich darüber ist. Sie versteift sich darauf, dass ihre Ehe daran zerbrechen wird. – Übrigens hat sie mich noch mal auf Irmgard Wisdoncks verschwundene Rente angesprochen. Was ist eigentlich daraus geworden?«

»Nichts Konkretes. Kirsten und Ulrich Wisdonck beschuldigen sich gegenseitig, das Geld gestohlen zu haben.«

»Ja und?«

»Hannah, wenn du wüsstest, wie oft es vorkommt, dass Verwandte sich nach dem Tod von Angehörigen vorwerfen, Bargeld oder Wertgegenstände der Verstorbenen entwendet zu haben! In vielen Fällen lässt sich nicht abschließend klären, wo Geld oder Schmuck geblieben sind, und die Familien bleiben für immer zerstritten.«

Merkwürdig! Vor zwei Tagen hatte Jan sich noch einiges von dieser Spur versprochen. Jetzt spielte er die Sache komplett herunter.

»Habt ihr nie in Erwägung gezogen, dass jemand von außen das Geld genommen ...?«

»Doch, klar«, fiel Jan ihr ins Wort. »Aber wir haben definitiv keine Einbruchsspuren gefunden. Irmgard Wisdonck müsste also ihren Mörder oder ihre Mörderin selbst ins Haus gelassen haben.« Er machte eine kleine Pause. »Zum Beispiel Justyna Tomascewski.«

»So meinte ich das nicht«, warf Hannah entsetzt ein.

»Ich weiß, aber spielen wir das einfach mal durch: Das Opfer wird irgendwie abgelenkt, und Justyna versucht, das Geld zu stehlen. Dann wird sie auf frischer Tat ertappt und weiß sich nicht anders zu helfen, als nach der Kiepenkerl-Figur zu greifen und Frau Wisdonck damit zu erschlagen.«

185

»Hör auf! Das passt nicht zu Justyna. Sie hätte Irmgard womöglich angefleht, nicht zur Polizei zu gehen, aber sie erschlagen? Nein.«

»Das ist deine Einschätzung. Aber wissen wir, was in einer Person vorgeht, die plötzlich fürchtet, für eine Straftat geradestehen zu müssen?«

Hannah gab sich geschlagen.

»Aber ich kann dich beruhigen. Es ist höchst unwahrscheinlich, dass Justyna diese Person gewesen ist«, fuhr Jan ungerührt fort.

»Wieso?«

»Meinst du nicht, dass Irmgard Wisdonck es seltsam gefunden hätte, wenn Justyna bei ihrem Besuch ihre Handschuhe anbehalten hätte?«

»Doch ja, aber ich verstehe nicht …«

»Wir haben keine fremde DNA an der Tatwaffe gefunden. Nur die vom Opfer selbst.«

»Ihr geht also davon aus, dass der Täter Handschuhe getragen hat.«

»Genau. Und diese Annahme lässt wohl einen weiteren Schluss zu.«

»Nämlich?«

»Die Tat war geplant. Es war kein Totschlag, im Affekt begangen oder weil jemand auf frischer Tat ertappt wurde, sondern Mord.«

Wieder fehlten Hannah die Worte.

»Hannah, noch einmal: kein Kontakt zu den Wisdoncks! Bitte!«

»Dann sag mir endlich, was los ist! Habt ihr einen von den dreien konkret in Verdacht?«

Sie hörte, dass er seufzte. Sicher ging ihm seine Schweigepflicht durch den Kopf, aber die hatte er heute sowieso schon gebrochen. Da kam es auf einige Details nicht mehr an.

»Kirsten Wisdonck behauptet, einer Bekannten nach Feierabend die Haare gemacht zu haben, weil die am nächsten Morgen früh in den Urlaub auf die Malediven fliegen wollte. Wir haben noch nicht mit dieser Zeugin sprechen können. Am Dienstag soll sie zurückkommen.«

»Aber das ist für eine Frisör-Meisterin doch kein abendfüllendes Programm.«

»Man muss die Fahrtzeit nach Havixbeck und zurück dazurechnen. Außerdem haben die beiden angeblich noch ein bisschen über diverse Leute getratscht.«

»Okay. Und Hendrik?«

»Eine Kollegin, die ihn ziemlich zu mögen scheint, gibt ihm ein Alibi. Man muss abwarten, ob sie sich noch immer so genau erinnert, wenn ihr klar wird, dass sie eines Tages unter Eid aussagen muss.«

»Und was ist mit Ulrich?«

»Wir sind an ihm dran, Hannah. Aber aus verschiedenen Gründen kann ich dir nichts Näheres sagen.«

Sie merkte, dass es keinen Sinn hatte, nachzufragen.

»Hannah, misch dich bitte nicht in unsere Arbeit ein. Du könntest dich in Gefahr bringen. Du hast es mir versprochen, damals im Park hinter der Clemenskirche. Du wirst dich erinnern.«

»Ich habe dir versprochen, dass ich nie wieder einen Fall übernehme, in dem die Kripo ermittelt. Aber dies ist für mich in dem Sinn kein Fall. Mama würde zurzeit nicht allein klarkommen. Ich kann doch nichts dafür, dass ihre Nachbarin genau jetzt ermordet worden ist.«

»Ich weiß, Hannah.« Er klang auf einmal viel sanfter. »Aber du musst mich auch verstehen. Ich habe Angst um dich.«

Schlaflos wälzte sie sich von einer Seite auf die andere – gefühlt seit Stunden.

Jan hatte recht. Ab jetzt würde sie sich von Kirsten, Hendrik und Ulrich fernhalten. Wenn Jan so eindringlich darauf bestand, musste er triftige Gründe dafür haben, auch wenn er sie ihr nicht nennen durfte.

Sie drehte sich auf die andere Seite und hoffte auf Schlaf, schreckte aber plötzlich hellwach wieder hoch. Warum hatte sie bloß diese wahnwitzige Idee in die Tat umgesetzt und sich in Ulrichs Zimmer geschlichen? Beinahe wäre sie erwischt worden.

Auf einmal sah sie die Collage wieder vor sich. Warum Ulrich genau jene Fotos besaß, die sie vor Jahren in ihr eigenes Album geklebt hatte, musste sie unbedingt klären. Aber dazu musste sie es erst einmal finden.

Um sich von den düsteren Gedanken abzulenken, dachte sie an den morgigen Silberstreif am Horizont: das Treffen mit Anne in Billerbeck. Wie gut es tat, eine wirkliche Freundin zu haben!

Eine Zeit lang schwelgte sie in Vorfreude und ganz allmählich begann sie sich zu entspannen. Die Gedanken zerflossen, der Kopf wurde leer.

Er goss sich noch ein Glas Cognac ein und überlegte, wie er mit der bedeutsamen Information umgehen sollte, die Hannah ihm soeben nichtsahnend geliefert hatte.

Seine Frau war keine gute Lügnerin. Er durchschaute sie meistens sofort. Sie hatte ihm etwas verschwiegen. Und er ahnte auch, was. Beziehungsweise wen.

Was für ein Schlamassel! Er hatte die Dinge absichtlich so zurechtgebogen, dass Hannah einen völlig falschen Eindruck bekommen musste. Aber er hatte seine Gründe. Ganz privat. Und so sollte es auch bleiben.

Als sie die Rollläden hochzog, schimmerte der Himmel nach Osten hin in einem blassen Blau. Langgezogene Wolkenschlieren tauchten auf und färbten sich nach und nach in immer intensiveren Rot-Tönen, bis die Sonne aufging. Von Nebel keine Spur mehr. Augenblicklich spürte Hannah einen Energieschub wie seit Tagen nicht mehr.

»Ich gehe zum Bäcker und hole Brötchen«, teilte sie ihrer Mutter mit. Brigitte war gerade erst aufgestanden. »Wenn du fertig bist, kannst du ja schon mal den Tisch decken und Kaffee kochen. Aber lass dir Zeit.«

Die Luft draußen war klar und frisch. Sollte sie zu Fuß zum Bäcker gehen? Unschlüssig stand sie vor ihrem Auto in der Einfahrt.

»Entschuldigung, aber kennen Sie eine Frau Tomasce ...?«

Hannah fuhr herum. Eine junge Frau mit einem Kinderwagen stand vor ihr. In Gedanken versunken hatte Hannah sie bisher überhaupt nicht bemerkt.

»Tomascewski?«, half Hannah bei der Aussprache des Namens. Ihr Pulsschlag beschleunigte sich augenblicklich. »Ja, die kenne ich. Wieso fragen Sie?«

Die junge Frau bückte sich wortlos, holte aus der Ablage unter dem Kinderwagen eine braune Umhängetasche hervor und griff hinein. »Ich war auf dem Berkelweg unterwegs mit meinem Sohn, weil er nicht einschlafen wollte. Und da habe ich diese Tasche gefunden. Schauen Sie mal!«

Sie hielt einen dunkelroten Reisepass in der Hand. Unter dem Adler in Goldschrift: Polska.

Die Frau klappte das Dokument auf. »Ich bin der Frau auf dem Foto schon mehrfach begegnet. Sie fährt meistens eine alte Frau im Rollstuhl spazieren. Ich habe gesehen, dass sie immer aus dieser Straße kommen.«

Hannah starrte entsetzt auf Tasche und Reisepass. Was hatte das zu bedeuten?

»Hier steht es: Justyna Tomascewski«, fuhr die junge Frau fort. »Es ist auch Geld in der Tasche. Wissen Sie, in welchem Haus sie wohnt?«

*Zwei Stunden später*

Das Frühstück stand immer noch beinahe unberührt auf dem Küchentisch, als Gerrit klingelte. Die junge Frau hatte ihm und seinen Kollegen gezeigt, wo sie den Beutel gefunden hatte. Daraufhin hatte die Polizei eine erste Suchaktion gestartet. Hannah spürte, wie ihre Anspannung stieg. Was, wenn man sie gefunden hatte? Irgendwo im Gebüsch. Hastig verscharrt.

Aber Gerrits Miene ließ nicht darauf schließen. Er schüttelte beruhigend mit dem Kopf. »Fehlanzeige. Aber das heißt noch nichts.«

»Warum habe ich bloß nicht reagiert, als ich vorgestern diesen Schrei gehört habe? Vielleicht hätte ich ihr helfen ...«

»Hannah, lass das! Du kannst es nicht mehr ändern. Und außerdem wissen wir nicht sicher, dass sie es war.«

Sie nickte stumm.

»Wir müssen jetzt allerdings vom Schlimmsten ausgehen.

Justyna ist seit mehr als 36 Stunden verschwunden. Geld und Papiere hat sie nicht dabei. Das sieht nicht gut aus.«

»Was geschieht jetzt?«

»Ich habe Suchhunde angefordert. Falls sie sich im näheren Umkreis befindet, spüren die sie vermutlich schneller auf als wir. In der Zwischenzeit haben wir die Anwohner befragt, ob jemand sie gesehen oder sonst etwas Verdächtiges bemerkt hat. Die meisten haben wir angetroffen. Aber brauchbare Hinweise gab es bis jetzt keine. Außerdem haben wir die Leute vor den Hunden gewarnt.«

»Warum die Warnung?«

»Die Tiere schlagen unter Umständen an einer Haustür an, wenn sie Witterung aufnehmen. Manchmal sind es nur Duftspuren von der gesuchten Person, die vom Wind irgendwohin geweht wurden. Ich möchte nicht, dass sich jemand erschrickt, zum Beispiel alte Menschen oder Kinder. Oder Leute, die Angst vor Hunden haben. Sprich bitte auch mit deiner Mutter, Hannah. Sie kommt mir nicht sehr stabil vor.«

»Werde ich gleich tun«, versprach sie.

»Gut. Übrigens hat jemand Hendrik Wisdonck um die fragliche Uhrzeit ein paar Straßen weiter in der Siedlung gesehen. In Begleitung einer Frau, die mit einem Schal vermummt war. Hast du eine Idee, wer das gewesen sein könnte?«

Hannah merkte, wie sie von einer Sekunde auf die andere rot wurde und wandte sich etwas ab. »Etwa Justyna?«

»Wohl eher nicht. Der Zeuge kennt sie vom Sehen und sagt, dass sie in letzter Zeit immer in einem dunklen Mantel mit Kapuze unterwegs ist.«

»Ja, das stimmt«, pflichtete Hannah ihm eifrig bei. »Ich habe sie auch mal darin auf der Straße getroffen.«

»Und sonst? Wer könnte es gewesen sein?«

»Keine Ahnung.«

Gerrit musterte sie einen Moment lang intensiv und verabschiedete sich dann.

»Warum hast du mir nicht gesagt, dass Justyna verschwunden ist?« Brigittes Tonfall war unverkennbar vorwurfsvoll. Sie saß in ihrem Lieblingssessel und beobachtete die Straße.

»Wir dachten, sie wäre nach Polen gefahren, um mit ihrer Familie Weihnachten zu feiern.«

»Das hätte sie doch nie getan, ohne sich zu verabschieden! Wir haben auf dem Glockenfest noch miteinander gesprochen. Keinen Ton hat sie davon gesagt, keinen einzigen.«

Eine Zeit lang schwiegen sie. Auch Hannah starrte gedankenverloren aus dem Fenster. Gegenüber tat sich nichts. Kirsten schuftete bestimmt schon seit Stunden ahnungslos in ihrem Salon, es sei denn, Hendrik hatte sie benachrichtigt.

Vor einer halben Stunde war Gerrit gegangen – zunächst zu Norbert Althüsmann, wo er Kleidungsstücke von Justyna abholen wollte, damit die Hunde ihre Fährte aufnehmen konnten. Bestimmt waren sie inzwischen am Fundort der Tasche eingetroffen.

Aber nichts geschah. Die Warterei war kaum auszuhalten.

»Warum suchen sie Justyna eigentlich mit Hunden?«

»Weil die sie schneller finden können.«

»Ach so.«

Hannah war nicht sicher, dass ihre Mutter die Bedeutung der Suchaktion erfasste. Hoffentlich nicht!

Minuten später sah sie, wie Josefine und Lucy die Straße überquerten und auf sie zukamen. Als Hannah die Tür öffnete, hatte sie zum ersten Mal das Gefühl, einer fast Neunzigjährigen gegenüberzustehen. Um Josefines Mund zuckte es. Sie war dem Weinen nahe.

»Ich halte das nicht aus«, sagte sie leise und rang die Hände.

Hannah nahm sie in den Arm und führte sie ins Wohnzimmer. Der Hund tapste hinter ihnen her. »Komm, Josefine, setz dich zu uns. Möchtest du etwas trinken?«

»Nein, lass nur. Ich möchte das nur nicht alleine durchstehen müssen.«

In dem Moment hörten sie draußen ein leises Gebell, das schnell anschwoll. Lucy postierte sich unter der Fensterbank, war aber zu klein, um hinaufzuspringen. Sie protestierte winselnd.

»Das müssen sie sein!«

Nur wenige Augenblicke später kamen zwei Schäferhunde an langen Leinen ins Blickfeld, dahinter zwei uniformierte Beamte, die keine Mühe hatten, mit ihnen Schritt zu halten. Die Hunde liefen scheinbar ziellos hin und her, schnüffelten kurz an Hannahs Auto, kamen bis an die Haustür und verloren dann das Interesse.

Bei Wisdoncks nahmen sie sichtlich mehr Tempo auf, bellten und liefen auf die Haustür zu. Die Hundeführer folgten ihnen.

Wer ihnen die Tür öffnete, war nicht zu erkennen. Hunde und Polizisten verschwanden im Haus. Hannahs Anspannung wuchs. Dort war Justyna aller Wahrscheinlichkeit nach am Abend von Irmgards Tod gewesen. Ob die Hunde das noch wittern konnten?

Josefine saß mit gesenktem Kopf am Tisch, Brigitte war aufgestanden und beobachtete das Geschehen.

Es dauerte nur wenige Minuten, bis Hunde und Polizisten wieder erschienen.

»Jetzt sind sie bei dir«, sagte Hannah. Josefine schaute auf.

Die Hunde schnüffelten und schlugen kurz an. Einer der Polizisten öffnete die Tür.

»Ich habe ihnen vorhin meinen Schlüssel gegeben, damit ich nicht dabei sein muss«, flüsterte Josefine. »Justyna hat mich vor einigen Tagen noch besucht.«

Wieder dauerte es nicht lange, bis die Suche im Haus abgeschlossen war. Jetzt würden sie sicher bei Althüsmanns weitermachen, vermutete Hannah. Und richtig: Der Hund mit dem dunkleren Fell steuerte den Carport an.

Mit einem Mal stürzte der zweite Hund laut kläffend in die entgegengesetzte Richtung. In Sekundenbruchteilen folgte ihm das andere Tier. Die Hundeführer hatten Mühe, ihnen zu folgen. Die Tiere bellten jetzt aufgeregt und ohne Unterlass.

»Wo sind sie? Bei Bernholts? Oder bei Jägers?« Beide Einfahrten lagen nebeneinander, nur durch einen Zaun getrennt. Brigitte beugte sich weit vor, aber vom Wohnzimmerfenster aus hatte sie keinen Einblick.

Josefine hatte sich nicht von ihrem Platz gerührt. Lucy legte sich dicht bei ihren Füßen auf den Boden. Hannah sah, dass die Nachbarin die Hände gefaltet hatte und vor sich hin murmelte. Ob sie betete?

»Was bedeutet das Gekläffe? Haben sie etwas gefunden?«, fragte Brigitte mit weit aufgerissenen Augen.

»Wir müssen abwarten«, sagte Hannah möglichst ruhig.

Das heisere Bellen der Hunde ging in ein kurzes, klägliches Jaulen über, das schließlich abrupt verstummte. Vermutlich hatten sie ein Kommando bekommen, dem sie unverzüglich gehorchten.

Hannahs Puls beschleunigte sich noch weiter, als mehrere Fahrzeuge in die Straße einbogen. Gerrit und Petra Schostok stiegen aus dem hellen SUV und gingen in die Richtung, in der der Suchtrupp verschwunden war. Weitere Personen folgten.

Dann plötzlich ein aufheulender Motor. Mit ziemlichem Tempo setzte Sonja Bernholt rückwärts aus der Einfahrt und parkte vor ihrem Haus. Finn und Emma erschienen mit Schmusetieren im Arm. Ihre Mutter stieg aus, half ihnen beim Einsteigen, schnallte sie an und fuhr los.

Was hatte das zu bedeuten? Und wo war Sonjas Ehemann?

Im selben Moment rollten Ernst und Anita Jäger aus der entgegengesetzten Richtung kommend im Schneckentempo vorbei. Offenbar gehörten sie zu den wenigen Anwohnern, die die Polizisten nicht angetroffen hatten.

Josefine hatte das Geschehen nicht verfolgt. Sie schien gänzlich in sich versunken und murmelte immer noch vor sich hin. Hannah konnte von ihren Lippen ablesen: »Vater unser, der du bist im Himmel ...«

Und dann sah sie Norbert Althüsmann, der am Straßenrand die Hände vors Gesicht schlug.

*Zur selben Zeit*

Gerrit wappnete sich innerlich und drückte die Klinke mit einer Hand herunter. In der anderen hielt er seine Waffe für alle Fälle griffbereit. Zur seiner Verwunderung war das Gartenhäuschen nicht abgeschlossen.

Auf den ersten Blick sah er nichts Ungewöhnliches: eine Menge Kartons in allen Größen, Gartenstühle, eine Schicht alte Zeitungen auf dem Boden, Styroporteile, darüber Auflagen. Das Ganze wirkte wie ein improvisiertes Lager. Hinter ihm winselten die Hunde leise.

»Frau Tomascewski?«

Keine Antwort. Nach einem kurzen Rundgang kam er zu der Überzeugung, dass hier niemand war.

»Was tun Sie da?« Eine tiefe Stimme aus dem Hintergrund. Ein älteres Paar, bepackt mit verschiedensten Taschen und Tüten, stand neben dem Gartenhäuschen.

»Wer sind Sie?«

»Ernst Jäger. Ich wohne hier. Das ist meine Frau.«

»Unsere Suchhunde haben angeschlagen. Es scheint so, als ob sich jemand hier aufgehalten hätte. Wissen Sie etwas darüber?«

»Wie bitte?«

»Sie müssen lauter sprechen. Mein Mann hört nicht gut.«

Gerrit wiederholte seine Frage.

Ernst Jäger nickte. »Ja, das stimmt. Justyna, die Betreuerin von unserer Nachbarin gegenüber. Ich habe sie gestern Mittag entdeckt. Sie hat wohl hier drin übernachtet. Ich schließe nie ab.«

»Verstehe.«

»Sind ja eh nur die ganzen Kisten und Verpackungen drin. Für die Weihnachtslandschaft«, ergänzte er, als er die verständnislosen Blicke der Beamten sah.

»Hat Frau Tomascewski Ihnen erklärt, warum sie hier war und nicht in ihrem Bett im Haus gegenüber?«, hakte Petra Schostok nach.

»Althüsmann hat sie rausgeschmissen, als er vom Glockenfest zurückkam. Angeblich soll sie ihm Geld gestohlen haben.«

Anita Jäger gab einen ächzenden Laut von sich und schüttelte den Kopf.

»Sie glauben das nicht, Frau Jäger?«

Ein stummes Kopfschütteln.

»Wir werden das prüfen. – Herr Jäger, welchen Eindruck machte Frau Tomascewski auf Sie?«

Jäger kratzte sich am Hinterkopf. »Wenn Sie mich so fragen: Ich hatte das Gefühl, die Frau hatte fürchterliche Angst. Sie hatte sich in die hinterste Ecke verkrochen und starrte mich an, als wäre ich der Leibhaftige. Als sie mich erkannte, war sie kolossal erleichtert. Schien mir jedenfalls so.«

»Und Sie glauben, sie hatte Angst vor Ihrem Nachbarn?«

Jäger zuckte die Achseln.

»Sie trauen ihm zu, dass er die Pflegerin seiner Frau bei diesen Temperaturen einfach vor die Tür gesetzt hat?«

»Das hat mein Mann der Polin nur zu gern abgenommen«, sagte Anita Jäger mit leiser Stimme. »Er traut Althüsmann alles zu. Seit Jahrzehnten geht das schon so.«

Ernst Jäger presste die Lippen aufeinander, sagte kein Wort.

Seine Frau ließ nicht locker. Sie wurde immer lauter. »Wie kannst du nur so stur sein! Irgendwann muss das doch ein Ende haben. Man muss auch mal einen neuen Anfang machen.«

Sie wandte sich schluchzend ab.

Gerrit und seine Kollegin sahen sich kurz an.

»Ich habe ihr ja angeboten, mit Althüsmann Tacheles zu reden, damit er wenigstens ihre Tasche rausrückt, aber das wollte sie nicht«, rechtfertigte sich Jäger. »Verstanden habe ich es auch nicht ganz. Ich habe ihr dann Kaffee und ein paar Brote gebracht. Das erschien mir am dringendsten nach der eisigen Nacht.«

»Und wie ging es weiter?«

»Gegen drei wollte ich noch mal nach ihr sehen. Schließlich konnte sie nicht noch eine Nacht hier draußen verbringen. Wurde ja immer kälter.«

»Und?«

»Sie war weg.«

»Aber sie hatte weder Geld noch Papiere dabei. Dann kann sie ja noch nicht weit weg sein.«

Anita Jäger räusperte sich. »Ich habe ihr 50 Euro gegeben.«

*Gegen Mittag*

Hannah hatte Josefine und Brigitte zu einem leichten Mittagessen überredet. In Windeseile rührte sie Eier für drei Omelettes an. Ein bisschen Käse und Schnittlauch zur Verfeinerung. Das musste genügen.

Niemand hatte wirklich Appetit, aber Zubereitung und Verzehr des kleinen Imbisses sorgte für Ablenkung, die alle gut gebrauchen konnten.

Aus dem Küchenfenster blinzelte Hannah in den stahlblauen Himmel. Sie brauchte Sekunden, um sich an den letzten Tag mit Sonnenschein zu erinnern. Das musste Anfang der Woche gewesen sein, als sie mit ihren Kollegen den Giebelhüüskesmarkt in Münster besucht hatte. Kaum zu glauben, dass seitdem nicht einmal eine Woche vergangen war.

Das Treffen mit Anne rückte allmählich näher. Sie war hin- und hergerissen, ob sie absagen sollte. Es widerstrebte ihr, Josefine und ihre Mutter allein zu lassen, ohne zu wissen, welchen Ausgang die Suchaktion genommen hatte. Andererseits freute sie sich mächtig auf den Nachmittag. Und sie hatte einiges mit ihrer Freundin zu besprechen …

Kurz vor eins, sagte ihr ein Blick auf die Wanduhr. Sie musste jetzt bald eine Entscheidung treffen.

Das Klingeln an der Tür schreckte sie auf: Das war bestimmt Gerrit.

Sie sah ihm sofort an, dass er keine schlechten Nachrichten hatte. Aufatmend bat sie ihn herein.

»Aller Wahrscheinlichkeit nach lebt sie«, beruhigte Gerrit die mit sichtlicher Anspannung in der Küche wartenden Frauen.

»Gott sei Dank!«, stieß Josefine hervor. Tränen liefen ihr über die Wangen. Hannah strich ihr sanft über den Arm.

Brigittes Miene verriet, dass sie irritiert war. Hannah war klar, dass ihre Mutter nun unweigerlich mehr hören würde als gut für sie war.

»Was war mit den Hunden los?«, fragte sie nach.

»Sie haben am Gartenhäuschen in dieser Weihnachtslandschaft angeschlagen. Justyna hat sich laut Aussage des Besitzers von Donnerstagabend bis Freitagmittag dort aufgehalten.«

»Aber warum denn bloß? Es war doch eiskalt.«

»Darüber können wir nur spekulieren. Angeblich hat Norbert Althüsmann sie des Diebstahls beschuldigt und anschließend aus dem Haus geworfen.«

»Aber Justyna beklaut doch niemanden!«, warf Brigitte entrüstet ein.

Gerrit ignorierte ihren Einwand. »Wir haben Althüsmann dazu befragt. Er hat zugegeben, dass er ihr tatsächlich solche Vorwürfe gemacht hat. Aber das ist schon ein paar Wochen her. Damals fehlten ihm angeblich mehrere Hundert Euro im Portemonnaie. Nur Justyna käme als Täterin in Frage, meint er.«

»Danke, dass du den Schrei am Berkelufer unterschlagen hast«, sagte Hannah, als sie Gerrit zur Tür brachte. »Und noch einiges mehr.«

»Die beiden Damen müssen ja nicht unbedingt alles wissen. Aber irgendwann werden sie vermutlich begreifen, dass mehr hinter Justynas Verschwinden steckt.«

»Glaubst du, sie ist überfallen worden?«

Gerrit nickte bedächtig. »Sie flieht Hals über Kopf und verliert unterwegs ihre Tasche. Jemand ist ihr dicht auf den Fersen. Zeit, bei Althüsmann zu klingeln, hat sie nicht mehr. Also rettet sie sich in Panik ins Gartenhäuschen. So könnte es gewesen sein.«

»Sie muss eine Heidenangst gehabt haben, dass der Typ noch in der Nähe lauern könnte«, mutmaßte Hannah. »Und wenn er sie doch gefunden hat?«

»Wir hatten außer dem Mantrailer auch einen Leichenspürhund dabei. Der hätte sich auf jeden Fall anders verhalten, wenn ihr dort etwas passiert wäre. Vermutlich hat sie den dicken Nebel gestern genutzt, um ungesehen zu verschwinden. Ich nehme an, die Spurensicherung wird das bestätigen.«

Hannah zögerte mit der Frage, aber dann rang sie sich doch durch. »Glaubst du jetzt an einen Zusammenhang mit dem Tod von Irmgard Wisdonck?«

»Scheint mir durchaus denkbar, wenn sie am Tatabend dort zu Besuch war.«

»Aber was hat das eine mit dem anderen zu tun? Hat Justyna Irmgard umgebracht?«

Gerrit zuckte mit den Schultern. »Die Hunde haben ihre Spur bei Wisdoncks nicht bis in den Keller verfolgen können. Was aber nach zehn Tagen auch nicht verwunderlich sein dürfte.«

»Und außerdem gibt es keine DNA-Spuren von Justyna an der Tatwaffe.«

Gerrit schmunzelte. »Dachte ich mir doch, dass mein Chef nicht völlig dichthält gegenüber seiner Frau.«

»Und wenn sie den Mörder kennt? Vielleicht hat sie ihn gesehen oder irgendwie kombiniert, wer es gewesen ist.«

Gerrit schwieg vielsagend.

»Aber warum ist sie dann nicht einfach zur Polizei gegangen?«, sinnierte Hannah weiter und sah Jans Kollegen fragend an.

»Das wüsste ich auch gerne. Zumal seit Irmgard Wisdoncks Tod mehr als eine Woche vergangen ist«, pflichtete Gerrit ihr bei.

Hannah schüttelte den Kopf. »Ich verstehe das alles überhaupt nicht. Und vor allem frage ich mich, wo sie jetzt ist.«

»Du kannst mir glauben, dass wir alles daran setzen, sie so schnell wie möglich zu finden. Ihr Mann hat uns ein aktuelles Foto geschickt, das wir zur Fahndung einsetzen werden. Außerdem spulen wir das übliche Programm ab: Handy-Ortung, Messenger-Dienste, Kontobewegungen und so weiter. Irgendwann werden wir eine Spur finden.«

Er öffnete die Tür, wandte sich aber noch einmal um. »Kennst du diese Frau Jäger näher?«

»Früher schon. Warum fragst du?«

»Sie schien mir vorhin ziemlich durch den Wind zu sein. Ging wohl um eine alte Geschichte zwischen ihrem Mann und Althüsmann. Mir kam es so vor, als könnte sie mal ein bisschen Ansprache gebrauchen. Darin bist du doch gut. – Jetzt muss ich aber wirklich los. Es wartet eine Menge Arbeit auf uns.«

»Jan hat heute Bereitschaft. Werdet ihr ihn auf dem Präsidium brauchen?«

»Kann sein. Hängt davon ab, ob noch mehr eilige Fälle reinkommen. Habt ihr jemanden, der auf Lasse aufpasst?«

»Haben wir.«

Lasse im Unverpackt-Laden. Ob das gutging?

Von einem Augenblick auf den anderen fühlte sie sich wieder voller Energie: Justyna lebte, einen dermaßen sonnigen Wintertag würde es so schnell nicht wieder geben, und sie musste unbedingt mal raus. Warum sollte sie nicht nach Billerbeck fahren?

»Mama, ich treffe mich heute Nachmittag mit Anne.«

»Ja? Kommt sie hierher?«

»Wir haben uns in Billerbeck verabredet.«

»Ach so.« Brigitte strich fahrig über den Stapel Zeitungen auf dem Küchentisch.

»Du kennst Anne doch?«

»Ja, ich weiß, wer sie ist. Die mit den beiden Kindern.«

»Genau: Marie und Sebastian.«

»Was soll ich denn so lange machen?«

»Erst mal einen ausgiebigen Mittagsschlaf. Dann könntest du Kaffee trinken und dazu leckeres Spritzgebäck essen.«

»Und dann?«

»Vielleicht machst du einen Spaziergang bei dem schönen Wetter?«

Nervös zupfte Brigitte an ihrer Halskette. »Du bleibst doch nicht so lange weg?«

Sie brach ein wenig spät auf, weil ihr die Augen im Lieblings-sessel ihrer Mutter zugefallen waren. Die Erschöpfung hatte sie in dem Moment eingeholt, als sie zur Ruhe kam. Kein Wunder bei den unruhigen, viel zu kurzen Nächten im Bett ihrer Jugendzeit.

Nicht ohne schlechtes Gewissen wegen Brigitte bog sie auf die Bundesstraße ein. Außerhalb der Ortschaften hing noch reichlich Laub in allen denkbaren Brauntönen an den Bäu-men. Ungewöhnlich für Anfang Dezember, aber beim ersten Frost würden die Blätter rasch fallen.

Der Verkehr wurde dichter. Das herrliche Wetter hatte jede Menge Wochenend-Ausflügler auf die Straße gelockt, die sich nun vor zahlreichen Ampeln bei Coesfeld stauten.

Als linker Hand die Türme von Gerleve erschienen, bog sie erleichtert ab. Nun hatte sie den angenehmeren Teil der Stre-cke vor sich – vorbei an den massigen Bauten der Benedikti-ner-Abtei. Auf der dortigen Sonnenterrasse hatte sie an einem der letzten warmen Herbsttage mit Jan in feinstem Apfelkuchen mit Sahne geschwelgt, während Lasse und An-ton auf dem Spielplatz ihren Spaß hatten.

Leider musste sie es sich aus Zeitmangel verkneifen, an der Ludgeri-Rast anzuhalten und die weite Aussicht über das nördliche Münsterland zu genießen. Stattdessen drosselte sie kurz die Geschwindigkeit, um einen schnellen Blick auf die Doppeltürme des Billerbecker Doms zu riskieren. Schlank, beinahe grazil reckten sie sich über den Dächern des inmitten der Baumberge gelegenen Ortes empor. Für sie einer der schönsten Plätze ihrer Heimat.

Mehrmals musste sie auf dem Parkplatz nahe der Kolven-burg umherkurven, bis sie eine freie Bucht gefunden hatte.

»Hallo Kleine, seit wann bist du später dran als ich? So kenne ich dich gar nicht«, feixte Anne und schloss Hannah lachend in die Arme. »Übrigens haben wir Zeit in Tüten, der Adventsmarkt in der Kolvenburg ist seit dem 1. Dezember passé.«

»Egal. Dann machen wir uns einfach so einen schönen Nachmittag.«

Einzelne graue Haare hatten sich über die Jahre in Annes dunkle Haarpracht geschlichen. Ansonsten wirkte sie in Jeans und sportlicher roter Steppjacke unverändert jugendlich, obwohl sie wie Hannah unweigerlich auf die 50 zuging.

Ein schmaler Gang führte die beiden Freundinnen zum Johannis-Kirchplatz mit dem wuchtigen Bauwerk aus Sandstein, das aus der Spätromanik stammte. Plaudernd schlenderten sie über das kopfsteingepflasterte Sträßchen, das den von hohen Bäumen bestandenen Platz umschloss. Wie immer strahlte dieser Ort mit den schmucken Wohnhäusern eine unnachahmliche Ruhe aus. Fachwerk wechselte ab mit gepflegtem Backstein. Blumenkübel, Büsche und Bänke säumten die kleine Oase.

Sie bogen ab in die mit Girlanden aus Tannengrün dekorierte, leicht ansteigende Gasse, die sie direkt zum Dom führte. Ein paar Stufen noch, und sie standen vor der im Sonnenschein leuchtenden Westfassade.

»Stell dich mal neben mich«, forderte Hannah ihre Freundin auf. Anne kam ihrer Aufforderung sofort nach.

»Und jetzt schau nach oben.«

»Oh, mein Gott!« Instinktiv suchte Anne Halt bei Hannah. »Der Turm kippt um. Genau auf mich drauf.«

»Keine Sorge. Der steht schon seit über 100 Jahren – ohne Wackler.«

Anne knuffte sie in die Seite. »Woher wusstest du, wie dieser Blickwinkel wirkt?«

Hannah lachte. »Mein Vater hat das jedes Mal mit Marlene und mir gemacht, wenn wir in Billerbeck waren. Und wir fanden es immer wieder toll. – Wollen wir reingehen?«

Der erste Eindruck vom Inneren der Kirche hatte über die Jahre nichts von seiner Faszination für Hannah verloren: der für den kleinen Ort überraschend gewaltige Raum, die atemberaubende Höhe des Gewölbes, das diffuse Licht, die prächtigen Fensterbilder, die Seitenaltäre und der golden glänzende, reich verzierte Hauptaltar, der sie als Kind schier überwältigt hatte.

Wie von Fäden gezogen bewegten sie sich langsam auf den Chorraum zu. Obwohl sie fast allein waren, unterhielten sie sich nur flüsternd. Allmählich nahmen sie Einzelheiten wahr: den siebenarmigen Leuchter, die schlichten Holzklötze mit den vier Adventskerzen, die Büste des heiligen Ludgerus als Zeichen, dass Billerbeck als Sterbeort des Gründers des Bistums Münster gilt.

Ohne sich abzusprechen steuerten sie eine Kirchenbank an, setzten sich und hingen schweigend ihren Gedanken nach. Die Atmosphäre des Raums tat auf unerklärliche Weise gut, und Hannah entspannte sich zusehends.

Fast gleichzeitig standen sie nach einer Weile wieder auf und gingen zurück zum Ausgang. Hannah drehte sich noch einmal um, sog den Eindruck in sich auf. Wer weiß, wann sie das nächste Mal hierher kommen würde.

»Anfänglich dachte ich, ich betrete eine uralte Kirche«, sagte Anne, als sie wieder auf dem Vorplatz standen.

»Geht mir genauso. Das haben die neugotischen Baumeister echt gut hinbekommen. Du warst doch nicht zum ersten Mal im Dom?«

»Ist lange her. – Jetzt erst mal einen Kaffee? Nachher wird es sicher voll.«

Gegenüber fanden sie Platz in einem alteingesessenen Café. An der Kuchentheke entschied Hannah sich blitzschnell, ohne das üppige Angebot überhaupt näher in Augenschein zu nehmen. Anne brauchte deutlich länger für die Auswahl. Eine freundliche Kellnerin brachte die Teller mitsamt Kaffee an den Tisch.

»Nougat?«, fragte Anne mit Blick auf das kleine, von schwarzer Schokolade überzogene Törtchen.

»Habe ich früher schon immer hier gegessen. Deckt garantiert den Kalorienbedarf eines Tages.«

»Es sei dir gegönnt«, grinste Anne und schob sich ein Stück Marzipantorte in den Mund. »Du hast Stress genug.«

»Stimmt. Manchmal weiß ich gar nicht, wo ich anfangen soll: einen Pflegedienst für die Medikamente organisieren, den Steuerbescheid erledigen, jemanden für die Notruf-Liste finden. Und wenn ich darüber nachdenke, was noch alles passieren kann, bekomme ich Panik. Eines Tages wird Mama wahrscheinlich vergessen, dass sie den Herd eingeschaltet hat, oder ihr Haus nicht mehr wiederfinden und irgendwo umherirren.«

Tränen schossen Hannah in die Augen. »Und jetzt heule ich auch noch«, schniefte sie und wischte sich mit dem Handrücken über die Wangen.

»Das macht schon Sinn«, sagte Anne ruhig und streichelte Hannahs Arm.

Sie aßen schweigend ihren Kuchen. Das Café füllte sich zusehends, und der Lärmpegel stieg beträchtlich an.

»Das kann alles so kommen, muss aber nicht. Meine Schwiegermutter hat nie die Orientierung verloren, aber ein Zeitgefühl hatte sie am Ende gar nicht mehr. Das Problem ist, dass du nicht alles planen kannst. Du musst es nehmen, wie es kommt.«

»Das fällt mir total schwer«, gab Hannah zu. »Ich denke gerne voraus, damit ich alles richtig mache.«

»Und was ist mit Marlene? Wie sieht sie die Situation?«

Hannah seufzte tief. »Sie hat das Notruf-System installieren lassen und damit ihrer Meinung nach erst mal ihre Pflicht getan. So ein Quatsch! Ich halte das Ding zurzeit für völlig unnötig. Mama ist körperlich ziemlich fit.«

»Aber letzte Woche ist sie doch umgekippt.«

»Nur kapiere ich bis heute nicht, warum. Sie weiß es selbst nicht. Meine Vermutung ist, dass es mit Irmgard Wisdoncks Tod zu tun hat: die Rettungsfahrzeuge, die Blaulichter ... alles doch ziemlich schockierend. Mir scheint, dass sie sich allmählich an einige Einzelheiten erinnert.«

»Und was hat Marlene sonst noch beizusteuern?«

»Ach, ich weiß nicht, wo ich anfangen soll. Sie will eine Betreuerin für Mama engagieren, die uns alles abnimmt, will aber bei jeder einzelnen Entscheidung mitmischen. Praktisch wird sie kaum etwas tun. Marlene fühlt sich einfach weniger verantwortlich, nur weil sie weiter weg ist. Als ob ich bei Mama vor der Tür wohnen würde!«

Anne legte ihre Kuchengabel zur Seite. »Glaub bloß nicht, dass du allein diese Erfahrung machst. Ich habe schon oft gehört, dass es unter Geschwistern Zoff gibt, sobald die Eltern pflegebedürftig werden. Bei uns war es nicht anders. Werners Schwester hat sich vornehm zurückgehalten, obwohl sie höchstens zehn Kilometer weiter weg wohnt als wir.«

»Und wie bist du damit umgegangen?«

»Es war schwierig. Die beste Strategie war am Ende, ihr

konkrete, überschaubare Aufträge zu übertragen. Mit Schwiegermutter Schuhe kaufen beispielsweise.«

»Die Steuererklärung«, sagte Hannah halblaut vor sich hin. »Das wird Marlene erledigen. Ist ja quasi ihr Metier.«

Anne grinste. »Genauso meinte ich das.« Sie goss sich den Rest Kaffee ein und sagte: »Ich finde, du machst das richtig gut. Wichtig ist, dass deine Mutter sich möglichst lange ihre Selbstständigkeit und so viel Lebensqualität wie möglich erhält. Ein Fleck auf dem Pullover ist dabei nebensächlich.«

»Danke, dass du das sagst. Aber ... ich habe das Gefühl, vor einem riesigen Berg zu stehen.«

»Das kann ich mir vorstellen.« Anne aß gedankenverloren ihren letzten Rest Torte auf. »Hast du früher mal ›Momo‹ gelesen?«

»Mindestens dreimal. Wieso?«

»Erinnerst du dich an Beppo, den Straßenkehrer?«

»Ja, klar. Ein Freund von Momo.«

»Beppo hatte keinen Berg vor sich, aber eine endlos lange Straße, die er jeden Tag fegen musste.«

»Stimmt. Ich erinnere mich: ein Besenstrich, dann Atem holen, Besenstrich, Atem holen.«

»Und niemals die ganze Straße auf einmal sehen, nur das Stück, das man vor sich hat. Dann geht die Arbeit leicht von der Hand.«

Erst im Hinausgehen hatte Hannah ein Auge für die überquellenden Regale mit Gebäck, Stollen und Pralinen, weihnachtlich dekoriert und opulent verpackt. Vor dem Café blieben sie stehen und bestaunten Riesenspekulatius, Hexenhäuschen und erlesene, handgemachte Köstlichkeiten aus Marzipan und edler Schokolade in den Schaufenstern.

Als Hannah sich umwandte, stand Anne nachdenklich vor einem ungewöhnlichen, rot dekorierten Adventskranz von mehreren Metern Durchmesser, den man dicht über dem Pflaster des Domvorplatzes aufgestellt hatte.

»Advent ist noch okay, aber Weihnachten könnte für mich jedes Mal ausfallen«, sagte ihre Freundin mit düsterer Miene. »Schon bevor es losgeht, bin ich jedes Jahr völlig erledigt von der Jagd nach Geschenken, Einkäufen, Weihnachtsbaum und all diesem unverzichtbaren Kram. Werner will unbedingt 'ne Gans an Heiligabend, Marie rümpft die Nase über zu viel Fett und Tier, Basti mault, wenn es keinen Nachtisch gibt, während ich schufte und schufte und mein Bestes gebe, damit der Weihnachtsfrieden hält. Und spätestens nach der Bescherung daddeln unsere Kinder auf ihren Handys.«

»Jetzt malst DU aber schwarz«, erwiderte Hannah.

»Es wird jedes Jahr schlimmer. Bei euch ist es vielleicht anders, weil Weihnachten für Lasse noch aufregend ist. Aber bei uns? Alles Routine und Stress.«

»Besenstrich und Atem holen.«

Anne schaute irritiert. Dann glitt ein winziges Lächeln über ihr Gesicht. »Du hast recht. Ich gebe dir gute Ratschläge und vergesse, sie selbst zu beherzigen. Aber manchmal hätte ich gerne so einen Moment, an dem ich Weihnachten spüren kann.«

»Die Sehnsucht ist der Anfang von allem.«

»Sagt wer?«

»Habe ich vergessen.«

»Ist aber trotzdem ein guter Spruch. – Jetzt lass uns aber mal ein bisschen schauen, was wir hier so entdecken. Vielleicht ein paar Geschenke für unsere Liebsten? Das würde den Stress schon mal ein bisschen verringern.«

Sie bummelten durch kleine Gassen, ließen sich hierhin und dorthin treiben, nutzten jede Lücke zwischen den Häusern, um Sonnenstrahlen einzufangen. Hannah staunte über ein imposantes Haus mit einer Backsteinfassade aus der Renaissance. Es drängte sie, möglichst viel Schönes, Historisches, Malerisches in sich aufzunehmen. Wer weiß, wann sie wieder die Muße haben würde, für ein paar Stunden aus dem Alltag auszusteigen.

Die örtliche Buchhandlung hatte bedauerlicherweise schon geschlossen, aber ab und an lockte ein Geschäft zum Stöbern, vor allem ein Genossenschaftsladen mit freundlichem Interieur und einer riesigen Palette von nützlichen und schönen Dingen. Sie schlugen zu.

Als sie das Geschäft verließen, war die Sonne untergegangen, und die weihnachtliche Beleuchtung funkelte vor dem tiefen Blau des Himmels.

»Wie geht es Jan?«, erkundigte Anne sich, als sie sich wieder dem Johannis-Kirchplatz näherten. »Du hast ihn heute kein einziges Mal erwähnt.«

»Abgesehen von unserem allabendlichen Telefongespräch spielt sich ja momentan auch nichts ab.«

»Ein paar Tage Abstand wirken manchmal Wunder«, schmunzelte Anne und knuffte Hannah in die Seite.

»Wenn du meinst … Immerhin macht er sich Sorgen um mich, weil ich mich mit den Verdächtigen in einem Mordfall abgebe.«

Beim Stichwort »Mordfall« hob Anne eine Augenbraue, und Hannah musste sie mit einer Kurzversion der Ereignisse versorgen.

»Aber Jan hat doch absolut recht! Seine Sorge um dich ist völlig nachvollziehbar.«

»Inzwischen sehe ich es ja ein.«

»Das ist gut. – Und in der Sonnenstraße weiß sonst niemand, dass die Nachbarin deiner Mutter ermordet worden ist? Wie lässt sich das so lange verheimlichen?«

»Vielleicht spekuliert der eine oder andere, was los ist bei Wisdoncks, warum die vielen Autos vorfahren. Aber es hat ziemlich gedauert, bis überhaupt klar war, dass es kein Unfall war. Erst jetzt laufen die Ermittlungen auf Hochtouren.«

»Wird bestimmt ein Schock für die Anwohner, wenn sie davon erfahren. Sind doch fast alles alte Leute«, sagte Anne. Sie war vor einem Schaufenster stehen geblieben, in dem Veranstaltungsplakate hingen. Als sie sich umdrehte, leuchteten ihre Augen. »Ein Konzert im Dom. Heute!« Sie schaute auf ihre Uhr. »Könnten wir noch schaffen.«

»Wollte ich dir ursprünglich vorschlagen. Aber das kann ich Mama im Moment nicht antun. Ich habe es zuerst nicht so ganz kapiert, aber immer wenn ich das Haus verlassen will, reagiert sie seltsam.«

»Sie will nicht allein bleiben«, schlussfolgerte Anne.

»Es kommt mir so vor. Allerdings verstehe ich nicht warum. Bisher hatte sie nie Probleme damit, sich zu beschäftigen. Sie ist nicht der Typ, der immer jemanden um sich haben muss.«

»Könnte es mit der beginnenden Demenz zu tun haben?«

»Möglich«, sagte Hannah zögerlich. »Wenn ich es recht bedenke, hat sie sich auch schon im Krankenhaus merkwürdig verhalten. Sie wollte nämlich partout nicht nach Hause. Aber eigentlich fühlt sie sich jetzt ganz wohl in ihren eigenen vier Wänden.«

»Hat sie etwas mitbekommen von dem Mord?«

»Der Gedanke ist mir auch schon gekommen. Das Problem ist nur, dass ich bei ihr einfach nicht weiß, was real ist und worin sie sich nur hineinsteigert.«

Anne schmunzelte. »Das kommt mir doch so bekannt vor.«

»Stimmt«, gab Hannah zu. »Anscheinend habe ich diese Angewohnheit geerbt.«

»Wann sehen wir uns?«

Hannah schluckte. Diese Frage stellte immer eine von ihnen beim Abschied – meistens diejenige, die zeitlich flexibler war. Genau wie Anne spürte sie, dass durch Brigittes Erkrankung die Zeitabstände zwischen ihren Treffen noch größer werden würden. Aber solche Phasen hatte es in ihrer Freundschaft schon öfter gegeben. Trotzdem hatten sie den Faden immer weiter spinnen können. Und das würde hoffentlich noch sehr, sehr lange so bleiben.

»Spätestens am 14. April bei mir«, sagte Anne und schaute Hannah eindringlich an. Sie nickte. Ihre beiden Geburtstage waren Fixpunkte, an denen sie bisher nie gerüttelt hatten.

*Gegen viertel vor fünf*

Ein unwirkliches Licht lag auf den Baumbergen. Die Sonne war bereits hinter dem Horizont verschwunden, ließ aber das auf dem Hinweg noch bräunliche Laub in einem dunklen Gelb erscheinen. Beim nächsten Hinsehen hatte es sich in Bronze verwandelt. Wiesen und Äcker schimmerten im selben Ton, Wasserflächen spiegelten den matt leuchtenden Himmel.

Als sie auf die Bundesstraße abbog, schwebte die Dunkelheit heran. Glücklicherweise herrschte weniger Verkehr, sodass sie sich nicht allzu sehr konzentrieren musste. Das Blau am wolkenlosen Himmel wurde dunkler, der helle Streifen am Horizont schmaler. Um halb sechs war es beinahe Abend, aber immer noch lag ein seltsamer, nie gesehener Schimmer über der Landschaft. Als das Licht endgültig verging, fühlte sie sich wie beschenkt.

»Da bist du ja wieder!«, kam es matt von Brigitte, als Hannah ihren Kopf ins Wohnzimmer steckte. Ihre Mutter hatte es nicht geschafft, sich die Haare nach dem Mittagsschlaf zu bürsten, und der frisch gewaschene Pullover hatte einen Kaffeefleck. Hannah merkte, wie schwer es ihr fiel, eine Bemerkung runterzuschlucken. Alles nicht so wichtig, hatte Anne gemeint. Leichter gesagt als getan.

»Was hast du denn Schönes gemacht heute Nachmittag, Mama? Warst du spazieren?«

»Wollte ich eigentlich. Aber dann kam Josefine mit Lucy die Straße entlang, und ich habe sie zum Kaffee eingeladen.«

Hannah stutzte. Von gemeinsamem Kaffeetrinken mit der Nachbarin hatte sie noch nie gehört. Wollte Brigitte damit vermeiden, allein sein zu müssen?

»Josefine fragt, ob wir heute zusammen in die Abendmesse gehen wollen. Wegen Justyna. Könnte ja nicht schaden.«

An die verschwundene Polin hatte Hannah schon seit Stunden nicht gedacht. Eigentlich war ihr im Moment eher danach, die Beine hochzulegen, aber ihrer Mutter zuliebe würde sie sich aufrappeln. Außerdem freute sie sich auf die vertrauten Adventslieder.

»Wann fängt die Messe denn an?«

»Ich glaube um 6.«

»In einer Viertelstunde! Dann sollten wir uns beeilen.«

Während ihre Mutter Mantel und Schuhe anzog, schaltete Hannah Licht und Fernseher im Wohnzimmer aus. Dann rief sie bei Josefine an, die sich aber nicht meldete.

»Ich gehe rüber zu Josefine und biete ihr an mitzufahren«, rief sie Brigitte zu. »Beeil dich ein bisschen, sonst bekommen wir Probleme mit dem Parkplatz. Und vergiss deinen Schal nicht. Ist bestimmt kalt in der Kirche.«

Josefines Haus lag im Dunkeln. Vermutlich holte sie den verpassten Spaziergang mit Lucy nach. Vorsichtshalber klingelte Hannah, aber niemand öffnete. Als sie sich umwandte, verließ ihre Mutter gerade das Haus. Die Tür fiel hinter ihr ins Schloss. Instinktiv fasste Hannah in ihre Manteltaschen, aber da war nur ein Taschentuch.

»Mama! Hast du deinen Schlüssel eingesteckt?«

»Nein. Ich dachte, du hättest deinen.«

»Verdammt!«

»Was ist denn?«

»Wir haben uns ausgesperrt.«

»Oh Gott! Was machen wir denn jetzt?«, jammerte Brigitte augenblicklich los.

»Wie bescheuert ist das denn?«, fluchte Hannah leise vor sich hin. Nur mit Mühe konnte sie ihren Ärger unterdrücken. Sie hatte ihre missliche Situation selbst mitverschuldet, aber ihre Idee war es schließlich nicht gewesen, die Abendmesse zu besuchen.

»Ernst Jäger hat einen Kellerschlüssel für die Außentür«, platzte Brigitte plötzlich triumphierend heraus.

»Ich habe im Hinausgehen noch kurz an die Kellertür im Flur gefasst: Sie ist abgeschlossen.«

»Stimmt, das habe ich gemacht, als du heute Mittag weggefahren bist.« Brigitte klang niedergeschlagen.

Hannahs Gedanken wirbelten durcheinander. Ein Schlüsseldienst? Wie oft hatte sie schon Horrorgeschichten von den überzogenen Preisen gehört, die dubiose Geschäftemacher in solchen Notsituationen verlangen.

Aber wenn es denn sein musste. Nur: Telefonieren konnte sie auch nicht. Ihr Handy lag auf dem Küchentisch. Bei Bernholts und Wisdoncks war Licht. Vielleicht konnte sie dort …

»Komm mit«, sagte sie zu Brigitte und ging auf die Haustür gegenüber zu. »Irmgard hatte einen Schlüssel. Der muss noch da sein. Irgendwer ist bestimmt zu Hause.«

Mit widerstreitenden Gefühlen horchte Hannah auf die Schritte, die hinter der Tür zu hören waren. Ulrich starrte sie verständnislos an. Seine Augen lagen tief in den Höhlen – als ob er mehr als eine schlaflose Nacht hinter sich hätte. Die Jeans war verdreckt, seine Hände auch. Vermutlich schraubte er am freien Samstag fleißig herum.

»Euer Haustürschlüssel ist nicht mehr hier. Kirsten hat ihn vor ein paar Tagen an ihrem Schlüsselbund befestigt, um ihn griffbereit zu haben, wenn der Notruf deiner Mutter losgeht.«

»Stimmt. Daran habe ich nicht mehr gedacht.«

»Sie ist noch im Salon. Samstags kommt sie nie vor sieben nach Haus.«

Na toll! Wo sollten sie jetzt so lange bleiben? Nicht mal ihren Autoschlüssel hatte sie dabei.

Ulrich kratzte sich am Ellenbogen. »Wartet mal. Ich muss eben etwas holen. Kann einen Moment dauern«, sagte er und verschwand ohne weitere Erklärung im Haus.

Nach endlos erscheinenden Minuten war er zurück und murmelte: »Mal schauen, ob ich das hinbekomme.« Er trug einen Werkzeugkasten aus Metall und ging zielstrebig auf Hannahs Elternhaus zu.

»Die Tür ist nur zugezogen?«, erkundigte er sich unterwegs überflüssigerweise. Unwirsch bestätigte Hannah das. Was hatte er bloß vor? Wollte er die Tür ausbauen?

Ulrich setzte den Kasten ab und öffnete ihn. Fächerförmig breiteten sich die einzelnen Ablagen zu beiden Seiten aus. Dann richtete er sich wieder auf, inspizierte den Spalt zwischen Tür und Rahmen, wobei er mehrmals »seltsam« murmelte, und drückte seine linke Hand mit gespreizten Fingern kraftvoll gegen den oberen Teil der Tür. Ein beifälliges Nicken folgte.

Dann wühlte er im Werkzeugkasten, zog mehrere Teile heraus, schüttelte den Kopf und warf sie wieder hinein. Schließlich zog er seine Geldbörse aus der Hosentasche und nahm ein Plastikkärtchen heraus.

Plötzlich ging alles so schnell, dass Hannah und Brigitte staunend dastanden. Ulrich steckte das Kärtchen oben in den Spalt zwischen Tür und Rahmen und zog es rasch nach unten durch. Das Schloss war entriegelt, und die Tür ließ sich öffnen.

Ein Blick auf Brigittes offen stehenden Mund brachte Hannah zu sich. Vermutlich sah sie genauso verblüfft aus.

»Du meine Güte! Das ging aber fix!«, rief ihre Mutter begeistert. »Hast du das schon öfter gemacht?«

Ulrich hatte bei seiner erfolgreichen Operation keine Miene verzogen und machte eine abwehrende Geste. »Noch nie. Aber man hat schon mal davon gehört.«

Er klappte den Werkzeugkasten wieder zusammen und wandte sich zum Gehen.

»Möchtest du eine Tüte mit Spritzgebäck mitnehmen, Ulrich? Hannah und ich haben gestern gebacken.«

»Wohl gerne.«

»Dann komm eben rein. Hier draußen ist es fürchterlich kalt.«

Hannah war unwohl dabei, aber sie sagte sich, dass dies ein Notfall war und nicht unter Jans Warnung fiel.

»Hannah«, raunte Ulrich ihr zu, während Brigitte auf die Küche zusteuerte, und hielt sie am Arm zurück. »Hat schon mal jemand eure Haustür auf diese Weise geöffnet?«

»Nicht dass ich wüsste. Wie kommst du darauf?« Erleichtert sah sie, wie er seine Hand zurückzog.

»Der Spalt zwischen Tür und Rahmen war so breit, dass die Karte ohne Probleme durchpasste. Normal ist das nicht.«

»Das verstehe ich nicht.«

Ulrich zuckte mit den Achseln. »Vielleicht hat sich die Tür auch nur verzogen. Das kommt schon mal vor.«

Brigitte kam mit den Plätzchen zurück. »Danke nochmals.«

»Ja, danke«, rang Hannah sich ab.

»Keine Ursache. Schönen Abend noch.«

Sie aßen früh zu Abend. Während Hannah sinnierte, wie einfach eine massiv wirkende Tür zu knacken war und sich vornahm, nie wieder ohne abzuschließen das Haus zu verlassen, lamentierte Brigitte über den verpassten Gottesdienst.

Beim Abräumen erwähnte Hannah beiläufig, dass sie nachher ihren Koffer packen wolle.

»Du fährst weg?« Ihre Mutter klang überrascht und unsicher, fast ängstlich.

»Morgen früh. Ich singe nachmittags mit dem Chor. Ein Adventskonzert. Habe ich dir doch schon erzählt.«

Brigitte ließ die Schultern hängen. »Ach ja ... ja. Morgen ist das also. Ich wusste es nicht mehr genau.«

»Wahrscheinlich kommt Marlene am Dienstag. Du bist nur einen Tag allein.« Das war ein bisschen geschönt, aber tröstend.

Brigittes Gesicht hellte sich wie erhofft auf. »Das ist gut. – Ich schaue mal ins Fernsehprogramm, welchen Film es heute gibt.«

Das Packen war in wenigen Minuten erledigt. Kurz nach sieben. Wie sollte sie diesen Abend überstehen? Die Sehnsucht nach ihrem Zuhause, nach Jan und Lasse wurde von einer Sekunde auf die andere übermächtig.

Sie griff zum Hörer. Zu ihrer Freude ging Lasse sofort an den Apparat.

»Mama!«, sprudelte er los, ohne dass sie zu Wort gekommen war. »Ich habe Gesine in ihrem Laden geholfen. Wir sind gerade erst zurückgekommen. Gesine macht uns jetzt etwas zu essen. Papa ist noch arbeiten, aber er kommt auch bald.«

»Was hast du denn im Laden gemacht?«

»Erst haben wir Ware ausgepackt. Und dann habe ich zugeschaut, wie man Creme macht. Ich durfte sogar helfen. Wir könnten das auch machen. Es ist ganz einfach. Man braucht nur ...«

Hannah schaltete ein wenig ab, während er mit Begeisterung einzelne Bestandteile von Do-it-yourself-Kosmetika aufzählte, von denen sie nie gehört hatte. Dann beendete er abrupt das Gespräch, weil Gesine ihn zum Essen rief.

Sie legte auf und lächelte in sich hinein. Dieser Nachmittag war für ihren Sohn ein kleines Abenteuer gewesen. Und er hatte es gemeistert! Gut für sein Selbstvertrauen. Offensichtlich hatte er seine Eltern nicht im Geringsten vermisst.

In deutlich besserer Stimmung überlegte sie, was Marlene in den nächsten Tagen für Brigitte erledigen sollte. Sie kramte Stift und Papier heraus und machte einige Notizen, die sie ihrer Schwester dalassen wollte.

Nicht mal halb acht. Die Zeit wollte einfach nicht vergehen. Lustlos blätterte sie in der Broschüre über Patientenverfügungen, die Anne ihr mitgebracht hatte, zweifelte aber bald, ob sie noch die nötige Konzentration aufbrachte, um sich mit so einer komplexen und wichtigen Materie zu befassen.

Ihr graute schon jetzt davor, die schwer verständlichen Formulierungen mit Brigitte besprechen zu müssen. Wie sollte sie ihrer Mutter überhaupt begreiflich machen, dass die Patientenverfügung zu ihrem Wohl sein sollte? Schließlich musste Brigitte das Schriftstück eigenhändig in Anwesenheit von zwei »Personen des Vertrauens« unterschreiben.

Für heute würde sie es gut sein lassen und ihrer Mutter vor dem Fernseher Gesellschaft leisten.

Die Werbepause vor den Nachrichten hatte gerade begonnen. Hannah sah, dass Brigitte aus dem Fenster schaute.

»Du hast wirklich dein eigenes Kino auf der Sonnenstraße, Mama.«

Irritiert wandte ihre Mutter sich um.

»Hier ist doch immer etwas los: Fußgänger, Autos, Fahrräder«, fügte Hannah hinzu.

»Stimmt. Sind aber meistens dieselben Personen. Nach manchen kann man die Uhr stellen.«

»Nämlich?«

»Jägers fahren jeden Samstag gegen halb zehn einkaufen. Bernholts sind früher dran. Er kauft Brötchen für die Familie. Manchmal nimmt er das Mädchen mit.«

»So genau weißt du das?« Hannah staunte ehrlich.

Die Fanfare der Tagesschau ertönte in diesem Moment, aber Brigitte schaltete den Ton weg. »Josefine dreht meistens gegen drei, halb vier eine Runde mit Lucy, Justyna erst nach sieben, wenn Magda schläft. Was ist überhaupt mit Justyna? Ist sie nun endlich aufgetaucht?«

»Wenn Jan nachher anruft, werde ich ihn fragen«, versuchte Hannah, sie von dem Thema abzulenken. »Und Wisdoncks? Haben die auch feste Zeiten?«

»Morgens schon. Müssen ja alle zur Arbeit. Kirsten ist die Einzige, die mittags manchmal nach Hause kommt.«

»Und abends?«

»Ulrich ist fast immer noch unterwegs. Meistens mit dem Fahrrad. Hendrik und Kirsten gehen auch oft aus. Als ich in dem Alter war, bin ich abends todmüde aufs Sofa geplumpst. Mich hätten keine zehn Pferde noch aus dem Haus gekriegt.«

»Aber sie müssen alle am nächsten Morgen wieder früh raus.«

»Das stimmt allerdings.«

»Siehst du jedes Mal, wenn einer von ihnen zurückkommt? Oder fällt dir das gar nicht auf?«

»Das hängt vom Fernsehprogramm ab. Wenn es langweilig oder gruselig ist, schaue ich schon ganz gerne aus dem Fenster. Meine Rollläden lasse ich erst kurz vor dem Schlafengehen herunter.«

»Als Irmgard gestorben ist, hast du das nicht getan. Deswegen ahnte Kirsten am nächsten Morgen, dass bei dir etwas nicht in Ordnung ist.«

Brigitte runzelte die Stirn. »Hat mir bisher keiner gesagt. Aber so muss es dann wohl gewesen sein.«

Hannah wartete einen Moment, bis sie weiterbohrte. »Wirklich tragisch, dass gegenüber niemand rechtzeitig zu Hause war, um das Schlimmste zu verhindern.«

Sie hielt den Atem an. Hörte Brigitte ihr überhaupt zu? Sie schien völlig abwesend und antwortete nicht.

»Und es ist wirklich keiner von den dreien an dem Abend früher zurückgekommen?«, versuchte sie es ein letztes Mal.

Ein sachtes Kopfschütteln. Dann zuckte Brigitte mit den Achseln. »Ich sehe nicht jeden, der hier vorbeigeht. Das habe ich dir doch eben schon gesagt.«

»Ja, hast du.«

»Kann aber sein, dass da jemand war. Vielleicht komme ich noch drauf.«

Brigitte starrte demonstrativ aus dem Fenster. Als der Vorspann des Krimis aus Münster mit dem allseits bekannten Ensemble von ermittelnden Personen über den Bildschirm lief, griff sie zur Fernbedienung und drehte den Ton lauter.


*Gegen halb neun*


Als das Telefon klingelte, war Hannah überzeugt, dass es Jan sei, aber zu ihrer Überraschung meldete sich Josefine. Sie klang nicht gut.

»Hannah, können wir reden? Bei mir?«

Mit dem Hörer in der Hand verließ Hannah das Wohnzimmer. »Gerne, aber Mama bleibt im Moment nicht so gern allein, und ich war schon den ganzen Nachmittag unterwegs. Ist telefonieren für dich in Ordnung?«

»Natürlich«, murmelte Josefine und seufzte. »Ich weiß gar nicht, wo ich anfangen soll. Mir ist in den letzten Stunden so viel durch den Kopf gegangen. Weißt du, wenn man allein dasitzt, grübelt man vor sich hin und findet einfach kein Ende. Deswegen dachte ich, es wäre gut, mal mit jemandem zu sprechen.«

»Das tut auf jeden Fall gut«, bestärkte Hannah sie.

»Brigitte hat mir heute Nachmittag beim Kaffeetrinken erzählt, dass Justyna Irmgard am Abend ihres Todes noch besucht hat. Die Kriminalpolizei hat deine Mutter dazu befragt?«

»Ja, das stimmt«, antwortete Hannah vorsichtig. Worauf wollte Josefine bloß hinaus?

»Ich habe mir so meine eigenen Gedanken gemacht. Aus mehreren Häusern in der Sonnenstraße ist in der letzten Zeit

Geld verschwunden: bei mir, bei Althüsmanns, bei Brigitte und auch bei Irmgard.«

»Woher weißt du davon?«

»Kirsten hat es mir auf dem Glockenfest erzählt. Unter dem Siegel der Verschwiegenheit, aber daran fühle ich mich jetzt nicht mehr gebunden. Sie ist felsenfest davon überzeugt, dass Ulrich das Geld genommen hat.«

»Das hat sie mir auch gesagt«, bestätigte Hannah.

»Außerdem ist nicht nur einmal, sondern mehrmals Geld gestohlen worden. Jedenfalls bei mir und deiner Mutter. Es muss also jemand sein, der Zugang zu sämtlichen Häusern hat.« Einen Moment lang schwieg sie. »Es fällt mir schwer, es auszusprechen, aber diese Voraussetzung trifft genau auf Justyna zu.«

Hannah war überrascht. »Ich hätte nicht gedacht, dass du ihr das zutraust.«

»Bisher nicht. Mir kam es immer so vor, als ob Justyna abends hier und da einen Besuch in der Nachbarschaft machte, weil sie bei Althüsmanns einsam war und jemanden zum Reden brauchte. Aber heute Nachmittag habe ich über alles noch mal nachgedacht.«

»Und?«

»Justyna wirkte in letzter Zeit verändert. Sie machte sich immer mehr Sorgen um ihre Tochter und hatte ein furchtbar schlechtes Gewissen, dass sie nicht schon längst nach Hause gefahren war.«

»Aber das wissen wir doch schon länger, Josefine.«

»Ja, bloß habe ich immer angenommen, dass sie wegen Magda blieb. Aber kann es nicht auch sein, dass sie unbedingt Geld brauchte?«

»Um sich ein finanzielles Polster zu verschaffen für den Fall, dass sie vorerst nicht nach Deutschland zurückkehren konnte?«

»Wäre doch möglich. Sie beginnt deswegen, uns zu bestehlen. Monatelang geht alles gut. Niemand schöpft Verdacht. Ich vermute sogar, mein Enkel hat das Geld genommen, Brigitte beschuldigt ihre Putzfrau, Kirsten ihren Schwager. Selbst Althüsmann kann Justyna nichts nachweisen. Sie will so schnell wie möglich fort zu ihrer Tochter, wahrscheinlich spätestens zu Weihnachten, geht ein immer größeres Risiko ein. Und dann erwischt Irmgard sie auf frischer Tat. Ein Super-Gau für Justyna.«

»Was willst du damit andeuten?«

»Hannah, ich habe Augen im Kopf! Das Auto der Kripo hat nicht nur gestern hier in der Straße gestanden, sondern mehrmals. Und zwar bei Wisdoncks. Da stimmt etwas nicht. Sag es mir ehrlich, Hannah: Verdächtigt die Polizei Justyna, etwas mit Irmgards Tod zu tun zu haben?«

Hannah zögerte einen Moment. Die Nachbarin flehte geradezu darum, Näheres zu erfahren, aber trotzdem durfte sie nicht alles wissen. »Dazu darf ich dir nichts sagen, Josefine. Ich glaube aber, dass sich bald alles aufklären wird.«

Einen Moment lang hörte Hannah nichts. Dann redete Josefine weiter – ohne Punkt und Komma: »Stell dir vor, was in dem Moment in Justyna vorgegangen sein mag. Polizei, Vernehmungen, eine Strafanzeige, der Prozess – das alles wäre auf sie zugekommen. Vorerst hätte sie mit Sicherheit nicht zu ihrer Tochter reisen dürfen.« Hannah hörte, wie Josefine tief Luft holte. »Es war eine Kurzschlusshandlung.«

Hannah rang mit sich. Eigentlich durfte sie nichts von den polizeilichen Ermittlungen preisgeben, aber Josefine war auf der völlig falschen Fährte.

Bei ihren nächsten Worten klang die Nachbarin entsetzlich düster. »Auf dem Glockenfest hat sie mir gesagt, dass sie einen großen Fehler gemacht hat. Ich habe keine Ahnung, was sie damit meinte.«

Hannah konnte es nicht mehr ertragen und gab sich einen Ruck. »Josefine, das scheint alles zusammenzupassen, aber es war nicht so, wie du denkst. Die Polizei hat verschiedene Indizien, die darauf hinweisen, dass Justyna Irmgard nichts getan hat. Bitte sprich mit niemandem darüber.«

»Was sagst du? Das ist ja ... das ... oh Gott!«

Hannah hörte ein leises Schluchzen. »Josefine, ich komme kurz rüber«, sagte sie.

»Das wäre schön«, kam es schniefend aus dem Hörer.

Brigitte schien in ihren Krimi vertieft und antwortete nur einsilbig, als Hannah sich bei ihr abmeldete.

Der Himmel war sternenklar. In der eiskalten Luft bildeten sich kleine Atemwölkchen, als Hannah die Straße überquerte. Die Glocken an den Hauswänden leuchteten vollzählig.

Aus dem Augenwinkel sah sie, dass Sonja noch in der Küche beschäftigt war.

Hinter ihr ein leises Quietschen. Sie warf einen Blick über die Schulter: ein Fahrrad. Ein Mann in dunkler Kleidung stieg ab und schob es in die Einfahrt bei Wisdoncks. Hannah ging zügig weiter und tat so, als habe sie Ulrich nicht gesehen.

In Josefines Gesicht zeigten sich Spuren von Tränen, aber insgesamt hatte die Nachbarin sich gefasst. Sie setzten sich ins behagliche Wohnzimmer. Lucy lag in ihrem Körbchen und hob kurz den Kopf.

»Danke, dass du mir von den Ermittlungen der Kripo erzählt hast, Hannah. Das ist dir bestimmt nicht leichtgefallen, aber ich bin unglaublich erleichtert, dass Justyna entlastet ist.«

Hannah bremste sie. »Es könnte natürlich schon sein, dass sie für die Diebstähle verantwortlich ist. Wie du schon sagtest: Die Gelegenheit dazu hatte sie. – Was ist eigentlich mit Bernholts und Jägers? Ist dort auch Geld verschwunden?«

Josefine überlegte kurz. »Von Bernholts weiß ich wenig. Beide sind berufstätig und haben nicht viel Zeit zum Plauschen. Selbst wenn dort etwas vorgefallen wäre, hätte ich wahrscheinlich nichts davon erfahren.«

»Und Jägers?«

»Unwahrscheinlich, dass dort Geld wegkommt. Ernst lässt ja niemanden rein.«

»Wie bitte?«

»Ich wüsste nicht, wer von den Nachbarn in den letzten Jahren sein Haus betreten haben sollte. Auch Freunde oder Bekannte nicht. Höchstens der Schornsteinfeger.«

»Das kann doch nicht wahr sein! Was ist denn mit Sabine und ihrer Familie?«

»Ich habe sie lange nicht gesehen. Vermutlich hat er auch seine Tochter vergrault.«

»Und wie geht es Anita damit?«

»Sie leidet, aber gegen Ernst hat sie keine Chance.«

»Ich fasse es nicht.«

Plötzlich hatte Hannah eine Szene vor Augen, die sie schon beinahe vergessen hatte. »Hat Ernst Jäger eigentlich einen Schlüssel zu deinem Keller?«

»Ja. Wieso fragst du?«

»Kann sein, dass ich mich völlig verrenne, aber der Gedanke ist mir gerade gekommen«, überlegte Hannah laut. »Unseren Kellerschlüssel hat er auch. Er könnte also jederzeit ins Haus, wenn keiner da ist.«

»Du traust ihm zu, dass er heimlich Brigittes Schränke durchsucht?« Josefine schien ehrlich überrascht. »Nein, das glaube ich nicht. Er ist ein fürchterlicher Sturkopf, aber kein Dieb. Außerdem gärtnert er nur bei deiner Mutter und mir. Irmgards Steinvorgarten braucht so gut wie keine Pflege, und für den Rest bestellte sie sich im Herbst einen Profi. Und was Althüsmann betrifft: Nie und nimmer würde er Ernst in seinen Garten lassen.«

»Es ist ja nicht gesagt, dass alle Diebstähle von ein und derselben Person begangen wurden«, gab Hannah zu bedenken.

»Wofür sollte Ernst Jäger Geld brauchen? Die beiden leben äußerst bescheiden, das Haus ist sicherlich schon viele Jahre abbezahlt. Meiner Meinung nach hat er überhaupt kein Motiv.«

»Okay«, musste Hannah zugeben. »Diese Idee war nicht sonderlich gut. – Wer könnte sonst noch für die Diebstähle in Frage kommen? Was ist beispielsweise mit Althüsmann?«

»Hannah, jetzt mach aber mal einen Punkt! Norbert ist über 80 und ein absolut korrekter Mensch.«

»Aber er braucht viel Geld für Magdas Betreuerinnen. Außerdem kommt jeden Morgen der ambulante Pflegedienst. Das Geld von der Pflegeversicherung wird nicht ausreichen, auch wenn Magda inzwischen einen ziemlich hohen Pflegegrad haben dürfte.«

»Trotzdem glaube ich kaum, dass Norbert finanzielle Sorgen hat. Er bekommt eine gute Pension und hat bestimmt für Notfälle vorgesorgt.«

»Bringt er dir auch regelmäßig die Apothekenzeitschrift vorbei?«

»Ja, leider. Ich habe keine Lust, ständig etwas über Krankheiten zu lesen, die man sich dann problemlos einbilden kann – zusätzlich zu allen Gebrechen, mit denen man sich sowieso schon herumschlägt. Das Heft ist nur ein Vorwand für ihn, um unter die Leute zu kommen und ein bisschen von früher zu schwadronieren.«

»Brigitte behauptet, dass er bei ihr jedes Mal zur Toilette muss und sich dort länger aufhält. Das wäre vielleicht eine Gelegenheit ...«

Die Lachfältchen um Josefines Mundwinkel kräuselten sich. »Da hat sich Brigitte aber was zusammengereimt! Mir ist auch schon aufgefallen, dass Norbert recht lange braucht. Aber ich schätze, er hat Probleme mit der Prostata. Du kannst ihn getrost von deiner Liste streichen.«

Josefine hatte sich kerzengerade aufgerichtet. Sie sprach nun lebhaft und mit leicht geröteten Wangen. »Im Übrigen sind wir in der Sonnenstraße fast alle alt und brauchen Unterstützung von außen. Es kämen also noch jede Menge Leute für die Diebstähle in Frage.«

»Wer denn noch?«

»Zum Beispiel die Mitarbeiterinnen des Pflegedienstes für Magda. Meistens kommt dieselbe Schwester, aber ab und zu wird sie vertreten. Außerdem wird bei Althüsmanns täglich Essen auf Rädern geliefert.«

»Diese Leute kämen allerhöchstens dort als Täter in Frage«, warf Hannah kritisch ein. »Es muss jemand sein, der in allen vier Häusern ...«

Sie hielt inne. Plötzlich hatte sie eine Begegnung vor Augen, die hier in diesem Haus stattgefunden hatte. Konnte das sein? Oder war der Gedanke völlig abwegig?

»Wie ist es eigentlich mit dem Lieferservice von Brinkers? Gibt es außer Mama und dir noch andere Kunden in der Straße?«

Josefine runzelte die Stirn. »Daran hatte ich noch gar nicht gedacht.« Sie rieb sich mit der flachen Hand das Gesicht. »Bei Irmgard kamen sie regelmäßig und ...«, sie schaute Hannah mit großen Augen an, »... bei Althüsmanns auch.«

»Wer bringt die Waren? Sind das verschiedene Mitarbeiter?«

»Anfangs wechselten sie häufiger, aber in der letzten Zeit kommt immer dieser junge Mann, den du von der Schule kennst.«

»Andi Gellenbeck.«

Josefine nickte.

Sie schwiegen einen Moment. Dann sagte Josefine mit leiser Stimme: »Normalerweise gebe ich nicht viel auf solches Gerede, aber manchmal lässt sich nicht vermeiden, dass man etwas mitbekommt. Es ist kein Geheimnis, dass er seiner Ex-Frau ziemlich viel Unterhalt für die beiden Kinder zahlen muss. Das dürfte ihm bei seinem schmalen Gehalt recht schwerfallen.«

In Hannahs Kopf rotierte es. So schrecklich der Gedanke war, da passte vieles zusammen.

»Aber eigentlich kann es doch nicht sein ...«, murmelte Josefine vor sich hin. »Nein, wirklich nicht ...«

»Was meinst du?«

»Ich stelle mir gerade vor, wie die Lieferungen ablaufen.«

»Als ich Andi bei dir getroffen habe, war er ziemlich in Eile.«

»Das ist öfter der Fall. Dann bringt er mir nur rasch den Kasten mit Wasser in den Keller und die Klappkiste in die Küche. Anschließend gibt er mir die Rechnung, und ich bezahle ihn. Die Kiste lässt er bis zur nächsten Lieferung hier. Dann bringe ich ihn zur Haustür.«

»Was machst du, während er im Keller ist?«

»Ich hole das Geld.«

»Woher?«

»Das ist verschieden. Wenn es um kleine Beträge geht, aus dem Portemonnaie. Das habe ich in der Regel in meiner Handtasche im Flur.«

»Und wenn das Geld nicht reicht?«

»Ich habe meistens eine größere Summe im Schlafzimmer.«

»Könnte er das wissen?«

Josefine atmete ein paar Mal ein und aus. »Er hat mich sicher bei Gelegenheit von oben kommen sehen.«

»Aha.«

»Aber wann sollte er das Geld nehmen? Ich habe ihn doch praktisch die ganze Zeit im Auge, wenn er hier ist.«

»Okay. Wie läuft es ab, wenn er Zeit zum Plaudern hat?«

»Eigentlich genauso. Außer dass er nach dem Bezahlen noch am Küchentisch sitzen bleibt. Ich packe dann die Kiste aus, und wir reden ein bisschen.«

»Wie lange?«

»Vielleicht fünf oder zehn Minuten. Ich habe noch nie auf die Uhr geschaut. Er kann unmöglich nach oben gehen, ohne dass ich es bemerke.«

Glücklicherweise, schoss Hannah durch den Kopf. Die Vorstellung, dass ihr früherer Schulkamerad seine Kunden um ihre Barschaft erleichtert, war ihr nicht sonderlich sympathisch. Auch wenn sie sich vor Jahren aus den Augen verloren hatten.

Josefine riss sie aus ihren Gedanken. »Wir sollten besser aufhören mit diesen Hirngespinsten, Hannah. Das führt doch zu nichts. Wenn wir Gellenbeck verdächtigen, müssten wir uns mindestens genauso ernsthaft mit meiner Fußpflegerin befassen.«

»Warum das?«

»Sie kommt nicht nur zu mir, sondern auch zu Magda Althüsmann, zu deiner Mutter und bisher auch zu Irmgard. Ich kann dir allerdings vorab verraten, dass die Dame knapp sechzig ist und einen wohlhabenden neuen Partner hat.«

»Mama hat eine Fußpflegerin? Das höre ich zum ersten Mal.«

»Findest du, dass Fußpflege ein Thema ist, das man mit seinen Kindern erörtern sollte?«

Hannah schaute auf. Josefine wirkte mit einem Mal erschöpft. Das Gespräch schien sie angestrengt zu haben.

»Ich gehe wohl besser. Brigitte vermisst mich sicher schon.«

»Und ich werde zeitig zu Bett gehen, weil ich morgen sehr früh abgeholt werde. Mein Sohn in Münster hat Geburtstag. Wahrscheinlich bleibe ich bis Dienstag. Meine Schwiegertochter will unbedingt mit mir auf den Weihnachtsmarkt gehen.«

Die Nachbarin brachte sie zur Tür. Hannah wünschte ihr eine gute Nacht, aber eine Antwort blieb aus.

»Josefine? Was ist mit dir?«

»Eine Sache geht mir nicht aus dem Kopf. Mir fehlt immer dann Geld, wenn ich gerade einen größeren Betrag abgeholt habe. Das tue ich so gut wie nie am Monatsanfang, sondern nach Bedarf.«

»Das ist wirklich sonderbar.«

»Vielleicht ist es doch mein Enkel. Wer soll sonst wissen, wann ich viel Geld im Hause habe?« Josefine starrte an ihr vorbei ins Leere. »Weißt du, was mir am meisten zu schaffen macht, Hannah? Ich verliere langsam das Vertrauen in die Menschen, die mich regelmäßig unterstützen. Wie soll das weitergehen?«

In Gedanken versunken überquerte sie die Straße, bis ein Rascheln sie aufhorchen ließ. Es kam von Jägers Weihnachtsland. Der aufblasbare Weihnachtsmann schien sich zu bewegen. Oder war es ein Luftzug?

Im Weitergehen schaute Hannah sich noch mal um: nein, da war nichts. Mit schnellen Schritten erreichte sie die Haustür, die doppelt abgeschlossen war.

Brigitte saß immer noch in ihrem Fernsehsessel. »Jan hat sich gemeldet. Du sollst ihn im Präsidium anrufen«, sagte sie, während der Ermittler auf dem Bildschirm wieder einmal beim nächtlichen Eindringen in eine fremde Wohnung niedergeschlagen wurde. »Und demnächst solltest du die Tür abschließen, wenn du abends noch das Haus verlässt.«

Hannah brummte beschwichtigend und griff zum Telefon. Jan war sofort dran, als habe er auf ihren Anruf gewartet. Im Hintergrund waren Stimmen zu hören. Anscheinend wurde dort noch intensiv gearbeitet. Sie hatte Verständnis, dass er sich nicht mit privaten Vorreden aufhielt.

»Wir fügen hier einige Dinge zusammen, Hannah. Es geht um Donnerstagabend, speziell um den Zeitraum, bevor du den Schrei gehört hast. Kannst du dich erinnern, wann die Wisdoncks das Glockenfest verlassen haben?«

»Soweit ich mich erinnere, ist Ulrich als Erster gegangen. Er hat seinen Posten aufgegeben, sobald niemand mehr ein Würstchen wollte. Wann das genau war, kann ich dir nicht sagen. Aber als Sonja Bernholt anfing, Waffeln zu backen, war er definitiv verschwunden.«

»Und Kirsten Wisdonck?«

»Tja, ich würde sagen, sie ist nicht viel später gegangen. Sie hatte ziemlich viel Glühwein getrunken und war insgesamt nicht in Stimmung für die Veranstaltung. Konnte ich irgendwie nachvollziehen.«

»Okay. Und ihr Mann?«

Hannah zögerte einen Moment. »Er hat noch aufgeräumt. Zusammen mit Althüsmann.«

»Brigitte meinte eben, du hättest noch einen Spaziergang mit ihm gemacht, nachdem du sie nach Hause gebracht hattest. Stimmt das?«

»Ja, ich war mit Hendrik unterwegs.«

Einen Augenblick lang hörte sie nichts. Dann zischte er kaum hörbar: »Und warum hast du mir das bisher verschwiegen?«

»Weil du mich mehrmals vor Kontakt zu den Verdächtigen gewarnt hat.«

Jan stöhnte vernehmlich. »Hannah, ich begreife dich nicht. Wirklich nicht.«

Sie schluckte. »Mir kam die Warnung übertrieben vor. Hendrik und ich waren früher eng befreundet.«

Jans Tonfall wurde eine Nuance schärfer. »Aha. Das ändert die Sachlage natürlich komplett.« Nach einer kurzen Pause klang er geradezu eisig: »Jedenfalls kann der Herr dir äußerst dankbar sein, denn für den fraglichen Zeitraum hat er damit ein überzeugendes Alibi.«

Hannah legte den Hörer auf den Küchentisch und blieb wie erstarrt sitzen. Jan hatte sie noch gefragt, wann sie morgen zurück sein würde und sich dann knapp verabschiedet.

Er war stocksauer. Vielleicht mehr als das.

Sie schaute aus dem Fenster. Der Himmel war inzwischen übersät von Sternen. Der Vollmond war klarer zu sehen als gestern.

Dieser romantische Spaziergang mit Hendrik! Die schmachtenden Blicke, die er ihr in Althüsmanns Carport zugeworfen hatte. Was wollte er? Hatte er sich etwa mehr versprochen?

Und warum war sie überhaupt mit ihm gegangen? Um herauszufinden, ob sie noch immer eine gewisse Wirkung auf ihren Verflossenen hatte?

Ein Schatten im Garten, an einer Kiefer in der Ecke des Grundstücks. Hannah starrte angestrengt in die Dunkelheit, aber es rührte sich nichts mehr. Vielleicht war es wieder eine Katze gewesen, die in ihrem Revier umherstreifte – auf der Suche nach Vögeln in deren nächtlichem Quartier.

# Sonntag, 10. Dezember

*Frühmorgens*

Abrupt schreckte sie aus einem Traum auf. Ina Meyer war darin vorgekommen!

Die Frau, die sowohl bei ihrer Mutter als auch bei Josefine putzte, hatten Josefine und sie bei ihren Überlegungen gestern völlig außer Acht gelassen. Ob sie auch bei Althüsmanns arbeitete? Durchaus möglich. Etwa auch bei Irmgard? Sie musste auf jeden Fall Josefine danach fragen …

Und dieser Bruder! Geradezu überfreundlich war er ihr beim zufälligen Zusammentreffen auf der Hauptstraße vorgekommen. War das echt? Auf dem Parkplatz waren die beiden ebenfalls aufgekreuzt. Aus dem Nichts. Alles Zufall?

Allmählich döste sie weg. Ihr letzter Gedanke galt dem Streit mit Jan. Die Vorfreude auf das Wiedersehen war dahin. Sie konnten beide ziemlich stur sein.

Als Hannah wieder aufwachte, schimmerte es hell durch die Ritzen. Seufzend drehte sie sich zum Wecker um. Nur noch fünf Minuten, verabredete sie mit sich selbst. Eigentlich hatte sie vorgehabt, nach dem Frühstück abzureisen, aber erst einmal musste sie gemeinsam mit Brigitte den gestern verpassten Gottesdienst nachholen. So eilig hatte sie es nach dem gestrigen Krach mit Jan gar nicht mehr.

Beim Frühstück versuchte sie, sich ihre gedrückte Stimmung nicht anmerken zu lassen. »Heute Mittag könntest du den restlichen Rosenkohl machen, Mama. Kartoffeln sind auch noch da.«

»In Ordnung«, sagte Brigitte ein wenig zu folgsam. Ihre grauen Löckchen hingen schlaff vom Kopf. Die Dauerwelle war wirklich überfällig. »Soll ich dir die Haare machen, bevor wir zur Kirche gehen?«

»Wenn du das tun würdest«, antwortete Brigitte freudestrahlend.

Frisieren war nicht gerade ihr größtes Talent, stellte Hannah fest, als sie die Bürste Minuten später sinken ließ. Da half nur eins: »Hast du Haarspray im Haus?«

»Auf der Ablage im Badezimmer.« Hannah machte ausgiebig Gebrauch davon.

Während Brigitte sich im Spiegel bewunderte, ging Hannah ins Wohnzimmer, um nachzuschauen, ob sie etwas liegen gelassen hatte. Nach dem Kirchgang wollte sie möglichst schnell aufbrechen.

Automatisch blickte sie auf, als ein Streifenwagen lautlos an den Straßenrand gegenüber rollte. Direkt dahinter parkte das wohlbekannte beige Auto. Zwei Polizisten sowie Petra Schostok und ein Hannah unbekannter Beamter stiegen aus und gingen auf die Haustür bei Wisdoncks zu.

»Hannah, welche Schuhe soll ich denn wohl gleich ... oh! Polizei!« Das letzte Wort hauchte ihre Mutter nur noch. »Was ist da los? Was wollen die?« Hannah merkte, dass Brigittes Hand Halt bei ihr suchte.

»Ich habe keine Ahnung, Mama. Wir sollten uns langsam fertig machen, wenn wir pünktlich sein wollen.« In Wahrheit rotierte es in ihrem Kopf. Sie holten jemanden ab. Eine andere Erklärung gab es nicht für den Einsatz von uniformierten Beamten.

»Ja, gleich«, murmelte ihre Mutter und rührte sich nicht von der Stelle.

Hannah registrierte am Rande, dass ein dunkler Wagen vorbeifuhr und bei bei Althüsmanns hielt. Ein Paar mittleren Alters stieg aus.

Brigittes Hand krallte sich auf einmal regelrecht in Hannahs Arm. »Du musst es mir sagen: Ist es wegen Irmgard?«

Hannah glaubte ihren Ohren nicht zu trauen. »Wie kommst du darauf?«

»Sie ist nicht die Treppe runtergefallen. Irmgard war immer vorsichtig.« Dann nach einer kleinen Pause: »Jemand hat sie gestoßen.«

Es hatte keinen Sinn, es weiter zu leugnen. »Die Kripo ermittelt noch, Mama.«

Bei den letzten Worten trat Petra Schostok aus dem Haus, dann die beiden uniformierten Beamten. Sie hatten ihn nicht in Handschellen gelegt. Ulrich wirkte ungekämmt und unrasiert, als sei er aus dem Bett geholt worden. Er sah zu Boden, während er auf den Streifenwagen zuging und einstieg.

Petras Kollege blieb noch zurück und redete auf Hendrik ein, der in Jogginganzug und Badelatschen neben ihm stand. Wenige Augenblicke später nickte er und verschwand im Haus.

Die Autos fuhren gleichzeitig ab.

»Ulrich?« Brigitte klang erregt. »Aber der war doch gar nicht zu Hause.«

»Woher willst du das wissen? Dir fällt doch nicht jeder auf, der hier entlanggeht.«

»Aber Ulrich sehe ich immer.«

»Und warum ausgerechnet ihn?«

»Das Rücklicht seines Fahrrads leuchtet, wenn er es in die Garage schiebt.«

Hannah holte tief Luft und gab sich Mühe, energisch zu klingen. »Mama, wir müssen jetzt los!«

Unterwegs sagte Brigitte keinen Ton. Wie versteinert saß sie da und starrte vor sich hin.

Hannah wollte partout kein Thema einfallen, um ihre Mutter abzulenken. Gleichzeitig spürte sie eine ungeheure Erleichterung. Die Kripo musste schlüssige Beweise haben, zumindest starke Indizien, sonst hätten sie Ulrich wohl kaum verhaftet. Es gab also Hoffnung, dass der Albtraum vorüber war.

Sie parkten erneut beim Friedhof. Das Glockengeläut hatte gerade eingesetzt und erfüllte die menschenleeren Gassen in Richtung Kirche. Brigitte hatte wieder etwas mehr Farbe im Gesicht. Die Bewegung tat ihr anscheinend gut.

Zwei Frauen standen auf dem gepflasterten Platz vor dem Portal und unterhielten sich, ansonsten herrschte gähnende Leere. Sie waren reichlich früh dran.

Gegenüber lag etwas zurückgesetzt hinter einem Mäuerchen ein Flachbau mit einem dunklen Verblender: das Jugendheim, das Hannah bestens in Erinnerung war.

»Hannah!« Brigitte zupfte sie am Arm. »Da vorn. Das ist sie!« Aufgeregt nickte sie in Richtung der beiden Frauen. »Die mit der grünen Jacke.«

»Wer ist das?«

»Die Frau, die bei mir war und sich überall umgeschaut hat. Die vielleicht mein Geld geklaut hat. Sie guckt schon hierher.«

Tatsächlich kam die Frau nun auf sie zu und begrüßte Brigitte sehr freundlich. Dann gab sie Hannah die Hand und stellte sich vor.

»Meine Mutter sagte mir, Sie seien kürzlich bei ihr gewesen, Frau Körner?«, fragte Hannah in möglichst neutralem Ton.

»Das stimmt. Ich bin im örtlichen Sozialpunkt aktiv. Wir suchen alle alleinstehenden Gemeindemitglieder auf, um nach eventuellem Hilfebedarf zu fragen. Möchten Sie unsere Visitenkarte mitnehmen? Dann können wir uns demnächst mal näher unterhalten.«

Zwei Kerzen leuchteten auf dem Adventskranz über dem Altar aus hellem Stein. Das Chorgestühl, die modernen Glasfenster, die dunklen Figuren im Hochaltar – alles war ihr vertraut. Der Organist spielte hingebungsvoll, und die Gemeinde sang die bekannten Lieder. Trotzdem lief der Gottesdienst weitgehend an Hannah vorbei. Immer wieder befühlte sie das Kärtchen in ihrer Manteltasche – wie einen Rettungsanker.

Norbert Althüsmann kam mit eiligen Schritten über die Straße auf sie zu. »Schön, dass ich wenigstens euch antreffe«, meinte er freudestrahlend und überreichte Brigitte ein Exemplar der Apothekenzeitschrift. »Josefine scheint nämlich nicht da zu sein.«

Brigitte bedankte sich und wollte gehen.

»Habt ihr mitbekommen, was bei Wisdoncks los war? Mein Sohn und meine Schwiegertochter kamen gerade, um mir heute mit Magda ein bisschen unter die Arme zu greifen und haben den Polizeieinsatz genau mitbekommen. Sie haben Ulrich abgeführt. Dann muss er ja wohl mit Irmgards Tod zu tun haben, oder?«

Hannah schwieg beharrlich. Ihre Mutter trat unruhig von einem Fuß auf den anderen, sagte aber ebenfalls kein Wort.

»Na, wir werden sehen. Dann war es anscheinend doch nicht unsere liebe Justyna. Ich hätte darauf wetten mögen«, sagte Althüsmann in hämischem Tonfall. »Eins steht für mich allerdings bombenfest: Justyna hat mich nach Strich und Faden beklaut. Darum sollte die Kripo sich auch mal kümmern.«

Hannah schwankte einen Moment. Musste man solches Gerede erdulden, nur weil der Nachbar ein älterer Herr war? »Sie wird intensiv gesucht. Das sollte Ihnen gestern nicht entgangen sein«, setzte sie ihm barsch entgegen.

»Die ist doch längst wieder in Polen. Nie und nimmer wird man sie zur Verantwortung ziehen. Und ich bleibe auf meinem Schaden sitzen.«

»Ist Ihnen niemals in den Sinn gekommen, dass jede Menge Leute in Ihrem Haus ein- und ausgehen, die genauso gut die Gelegenheit haben, lange Finger zu machen?«

»Davon kannst du träumen, Hannah. Ich lasse bei mir niemanden ohne Aufsicht. Weder die Leute vom Pflegedienst noch die von ›Essen auf Rädern‹, nicht einmal den netten jungen Mann, der mir Waren aus dem Supermarkt bringt. Jedem Handwerker schaue ich über die Schulter, egal wie sehr es ihn nervt. Und wenn mehrere kommen, nehme ich mein Bargeld an mich. Magdas Schmuck liegt sowieso im Schließfach auf der Bank. Sie braucht ihn ja nicht mehr.« Triumphierend beendete er seinen Monolog: »Bei mir ist nichts zu holen. Nur die Polinnen kann ich natürlich nicht auf Schritt und Tritt kontrollieren. Und das hat Justyna schamlos ausgenutzt.«

Hannah reichte es. »Ich weiß nicht, ob Sie schon mal von der Unschuldsvermutung gehört haben, Herr Althüsmann. Sonst schauen Sie mal im Internet nach. Einen schönen Tag noch.«

Als Hannah das Haus verließ, grübelte sie, ob es richtig war, ihre Mutter allein zu lassen. Brigitte wirkte immer noch verstört. Eigentlich müsste sich jemand um sie kümmern. Aber wer?

Sie seufzte. Im Moment konnte sie nichts tun. Energisch ergriff sie ihr Gepäck und verstaute es im Kofferraum ihres Autos.

Als sie sich aufrichtete, stand Hendrik unvermittelt neben ihr. Sie fuhr zusammen.

»Entschuldige. Ich wollte dich nicht erschrecken, Hannah.« Er stellte eine schwer wirkende Reisetasche ab.

»Schon gut. Ich habe dich nur nicht kommen hören.«

Unruhig sah er sich um, bevor er weiterredete: »Sie haben Ulrich vorläufig festgenommen. Wegen Mordverdacht.«

»Ich habe es zufällig gesehen.«

Hendrik deutete mit dem Kopf auf die Reisetasche. »Ich bringe ihm ein paar Sachen und treffe mich dann mit einem Rechtsanwalt.« Plötzlich verbarg er sein Gesicht in den Händen und stöhnte: »Wenn ich doch bloß mit ihm geredet hätte. Vielleicht hätte ich das Schlimmste verhindern können.«

Hannah war versucht, ihm eine Hand auf den Arm zu legen, aber sie ließ es. Hier in aller Öffentlichkeit wollte sie nicht zu viel Vertraulichkeit demonstrieren. »Du machst dir Vorwürfe?«, sagte sie stattdessen möglichst ruhig.

»Allerdings.« Er ließ die Hände wieder sinken.

»Was ist denn eigentlich passiert?«

Hendrik atmete tief aus. »Ich wusste schon länger davon. ›Wusste‹ ist eigentlich nicht das richtige Wort.« Er richtete sich gerade auf. »Du hast bestimmt schon mitbekommen, dass Ulrich ständig abends unterwegs ist. Meistens mit dem Fahrrad, manchmal auch mit dem Auto.«

Hannah nickte.

»Anfangs dachte ich, er macht Fahrradtouren. Auf der Arbeit hat er ja nicht allzu viel Bewegung. Dann kam zum ersten Mal ein Bekannter zu mir und deutete an, dass mein Bruder sich ziemlich häufig abends in der Siedlung herumdrücken würde. Ich hatte keine Ahnung, wovon der Mann redete, und habe ihm das auch gesagt. Dann hat Kirsten etwas im Laden gesteckt bekommen – von einer Frau, die behauptete, Ulrich sei gesehen worden: in einem Garten, in dem sich eine Frau nackt sonnte.«

Hannah hörte mit wachsendem Entsetzen zu. »Was willst du damit sagen? Dass er umherfährt, auf der Suche nach einer Gelegenheit, wo er Frauen beobachten kann?«

Die Karte auf seinem Schreibtisch, die sie sich nicht hatte erklären können, fiel ihr plötzlich ein. Hatte er dort markiert, wo er »fündig« geworden war?

»Muss wohl. Offen gesprochen hat allerdings niemand mit uns. Inzwischen hat er seine Aktivitäten wohl in umliegende Orte verlagert, wo man ihn nicht unbedingt kennt. Wir hörten längere Zeit nichts mehr, und ich habe das Ganze so gut es ging verdrängt.«

»Aber dir war klar, dass er noch aktiv ist?«

»Er war doch fast immer unterwegs. Inzwischen auch mit dem Auto. Mein Bruder, der Spanner! – Ich hätte ihn ansprechen sollen. Aber kann man sowas durch ein Gespräch in den Griff bekommen?«

Das konnte Hannah sich auch nicht vorstellen, wohl aber dass Hendrik Schuldgefühle plagten.

»Und Irmgard?«

»Sie hatte offenbar keine Ahnung, bis vor einigen Wochen

dieser Brief von der Polizei kam: eine Vorladung. Eine alleinstehende Frau aus Legden hatte ihn angezeigt. Der Kripobe-
amte sagte mir, die Frau habe Ulrich mehrere Male vor ihrem
Fenster bemerkt. Als er wieder da stand, hat sie zwei Nachbarn alarmiert, die ihn überwältigt haben. So kam die Sache
ins Rollen.«

»Glaubst du, Irmgard hat die Vorladung gelesen?«

»Es würde zu ihr passen.«

»Hat sie Ulrich zur Rede gestellt? Gab es Streit?«

»Ich habe gehört, dass sie eine heftige Auseinanderset-
zung hatten, aber nicht verstanden, worum es ging. Allerdings ist das schon einige Wochen her. Die Kripo vermutet,
sie habe gedroht, ihr Testament zu ändern und sein lebenslanges Wohnrecht im Haus zu streichen. Das soll der Auslö-
ser dafür gewesen sein, dass er sie umgebracht hat.«

Er stöhnte und fuhr sich mit einer Hand durch die Haare.
»Mir ist überhaupt nicht klar, woher die Kripo von diesem
Passus im Testament weiß. Wir haben doch selbst erst vorges-
tern davon erfahren.«

Diese Frage hätte Hannah ihm beantworten können, aber
sie zog es vor zu schweigen.

Hendrik hob die Reisetasche hoch und legte sich den Rie-
men über die Schulter. »Ich habe gesehen, dass du fahren
willst und dachte, du solltest Bescheid wissen. Damit du
nicht nur eine Seite der Geschichte hörst.«

Er wandte sich ab und ging ein paar Schritte. Dann drehte
er sich noch einmal um. »Und was ich dir schon längst mal
sagen wollte: Ich war damals ein Idiot. Du weißt, was ich
meine.«


Hannah hatte Mühe, sich zu konzentrieren. Zu viele Dinge
waren in den letzten Stunden auf sie eingeprasselt. Glückli-

cherweise war der Verkehr zu dieser Zeit noch mäßig. Das Wetter von gestern hatte nicht ganz gehalten, und die fahle Sonne hinter der dünnen Wolkenschicht lockte bisher nicht allzu viele Menschen aus den Häusern.

Erst als sie Roxel erreicht hatte, richteten sich ihre Gedanken auf ihr Zuhause und ihre Familie. Wie würde die Stimmung sein?

Weder im Erdgeschoss noch im oberen Stockwerk war jemand zu finden. Erst als sie Licht auf der Kellertreppe sah, ahnte sie, wo sie suchen musste. Hinter der Tür zu Jans Bastelkeller hörte sie Geräusche von Säge und Hammer. Dann leise Stimmen.

»Hallo, ihr beiden!«, sagte sie mit betont munterer Stimme und erfasste mit einem Blick Holzplatten, Stangen, Werkzeug und Schmirgelpapier auf der Werkbank.

Jan schaute Lasse über die Schulter, der auf einem Hocker saß und nicht besonders glücklich schien, sie zu sehen. »Mama, du darfst hier nicht rein.« Damit drehte er sich weg und bemühte sich, ein größeres Holzteil vor ihr zu verbergen.

Hannah hob lachend die Hände und wandte sich ab. »Ich habe gar nichts gesehen. Braucht ihr noch lange?«

»Wir können für heute Schluss machen, Lasse«, sagte Jan.

»Papa! Ich möchte das noch eben schmirgeln! Darf ich ...?«

»Na gut, aber du gehst nicht allein an die Säge.«

»Versprochen.«

Wortlos stiegen sie die Treppe hinauf und gingen in die Küche. »Er hat also kapiert, dass es das Christkind nicht gibt?«, sagte Hannah, um das Schweigen zu beenden.

»Genau. Und jetzt ist er mit Feuer und Flamme dabei, für Mama ein Geschenk zu basteln. – Hast du Hunger?«

»Noch nicht akut.«

Jan hob den Deckel ihres größten Kochtopfs. »Es ist noch genug von Gesines Paprikasuppe da. Ich habe ein paar Brötchen dazu gekauft. Es müsste reichen für uns drei. – Wie geht es Brigitte?«

»Sie war heute Morgen ziemlich verstört, weil wir Ulrichs Verhaftung mitbekommen haben. Mir war bis dahin gar nicht bewusst, dass sie überhaupt eine Ahnung hatte, was mit Irmgard passiert ist. Natürlich kann sie sich nicht vorstellen, dass Ulrich seine Mutter umgebracht hat. Er hat öfter kleine Reparaturen für sie gemacht. Am Freitag hat er uns noch mit der Haustür aus der Patsche geholfen.«

Jan schaute entgeistert. »Wie bitte?«

»Er war der Einzige, der uns in dem Moment helfen konnte. Wir hatten uns ausgesperrt, und er hat im Handumdrehen die Tür geknackt.«

Jan atmete hörbar durch. »Das ist wirklich lächerlich einfach. Einer meiner Brüder hat das mal gemacht. Erst hat er sich ein entsprechendes youtube-Filmchen angeschaut, und dann hat er sich seine Scheckkarte ruiniert. War immer noch billiger als der Schlüsseldienst«, meinte er.

Hannah hatte keine Lust, weiter um den heißen Brei herumzureden. »Ihr hattet ihn von Anfang an in Verdacht«, klopfte sie auf den Busch.

»Wir wussten von der Anzeige wegen Voyeurismus gegen ihn. Der enge zeitliche Zusammenhang mit dem Tod seiner Mutter machte ihn natürlich zu unserem Kandidaten Nummer eins«, gab Jan zu. »Allerdings schien Kirsten Wisdonck ebenfalls ein Motiv zu haben. Du weißt ja sicher von dem verkorksten Verhältnis zu ihrer Schwiegermutter.«

Jan öffnete den Hängeschrank und nahm Suppentassen heraus. »Den entscheidenden Hinweis hast du mir am Freitagabend gegeben. Du wusstest von Kirsten, dass ihre Schwiegermutter Ulrich in ihrem Testament ein lebenslanges Wohnrecht eingeräumt hatte. Er hatte also etwas zu verlieren und damit plötzlich ein starkes Motiv. – Gerrit lässt ihn jetzt erst mal ein paar Stunden in der Arrestzelle schmoren und versucht ihm dann im Laufe des Abends oder der Nacht ein Geständnis zu entlocken. Ich bin relativ optimistisch, dass er reden wird.«

»Das wäre zu wünschen«, seufzte Hannah. »Dann hat dieses Drama endlich ein Ende. Ich halte das nicht mehr lange aus.«

Das Besteck klirrte in der Lade, als Jan sie abrupt schloss. Er wandte sich um und nahm Hannah unerwartet stürmisch in die Arme. Augenblicklich schmiegte sie sich an ihn. Endlich! Es war wieder gut zwischen ihnen.

»Schade, dass unser Sohn keinen Mittagsschlaf mehr macht«, flüsterte sie Jan ins Ohr.

»Vielleicht können wir ihn im Bastelkeller parken«, raunte Jan. »Mit Erlaubnis, die Säge zu benutzen.«

»Das ist nicht dein Ernst!«

»Ich glaube kaum, dass du dich dann entspannen könntest. Leider«, grinste Jan und küsste ihre Halsbeuge. Sie kicherte.

Wie aufs Stichwort fiel die Kellertür krachend ins Schloss.

»Ich habe Hunger«, verkündete Lasse völlig ungerührt vom Anblick seiner sich küssenden Eltern.

Sie hatte noch ein wenig Zeit, bis sie nach Nienberge aufbrechen musste. Die Liedermappe war komplett, Halsbonbons in der Tasche verstaut. Richtig zur Ruhe kam sie sowieso nicht mehr, denn so langsam kribbelte es – wie immer vor einem Auftritt.

Die verstaubte Kiste stand in der hintersten Ecke des Kellers. Als sie sie öffnete, kam ihr ein muffiger Geruch entgegen. Sie wühlte zwischen Ordnern, die längst hätten entsorgt werden können, Plastiktüten mit dem Inhalt ihres alten Setzkastens, selbst getöpferten Blumenvasen und anderen Relikten vergangener Zeiten. Ganz unten fand sie endlich die dicke Mappe in knalligem Orange: ihr altes Fotoalbum.

Während sie immer schneller Seite um Seite umblätterte, beschleunigte sich ihr Puls. Sie achtete nicht auf einzelne Fotos, sondern auf eventuelle Lücken zwischen den vertrauten Aufnahmen. Aber da waren keine. Nur hier und da ein Bild, das aus den Fotoecken gerutscht war, sich aber nach einer Schrecksekunde wieder einfand.

Entgeistert schloss sie das Album. Wie konnte das sein?

Ihre Vorstellung, wie Ulrich mit Irmgards Schlüssel oder mit Hilfe eines kleinen Plastikkärtchens in ihr Jugendzimmer eingedrungen war und sich die Fotos für seine Collage zusammengesucht hatte: alles Hirngespinste? Wieder einmal?


*Kurz nach vier –*
*St-Sebastian-Kirche in Nienberge*

Bei den ersten Tönen war ihre Aufregung wie weggeblasen. Die Einsätze klappten, die beiden starken Sängerinnen an ihrer Seite beflügelten Hannah, mutiger zu werden, ihre Stimme voller klingen zu lassen, höher zu steigen und die letzten Töne lang auszusingen. Keine Atemnot wie noch beim Einsingen vorhin. Sie hörte sich selbst und gleichzeitig alle anderen im Sopran und Alt – ein harmonischer Klang, der das kleine Kirchenschiff der alten Pfarrkirche erfüllte.

»Kündet allen in der Not: Fasset Mut und habt Vertrauen.«

Als ob diese uralte Zeile speziell für sie geschrieben worden wäre, schoss ihr durch den Kopf. Sie musste ein paar Tränen wegblinzeln, aber die anderen sangen so lange für sie mit: »Allen Menschen wird zuteil Gottes Heil.«

»Maria durch ein Dornwald ging« erklang einstimmig – eines der Lieder zum Mitsingen. Es ging Hannah durch und durch, als sich das mehrstimmige »Kyrie eleison« des Chors in den kräftigen Gesang der Gemeinde mischte.

Ein Lied folgte auf das andere. Sie lächelten sich beim Umblättern zu, weil sie spürten, dass es so war, wie es sein sollte. Christians anfangs hochkonzentrierter Gesichtsausdruck wirkte von Stück zu Stück gelöster.

Erst beim Schlussapplaus nahmen sie die Zuhörer wieder als einzelne Personen wahr, die mit strahlenden Gesichtern aufstanden und Beifall klatschten. Der Chor applaudierte mit. Glücksgefühle durchfluteten Hannah.

»Ich glaube, das war Advent pur«, flüsterte ihre Nebenfrau.

Es waren so viele gekommen: ihre Kollegin Dorothee mit ihrem Mann, Lasses Freund Anton und seine Mutter, ihre frühere Kinderfrau Christine, viele Kirchgänger aus Gievenbeck, die sie vom Sehen kannte und … Jan und Lasse.

»Mama«, sagte ihr Sohn im Brustton der Überzeugung. »Am besten war das Lied von Maria im Dornenwald.«


*Gegen halb neun*

Lasse war inzwischen hoffentlich eingeschlafen. Jan hatte zwei Kerzen am Adventskranz angezündet und empfing sie im Wohnzimmer mit einer Flasche Rotwein und Süßigkeiten. Nachträglich vom Nikolaus, kommentierte er zu ihrem Erstaunen.

Als sein Dienst-Handy klingelte, zog er unwillig die Stirn kraus und ging nach nebenan.

Hannah musste plötzlich ausgiebig gähnen. Die Euphorie des Konzerts hatte sich verflüchtigt und eine wohlige Schläfrigkeit hinterlassen. Allzu lange würde sie sich nicht mehr auf den Beinen halten können. Die Anspannung der letzten Tage forderte ihren Tribut.

Sie probierte eine mit Marzipan gefüllte Praline aus dunkler Schokolade und schwelgte in höchsten Genüssen. Kurz dachte sie an ihre Mutter. Brigitte hatte bei ihrem Telefonat vorhin recht munter geklungen und von einem Spaziergang in der Siedlung gesprochen. Außerdem hatte Marlene geschrieben und ihr Kommen für Dienstagnachmittag angekündigt. Endlich Lichtblicke!

Jans Miene war schwer zu deuten, als er nach einigen Minuten zurückkam. »Das war Gerrit. Justyna hat sich vor einer Stunde bei ihrem Mann in Polen gemeldet. Besser gesagt, eine Freundin hat für sie angerufen. Es geht ihr gut.«

Hannah atmete tief durch. Dann nippte sie an ihrem Rotwein. »Das ist ja wirklich eine positive Nachricht. Und wo ist sie?«

»Das hat sie nicht verraten.«

»Sie versteckt sich also immer noch. Mir ist das unbegreiflich.«

Jan kratzte sich am Hinterkopf. »Es gibt noch etwas. Ulrich Wisdonck leugnet bisher hartnäckig, irgendetwas mit dem Tod seiner Mutter zu tun zu haben.«

»Das kann ich mir ... vorstellen«, sagte Hannah und verschluckte sich dabei heftig. Geistesabwesend schlug Jan ihr mit der flachen Hand auf den Rücken.

»Und was ist mit der anderen Sache?«, gelang es Hannah mit Mühe hervorzubringen.

»Den Voyeurismus gibt er unumwunden zu. Allerdings gibt es dafür ja auch schwurfeste Zeugen.«

»Und was passiert nun?«

»Wenn er bei seiner Version bleibt, müssen wir ihn nach 48 Stunden laufen lassen. Konkrete Indizien gegen ihn gibt es bisher nicht.«

»Also am Dienstag«, entfuhr es Hannah. »Was für eine grauenhafte Vorstellung! Auf der Sonnenstraße wissen mit Sicherheit alle Nachbarn inzwischen Bescheid, dass er unter Mordverdacht steht. Wie soll das bloß gehen?«

Jan setzte sich neben Hannah auf das Sofa und legte den Arm um sie. »Nun mach dir nicht schon wieder Sorgen um Dinge, die noch gar nicht eingetreten sind. Warten wir erst mal ab, wie die Lage morgen ist. Vielleicht knickt er heute Nacht doch ein. – Möchtest du noch ein Glas Wein oder hast du Sehnsucht nach deinem Bett?«

»Nur deswegen bin ich überhaupt nach Hause gekommen«, murmelte Hannah. »Ich kann es gar nicht abwarten.«

»Sollen wir unsere Gläser mitnehmen, damit wir nachher noch einen Schluck …«

»Nachher?«, neckte Hannah ihn mit gespielter Entrüstung. »Wovon sprichst du? Ich bin hundemüde.«

»Das werden wir ja sehen.«

Hannah liebte sein verschmitztes Lächeln. Und nicht nur das.

Montag, 11. Dezember

Selten hatte Hannah eine Arbeitswoche mit so viel Enthusiasmus in Angriff genommen. Der normale Alltag hatte sie endlich wieder. Sie freute sich, die Kollegen zu sehen und ihre Beratungsgespräche wieder aufzunehmen. Ihr Terminkalender war randvoll, da sie einiges nachzuholen hatte.

Wie immer am Montag wurden beim Morgenkaffee Pläne geschmiedet, wo man die Mittagspause verbringen wollte. Die meisten waren für den Weihnachtsmarkt rund um den Lamberti-Brunnen.

Jans Anruf unterbrach die Überlegungen. Schon sein Tonfall verriet, dass es keine guten Nachrichten gab. »Wisdonck bleibt absolut stur bei seiner Aussage. Inzwischen spricht er kein Wort mehr. Wir haben beschlossen, zu Plan B überzugehen.«

»Und der wäre?«

»Justyna zu finden. Sie ist unsere letzte Chance. Vielleicht kann sie ihn tatsächlich identifizieren. Deswegen rufe ich an. Wir haben eine Presseerklärung vorbereitet, die wir zusätzlich in den sozialen Netzwerken posten wollen. Ich möchte dich bitten, einen Blick darauf zu werfen. Du kannst dir möglicherweise besser vorstellen, wie die Frau tickt.«

Hannah versprach zurückzurufen und öffnete ihr Mailprogramm. Das Foto von Justyna war recht aktuell. Daneben das Emblem mit dem Wappen des Landes und das Logo der Stadt Münster. Der Text war kurz und prägnant: Justyna wurde als Zeugin in einem Mordfall gesucht und dringend gebeten, sich bei der nächsten Dienststelle oder bei der Polizei Münster zu melden. Ansprechpartner war Gerrit.

»Ganz okay«, kommentierte Hannah bei ihrem Rückruf. »Allerdings würde ich den Hinweis einfügen, dass die Zeugin unter polizeilichen Schutz gestellt wird.«

»Das lässt sich machen. Wie gut spricht Justyna eigentlich Deutsch? Versteht sie das Wort ›Zeugin‹ überhaupt?«

Hannah überlegte einen Moment. »Besser wäre es, wenn ihr eine polnische Version hinzufügt. Ich habe mal gehört, dass die osteuropäischen Betreuerinnen untereinander gut vernetzt sind. Wahrscheinlich gibt es Gruppen in den sozialen Netzwerken. Wäre sicher gut, wenn ihr irgendwie Zugang dazu bekommen würdet.«

»Gute Idee! Möglicherweise hält sich Justyna noch in der Nähe auf. Mit 50 Euro kann sie nicht weit gekommen sein.«

»Und wenn sie nicht reagiert?«

»Dann lassen wir Wisdonck morgen laufen und fangen von vorne an: eine Pressekonferenz, um die Öffentlichkeit einzubeziehen, intensive Suche nach möglichen Zeugen, die Alibis der Verdächtigen abklopfen … Auf die Tour kann es dauern, bis wir ein belastbares Ergebnis haben.«

Mittags hatte sich der Himmel zugezogen, und ein böiger Wind fegte durch die Ludgeristraße. Die Lust auf einen Imbiss im Freien ließ trotz der Aussicht auf Glühwein schlagartig nach. Nach kurzer Beratung strahlte Dirk: Endlich hatte er sich mit dem Vorschlag, die Lounge in schwindelerregender Höhe aufzusuchen, durchsetzen können.

Als sie kurze Zeit später im 12. Stockwerk des Stadthauses aus dem Lift traten, musste sie ihrem Kollegen recht geben: Der 360-Grad Panoramablick aus den bodentiefen Fenstern über die roten Dächer der Altstadt war wirklich faszinierend.

Zwischen Dom und Lambertikirche blitzte der weiße Buddenturm mit seiner roten Haube vor dem dunklen Band der Promenade auf. Am Horizont war eine Hügelkette zu erkennen, aber sie waren sich nicht einig, ob es sich um den Höhenzug bei Altenberge oder die Baumberge handelte.

»Kommt mal rüber auf die andere Seite«, forderte Dirk sie auf. Auch dort erwartete sie eine spektakuläre Perspektive von oben auf die charakteristischen Türme von Dominikaner- und Clemenskirche und das zickzackförmige, begrünte Dach des modernen Gebäudekomplexes an der Stubengasse. Im Hintergrund schwebte weit weg die Kette des Teutoburger Waldes.

Während sie mit ihren Kollegen auf die Bedienung wartete, rief Hannah ihre vor Jahren angelegte Facebook-Seite auf, die sie eigentlich nur noch für Geburtstags- und Neujahrsgrüße verwandte: Die Mitteilung »#Zeugin gesucht« war bereits auf der Seite der Polizei NRW Münster eingestellt. Andere soziale Netzwerke konnte sie nicht überprüfen, weil sie sie nicht nutzte. Hoffentlich erfüllten sich die Erwartungen der Sonderkommission.

Eine erste Reaktion gab es schon gegen Ende der Mittagspause. Jemand hatte den Post geteilt, allerdings anonym. Das geschah noch zweimal, bis Hannah sich nachmittags auf den Heimweg machte. Ein krasser, fremdenfeindlicher Kommentar war beim nächsten Aufrufen der Seite wieder verschwunden. Im Präsidium saß anscheinend jemand und beobachtete, was sich in den betreffenden Netzwerken tat.

Auf dem Weg nach Gievenbeck stellte sie sich vor, dass die Suche nach Justyna inzwischen im Netz auf Hochtouren lief und sie bald aufgespürt würde. Jan hatte versprochen, sich zu melden, sobald es Neues gab, aber sie hörte nichts von ihm.

Sie kaufte ein, stürzte sich dann in die liegen gebliebene Hausarbeit, bis Lasse von der Schule kam. Während sie plauderten, blickte sie immer wieder unruhig auf die Uhr. Gegen sieben erwartete sie Jan. Sollte sie schon mit dem Kochen anfangen? Oder erst mit ihrer Mutter telefonieren, um zu hören, wie ihr Tag verlaufen war?

Brigitte kam ihr zuvor. Als Hannah den Namen im Display las, wuchs ihre Anspannung rapide, denn Anrufe ihrer Mutter besaßen Seltenheitswert.

»Hallo Mama, wie sieht es aus bei dir?«, fragte sie betont munter, ohne sich zu melden.

»Hannah?!« Sie krächzte! »Hannah, bist du das?«

Ihr Tonfall war alarmierend. Hannah nahm den Hörer, ging ins Wohnzimmer und bemühte sich, ruhig und klar zu sprechen: »Ja, hier ist Hannah. Mama, ist etwas passiert?«

»Er war es. Jetzt weiß ich es wieder«, hörte sie Brigitte flüstern.

»Mama, ist jemand bei dir?«

»Nein, er ist wieder weg. Ich habe ihm gesagt, ich hätte kein Geld. Ich würde nächste Woche bezahlen.« Jetzt sprach sie schneller. »Da hat er so merkwürdig geguckt. Als ob er mir das nicht glaubt. Oh mein Gott! Bestimmt weiß er, dass ich ihn gesehen habe.«

»Mama, ganz ruhig. Du bist allein in deiner Wohnung? Richtig?«

»Ja, er ist gegangen. Aber er kommt bestimmt wieder. Ich weiß es.«

Hannah holte tief Luft: »Mama, wer kommt wieder?«

Eine Sekunde Stille, dann: »Dieser junge Mann, den du von der Schule kennst.«

»Andi Gellenbeck?«

»Ja, der von Brinkers Bringdienst.«

»Hat Andi dir heute Ware gebracht?«

»Ja. Ich habe angerufen, weil das Wetter so scheußlich war, und habe fünf Flammkuchen und einen Kasten Wasser bestellt. Und ein paar Kleinigkeiten. Andi war gerade hier.«

»Mama, du hast gesagt, du hast ihn gesehen. Was meinst du damit?«

»Er war bei Wisdoncks, als Irmgard gestorben ist. Ich hatte es vergessen, aber als sein heller Transporter heute bei mir in der Einfahrt parkte, ist es mir wieder eingefallen. Er stellt ihn immer so hin, dass die Heckklappe zur Haustür zeigt, damit der Weg mit den schweren Sachen für ihn kürzer ist. Heute hat er das auch gemacht. Plötzlich hat es bei mir klick gemacht.«

»Wegen dem Transporter.«

»Der Wagen hat an dem Abend gegenüber gestanden. Nicht lange. Ich glaube, das ging mir durch den Kopf, als ich …«

Brigitte war kaum noch zu verstehen. Hannah fragte nach.

»… als dir schwindelig geworden ist?«

»Ja, genau.«

»Aber jetzt ist er weg.«

»Er kommt wieder. Ich schwöre es. Wie er mich angestarrt hat! Mit riesengroßen Augen. Er hat Angst, dass ich ihn verpfeife. Ich sage es dir. Er kommt und tut mir etwas an. Er macht die Haustür auf, und dann ist er hier drin. Geht doch ganz schnell.«

»Mama, der Trick mit der Haustür funktioniert nur, wenn sie nicht abgeschlossen ist. Du hast doch abgeschlossen?«

»Ja, habe ich, aber ich kontrolliere es lieber noch mal. Warte eben.«

Ein paar Sekunden lang hörte Hannah nur leise Geräusche, dann das erlösende »Zweimal abgeschlossen. Die Kellertür auch.«

»Sehr gut. – Ist Josefine schon zurück?«

»Ich glaube nicht. Drüben ist alles dunkel.«

Hannah überlegte fieberhaft, wen sie bitten könnte, bei ihrer Mutter vorbeizuschauen und sie abzulenken. Sonja? Kirsten?

»Hannah!«

Mein Gott, sie wimmerte nur noch!

»Hannah, ich habe Angst!«

Sie fühlte mit einem Mal eine große innere Ruhe. Jetzt kam es auf sie an. »Das merke ich, Mama«, sagte sie sehr langsam. »Ich muss kurz überlegen, was ich tun kann, hörst du? Ich lege jetzt auf und rufe dich gleich wieder an.«

»Ja, das ist gut«, flüsterte ihre Mutter am anderen Ende der Leitung.

Sie legte das Telefon weg, stand auf und ging im Wohnzimmer auf und ab. Dann zwang sie sich, einige Male tief durchzuatmen.

Brigitte konnte im Moment nicht allein bleiben. Das war nicht zu verantworten. Wen konnte sie bitten, nach ihr zu sehen?

Sicherheitshalber rief sie bei Josefine an, aber sie war wohl tatsächlich noch nicht zurück von ihrem Besuch. Es widerstrebte ihr, Kirsten zu bitten. Sie war momentan vermutlich nicht in der Verfassung, jemanden zu beruhigen.

Kurz entschlossen suchte sie online nach der Telefonnummer von Bernholts. Sonja war sofort am Apparat und sehr freundlich, aber leider völlig im Stress. »Phillip hatte gestern Geburtstag. Wir erwarten jeden Moment unsere Clique zur kleinen Nachfeier. Unsere Küche sieht aus wie ein Schlachtfeld, und die Kinder müssen noch ins Bett gebracht werden. Es tut mir leid, Hannah. Ansonsten jederzeit. Wirklich.«

Niedergeschlagen legte Hannah auf. Jetzt blieb ihr nur noch eine Möglichkeit. Versuchen konnte sie es.

Etwas Zeit hatte sie immerhin gewonnen. Sie holte eine Plastikdose mit Jans selbstgemachter Tomatensauce aus dem Gefrierschrank, wo sie mehrere Portionen für Notfälle vorrätig hielten. Und dies war definitiv einer! Während das Wasser für die Nudeln aufkochte, packte sie in Windeseile ihren kleinen Koffer für eine Übernachtung.

Morgen früh würde sie direkt zur Beratungsstelle fahren. Nachmittags konnte Marlene bei Brigitte übernehmen. Irgendwie mussten sie die Krise überstehen. Sobald der Mordfall geklärt war, würde sich die Situation bestimmt entspannen.

Jan antwortete nicht auf ihre Nachricht. Entweder war er schon auf dem Heimweg oder noch in einer Besprechung.

Sicherheitshalber rief sie bei Antons Mutter an. Mit Erleichterung hörte Hannah von ihr, dass es kein Problem sei, kurzfristig einzuspringen.

»Ich muss noch mal zu Oma für eine Nacht«, sagte sie beim Abendessen beiläufig zu Lasse. »Meinst du, du kannst ein bisschen allein bleiben, falls Papa nicht rechtzeitig zurück ist?«

»Kein Problem. Darf ich solange fernsehen?«

Seufzend stimmte sie zu.

Endlich eine Nachricht von Jan. »Komme in einer halben Stunde. Was gibt es Dringendes?«

Sie begann zu schreiben, merkte aber schnell, dass eine Sprachnachricht per Handy sehr viel praktischer wäre: »Ich übernachte heute noch mal bei meiner Mutter«, sagte sie in ihr Handy. »Sie ist total durch den Wind, weil sie jetzt glaubt, der Fahrer vom Supermarkt, der ihr heute Waren gebracht hat, wäre Irmgard Wisdoncks Mörder. Angeblich hat sie sein

257

Auto an dem Abend in der Einfahrt gesehen und befürchtet nun, dass er ihr heute Nacht etwas antun wird. Ich kann sie unmöglich allein lassen. Falls es bei dir doch später wird, ruf bitte Antons Mutter an. Sie holt Lasse dann ab und bringt die beiden Jungen morgen zur Schule. Lass uns nachher auf jeden Fall noch telefonieren.«

Lasses Schultasche stand gepackt im Flur, ihr Sohn saß vor dem Fernseher, als Hannah das Haus verließ. Feuchtkalte Luft schlug ihr entgegen. Im Display ihres Autos leuchtete die gelbe Warnlampe für Glättegefahr. Drei Grad über null.

*Zur selben Zeit – Polizeistation Ahaus*

Kommissar Gunnewitz schaute auf, als er das vertraute Geräusch hörte. Die Überwachungskamera zeigte zwei Frauen mittleren Alters, die eine dunkelhaarig, die andere blond und toupiert. Mit offensichtlicher Nervosität drückten sie sich vor dem zugigen Eingang herum. Die hatten bestimmt noch nie im Leben eine Polizeistation betreten, war ihm sofort klar. Wahrscheinlich ein Diebstahl. Oder sonst irgendeine Bagatelle.

Die Schwarzhaarige blickte sich mit angezogenen Schultern hastig zur Straße um. Oder waren sie Opfer einer Belästigung?

Er betätigte den Summer und ließ die beiden in den schmalen Flur ein. Zaghaft trat die Schwarzhaarige vor die Scheibe aus Sicherheitsglas.

Gunnewitz drückte auf den Knopf für die Sprechanlage. »Ja, bitte?«

Die Frau schluckte und schaute die Blondine an. Die hob kurz eine Augenbraue und stupste die andere leicht in die Seite. Meine Güte! Die tat sich aber schwer.

»Was kann ich denn für Sie tun?«, fragte er eine Spur freundlicher.

»Ich ...« Räuspern. Dann mit heiserer Stimme: »Sie suchen mich. Bin ich Zeugin in Mordfall.«

*Zur gleichen Zeit – westlich von Münster*

Kurz hatte sie erwogen, über die Autobahn zu fahren, aber das bedeutete einen Umweg und das Risiko von Staus. Zudem war die Warnlampe bereits nach kurzer Fahrt wieder erloschen.

Als sie die Stadt hinter sich ließ, kam ihr zu Bewusstsein, dass sie die Strecke schon lange nicht mehr selbst im Dunkeln gefahren war. Der abendliche Berufsverkehr war zwar abgeflaut, aber trotzdem blendeten die Scheinwerfer von endlosen Autoschlangen sie in der Finsternis zwischen den Orten.

Auf der Landstraße hinter Schapdetten plötzlich rot aufleuchtende Rücklichter vor ihr. Sie bremste ab und fand sich hinter einem riesigen, orangefarbenen Streuwagen wieder. Im Lichtkegel sah sie Salz auf die Fahrbahn rieseln.

Im selben Moment leuchtete die Anzeige in ihrem Display rot auf. Nur noch knapp über null Grad!

Eine Weile kroch sie hinter dem Streuwagen her – ohne Chance zu überholen. Ihre Gedanken schweiften ab: Ob Jan inzwischen zu Hause war? Hatte sie alles mitgenommen, was sie für morgen brauchte? Und wie ging es ihrer Mutter?

Jan hörte, dass Gerrit mit vollem Mund sprach. Wahrscheinlich stärkte er sich für eine weitere Spätschicht. »Du warst gerade weg, als der Anruf aus Ahaus kam. Justyna Tomascewski hat sich dort gemeldet.«

»Bingo! Hast du schon mit ihr gesprochen?«

»Habe ich, aber die Verständigung war sehr schwierig, weil sie ziemlich erkältet ist. Kein Wunder nach der eisigen Nacht in dem Gartenhäuschen. Außerdem kommt sie mir immer noch sehr verängstigt vor. Ich werde gleich hinfahren und versuchen, mehr aus ihr herauszubekommen. Sie hat mir allerdings schon mal einen Namen genannt. Und jetzt halte dich fest: Wenn sich bestätigt, wen sie gesehen hat, dann müssen wir Ulrich Wisdonck wohl schleunigst laufen lassen.«

*Irgendwo in den Baumbergen*

Wegen der gedrosselten Geschwindigkeit hatte sie Zeitgefühl und Orientierung beinahe verloren. Müsste sie nicht längst beim Abzweig auf die Bundesstraße angelangt sein? Dann endlich passierte sie ein kleines Hinweisschild – zu schnell, als dass sie es hätte lesen können. Trotzdem ahnte sie, wo sie sich befand. Gleich darauf überquerte sie die Stever. Im Scheinwerferlicht glitzerte die Straße wegen der von dem Flüsschen aufsteigenden Feuchtigkeit.

Aufatmend bog sie kurz vor Nottuln ab. Nun wurde es einfacher. Die gut ausgebaute Bundesstraße war bei dieser Witterung deutlich besser zu befahren.

Als sie ihr Ziel erreicht hatte, war ihr sofort klar, dass irgendein Gast von der Fete bei Bernholts ihren üblichen Stellplatz in der Einfahrt besetzt hatte. Auch am Straßenrand parkten mehrere Autos, einige Fahrräder lehnten bei den Nachbarn an der Hauswand.

Nach kurzem Überlegen entschloss sie sich, in der Einfahrt schräg gegenüber zu parken. Josefine würde nichts dagegen haben. Ein Auto hatte die Nachbarin schon viele Jahre nicht mehr. Und außerdem ließ die fehlende Beleuchtung darauf schließen, dass sie immer noch nicht zurückgekehrt war.

Als Hannah auf ihr Elternhaus zuging, war ihr ziemlich flau im Magen. In welcher Verfassung würde sie Brigitte vorfinden?

Vor der Haustür setzte sie ihren Koffer ab und fischte nach ihrem Schlüsselbund. Erst jetzt realisierte sie ein ratterndes Geräusch auf dem Pflaster in der Einfahrt direkt gegenüber. Ein Rollkoffer.

*Münster-Gievenbeck – gegen halb neun*

»Brigitte Bergmann.«

Sie klang eigentlich ganz normal. Von Panik keine Spur.

»Hallo Schwiegermama. Jan hier. Ich wollte nur mal fragen, ob Hannah schon bei dir angekommen ist.«

»Hannah?«, hörte er sie völlig entgeistert sagen. Dann einige Sekunden lang nichts. »Nein. Aber sie kommt bestimmt gleich.«

Hatte Brigitte etwa völlig vergessen, dass ihre Tochter auf dem Weg zu ihr war? »Ich kann Hannah nicht erreichen. Sagst du ihr bitte, dass sie mich sofort anrufen soll?«

»Das mache ich. Bis später dann …«

Verdammt! Konnte er sich darauf verlassen, dass Brigitte Hannah wirklich Bescheid sagte? Wohl kaum.

Hektisch griff er zu seinem Handy und schrieb Hannah eine Nachricht. Nach kurzer Überlegung griff er noch einmal zum Hörer und wählte eine vertraute Nummer.

*Zur gleichen Zeit – Sonnenstraße*

»Hannah! Was machst du denn hier?« Kirsten stellte den Koffer neben ihrem Wagen ab und überquerte die Straße.

»Probleme mit Brigitte«, antwortete Hannah ausweichend und zeigte auf Kirstens Gepäck: »Und du?«

»Wonach sieht es denn wohl aus?«, bekam sie in schnippischem Tonfall zu hören. »Ich ziehe nach Legden zu einer Freundin. Schließlich wird mein Schwager morgen entlassen, weil dein Mann und seine Kollegen komplett versagt haben. Und das, obwohl ich ihnen den Täter mit deiner Hilfe praktisch auf dem Silbertablett serviert habe. Was muss ich denn noch tun, damit ich nicht mehr mit diesem Lüstling unter einem Dach wohnen muss?«

»Mit meiner Hilfe? Das musst du mir aber mal erklären!«

»Du hast es also immer noch nicht kapiert. Aber von der schnellen Truppe bist du ja noch nie gewesen.« In Kirstens Gesicht erschien ein abfälliges Grinsen. Hannah war weiterhin völlig ahnungslos.

»Hast du denn wirklich angenommen, dass ich bei einem Gläschen Wein und einem leckeren Abendessen unsere alte Freundschaft wieder auffrischen wollte? Das kannst du doch nicht ernsthaft geglaubt haben.«

»Mir war schon klar, dass du in erster Linie nicht allein zuhause bleiben wolltest, solange Irmgards Tod nicht geklärt ist.«

»Und dass ich dich derweil gezielt mit Informations-häppchen gefüttert habe, ist dir nicht aufgefallen? Das aus Irmgards Nachttisch-Lade verschwundene Geld, Ulrichs un-erklärliche abendliche Touren, schließlich der Passus in Irm-gards Testament mit dem lebenslangen Wohnrecht. Du hast jedes Detail umgehend deinem Mann oder seinen Kollegen gesteckt. Nichts anderes hatte ich von dir erwartet.«

Hannah wäre am liebsten in den Boden versunken. Wie hatte sie sich dermaßen von Kirsten manipulieren lassen können? Sie kannte ihre frühere Freundin doch! Schon da-mals war sie vollkommen skrupellos gewesen und hatte ihr Hendrik ausgespannt, ohne mit der Wimper zu zucken. Wa-rum sollte sie sich seither grundlegend verändert haben?

Hannah wollte sich wortlos abwenden, als ihr ein unge-heuerlicher Gedanke kam. »Du sagtest gerade, du ziehst nach Legden. Zu einer Freundin?«

»Ja, wieso?«

»Die Frau, die dafür gesorgt hat, dass man Ulrich als Span-ner auf frischer Tat ertappt, wohnt in Legden. Deine Freun-din ist nicht zufällig genau diese Person?«

Der Anflug eines anerkennenden Lächelns glitt über Kirs-tens Gesicht. »Glückwunsch, Hannah. Vielleicht solltest du ganz zur Kripo wechseln. Die haben das nämlich nicht ge-schnallt.«

»Du hast das Ganze nur inszeniert?«

»Irgendetwas musste ich mir schließlich einfallen lassen. Dass Ulrich sein Revier in diese Richtung ausgedehnt hatte, war mir schon länger zu Ohren gekommen. Meine Freundin hat sich freudig bereit erklärt mitzumachen. Ulrich liegt of-fenbar ununterbrochen auf der Lauer, wo sich Gelegenheiten für ihn ergeben könnten. Das erhöht wohl den Reiz und ge-hört für viele Voyeure einfach dazu, habe ich mir sagen lassen. Ein paar Tage ohne Rollläden vor den Fenstern reichten, um ihn anzulocken. Kurz darauf schnappte die Falle zu.«

Hannah hörte mit wachsendem Entsetzen zu. »Wusste Hendrik davon?«

»Dieser Gutmensch? Der hätte nie im Leben mitgemacht. Der Plan war einzig und allein meine Sache. Ich dachte, Irmgard würde Ulrich hochkant rausschmeißen, wenn sie von der Anzeige erfährt. Dumm nur, dass ich nichts von dem Passus in ihrem Testament wusste. Ich konnte ja nicht ahnen, dass er sie gleich umbringen würde.«

»Und nun hast du Angst, dass er von deiner Rolle bei der Sache erfahren hat?«

»Kann man wohl nicht ausschließen. Deshalb verschwinde ich lieber, solange weder er noch mein Mann zu Hause sind.«

Während Kirsten ihren Wagen bepackte, stand Hannah unschlüssig vor der Haustür. Sie war aufgewühlt von dem, was sie gerade gehört hatte, und musste erst mal durchatmen, um sich zu sammeln.

Ein Pärchen ging vorüber und grüßte freundlich. Abwesend murmelte Hannah ebenfalls ein »Guten Abend.«

Immerhin war Hendrik nicht in die Sache verwickelt. Kirsten hatte das eben überzeugend verneint. Andererseits: Was konnte sie ihrer früheren Freundin überhaupt noch glauben? Mittlerweile traute sie ihr fast alles zu.

Ein Telefongespräch mit Jan kam ihr plötzlich in den Sinn. Er hatte wissen wollen, wann Wisdoncks das Glockenfest verlassen hatten.

Kirsten hatte genau wie Ulrich kein Alibi für die Zeit, in der Justyna vermutlich überfallen worden war, während Hendrik wegen seines Spaziergangs mit Hannah über jeden Verdacht erhaben war.

Kirsten hievte ein weiteres Gepäckstück in den Kofferraum und fuhr dann los. Mit eindeutig zu viel Gas.

Ein kalter Schauer lief ihr über den Rücken. War Kirsten auf dem Glockenfest gar nicht so betrunken gewesen? Hatte sie vorgetäuscht, früh schlafen gehen zu wollen, sich insgeheim aber mit Justyna am Berkelufer getroffen? Weil die Polin zu viel wusste? Während Hannah Hendrik ein perfektes Alibi verschaffte? War es das abgekartete Spiel eines Ehepaares gewesen, das einen Mord vertuschen wollte? Hatte Hendrik deswegen geistesgegenwärtig eine Katze ins Spiel gebracht, als Hannah Justynas Schrei gehört hatte?

Hannah schüttelte sich. Was für abwegige Überlegungen!

In dem Moment erschien Phillip an der Haustür und begrüßte mit großer Umarmung das Pärchen, das gerade angekommen war. Laute Musik aus dem Inneren des Hauses verhinderte, dass Hannah ihn verstehen konnte. Einen Moment lang waren die beiden im grellen Licht gut zu sehen: Er trug eine Mütze, sie hatte lange schwarze Haare.

Es roch nach gebratenem Speck. Hannah ging in die Küche, wo sich der Geruch noch verstärkte. Alles war blitzblank und aufgeräumt.

Sie saßen im Wohnzimmer.

»Hannah«, strahlte Brigitte, schüttelte mit beiden Händen einen Knobelbecher und knallte die Würfel auf den Tisch. Dann sortierte sie akribisch. »Wir kniffeln! Diese Runde müssen wir unbedingt noch zu Ende spielen. Ich habe eine große Straße. Könnte sein, dass ich gewinne.«

Anita nickte sachte, als Hannah sich dazusetzte.

»Wir haben uns schnell Bratkartoffeln mit Spiegelei gemacht«, sagte ihre Mutter eifrig, als die Nachbarin mit dem Würfeln an der Reihe war. »Ist noch was übrig. Willst du?«

»Ich habe schon mit Lasse gegessen«, antwortete Hannah und versuchte sich zu entspannen.

»Ihre Frau ist gerade angekommen. Sie hat kurz mit einer Nachbarin gesprochen und ist dann ins Haus gegangen.«

Jan atmete erleichtert aus. Die Kollegen hatten anscheinend alles im Griff.

»Die Situation vor Ort ist allerdings ziemlich unübersichtlich«, hörte er den Mann sagen. »Im Nebenhaus findet eine Fete statt. Ständiges Kommen und Gehen. Nicht mal parken konnten wir in der Nähe des Hauses. Sollen wir die Gäste überprüfen?«

»Auf keinen Fall. Es reicht, wenn ihr präsent seid. Habt ihr euch gut sichtbar postiert?«

»Keine Sorge. Haben wir.«

»Danke. Ihr meldet euch dann, wenn etwas vorfällt.«

Jan ging zum Regal und legte den Hörer auf. Bestimmt kümmerte Hannah sich jetzt erst mal um Brigitte. Ob sie seine Nachricht auf dem Handy schon gelesen hatte? Ein paar Minuten sollte er ihr noch geben, bevor er anrief.

Auf den Büchern neben der Festnetzstation lag ein dickes orangefarbenes Album, das er noch nie gesehen hatte. Er zog es herunter und schlug es auf.

Fotos aus Hannahs Jugendzeit. Endlos lange Haare. Mittelscheitel. Wie alt mochte sie da gewesen sein? Bestimmt noch keine zwanzig. Schade, dass er sie so nie gesehen hatte.

Er blätterte rasch. Mengenweise junge Leute in den damals angesagten Klamotten. Feten, Grillen am See, Partykeller – sie schienen ausgiebig gefeiert zu haben. Vielleicht der Sommer nach dem Abi, in dem man endlos Zeit hatte.

Als er das Buch zuklappen wollte, rutschte es ihm weg und fiel auf den Boden. Die hintere Innenseite lag aufgeklappt da. Das Foto war wie ein Schlag in die Magengrube. Sie hatte wohl eine Vergrößerung anfertigen lassen.

Ein strahlendes junges Paar. Aufgenommen im Profil. Dicht beieinander. Vielleicht beim Tanzen.

Der Gesichtsausdruck, mit dem sie einander ansahen!

Er: zärtlich, liebevoll.

Sie: offen, vertrauensvoll, arglos.

Erste Liebe!

Mit einer heftigen Bewegung schlug er das Album zu. Seine Ahnung hatte ihn also nicht getrogen.

*Zur selben Zeit*

»Danke, dass Sie gekommen sind, Frau Jäger. Ich wusste mir wirklich nicht anders zu helfen.«

»Keine Ursache. Beim Kochen hat deine Mutter sich ganz schnell beruhigt. Ablenkung hilft meistens. Alles gut, Hannah«, erwiderte Anita Jäger und schaute verstohlen auf die Uhr. Vorhin hatte sie entspannter gewirkt. Jetzt presste sie die Lippen wieder fest zusammen.

»Ihr Mann wartet sicher schon auf Sie.«

»Daran wird er sich gewöhnen müssen.«

Als Hannah vor lauter Verblüffung nicht antwortete, fügte die Nachbarin hinzu: »Die Geschichte mit Justyna in unserem Gartenhäuschen hat mich wachgerüttelt. Ja, er hat ihr Kaffee und Butterbrote gebracht. Ich habe gesehen, wie er sie geschmiert hat. Dass er ihr gesagt hat, bis zum Abend müsse sie verschwunden sein, hat er der Polizei allerdings verschwiegen. Und dass ich ihr daraufhin 50 Euro gegeben habe, wird er mir noch ewig vorhalten.«

Sie schüttelte den Kopf, als könne sie es selber kaum glauben. »Ernst ist so hartherzig geworden. Schon seit vielen Jahren. Ich halte das einfach nicht mehr aus.«

Hannah hatte auf einmal den kleinen, polierten Stein auf dem Friedhof vor Augen. »Meine Mutter und ich sind vor ein paar Tagen an Marios Grab vorbeigekommen.«

Die Nachbarin schluckte. »Du liegst ganz richtig mit deiner Vermutung, Hannah. Es hängt alles mit dem Unfall zusammen. Unsere ganze Familie ist dabei draufgegangen.«

»Wie meinen Sie das, Frau Jäger?«, fragte Hannah vorsichtig nach.

Sie sprach völlig ruhig, als ob alle Emotionen über die Jahre aufgebraucht waren. »Mein Mann hat mir nie verziehen, dass ich seiner Meinung nach nicht gut genug auf unseren Sohn aufgepasst habe. Wir waren mit dem Rad unterwegs. Mario fuhr schon recht sicher. Ich hatte ihn vom Kindergarten abgeholt. Was genau passiert ist, hat sich nie aufgeklärt. Vielleicht lag etwas auf dem Radweg, oder er war abgelenkt. Jedenfalls machte er einen Schlenker und stürzte auf die Fahrbahn. Der Autofahrer konnte nicht ausweichen. Ihn traf keine Schuld. Es war ein Unglück, aber Ernst konnte sich nie damit abfinden.«

»Deswegen auch die Probleme mit Sabine?«

»Ja«, seufzte Anita Jäger. »Sie hat sich allergrößte Mühe gegeben, aber was sie auch tat: Sie konnte es ihrem Vater nie recht machen. Sie war eben nicht Mario.«

Sie hantierte nervös mit dem Schlüsselbund in ihrer Hand. »Jedenfalls kann ich nicht so weitermachen. Ernst hat sich völlig verschanzt und redet mittlerweile kaum mehr als das Nötigste. Was ist mit mir, wenn er eines Tages nicht mehr da sein sollte? Das war heute eine gute Gelegenheit, einen Anfang zu machen.«

Sie traten auf den Treppenstein. »Also: Sag mir Bescheid, wenn ich gebraucht werde, Hannah. Ich komme gerne.«

»Ich würde mich freuen, Frau Jäger. Danke!«

Anita nickte und ging. Nach wenigen Schritten wandte sie sich um. »Was soll denn das? So laut sind die jungen Leute nebenan doch wirklich nicht.«

Hannah folgte ihr bis zum Straßenrand. Ein Streifenwagen parkte unter der Laterne am Abzweig zur Sonnenstraße! Bestimmt nicht, weil es eine Beschwerde wegen Ruhestörung gab. Hannahs Puls beschleunigte sich.

Knobelbecher und Kniffelblock lagen noch auf dem Tisch. Brigitte saß in ihrem Sessel und hatte ein Fernsehquiz angestellt.

Er meldete sich sofort. »Hannah, gut, dass du anrufst. Hast du meine Nachricht gelesen?«

»Nein, ich habe mein Handy in der Eile zu Hause liegen lassen, weil ich es aufladen wollte. Jan, hier steht ein Streifenwagen in der Straße. Weißt du etwas davon?«

»Ich habe die Kollegen aus Coesfeld gebeten, sich dort zu postieren.«

»Warum das?«

»Justyna ist aufgetaucht. Gerrit spricht gerade mit ihr. Sie hat tatsächlich jemanden an dem Abend gesehen. Aber nicht Ulrich Wisdonck.«

Hannah hielt den Atem an. Sie glaubte zu wissen, welcher Name nun fallen würde.

»Ich habe mir daraufhin noch mal deine Sprachnachricht angehört. Du hast diesen Mann vom Supermarkt erwähnt, der heute bei Brigitte war.«

»Andi Gellenbeck?«

»Genau. Er könnte unser Mann sein.«

»Das gibt es doch nicht!«

»Wir müssen davon ausgehen. Er scheint momentan unterwegs zu sein, aber seine Wohnung wird observiert. Sobald er dort aufkreuzt, wird er festgenommen.«

Sie machte sich einen Kräutertee und setzte sich an den Küchentisch. Obwohl ihr nicht kalt war, zitterte sie am ganzen Körper.

Sie hatten nicht ausdrücklich darüber gesprochen, aber ihr war augenblicklich klar gewesen, warum Jan den Streifenwagen hierher beordert hatte: Brigitte und sie standen unter Polizeischutz. Bis man Andi gefunden hatte.

Vorsichtig probierte sie den heißen Tee. Es konnte eine lange Nacht werden.

*Polizeistation Ahaus*

Sie sah sehr blass aus, aber ihre Augen glänzten. Fieber? Aufregung? Vielleicht beides, befand Gerrit. Die Freundin tätschelte ihr aufmunternd den Arm. Er musste behutsam sein, sonst würde die Zeugin dichtmachen.

»Könnten Sie mir bitte schildern, was an dem Abend geschehen ist, Frau Tomascewski? Wenn ich Sie richtig verstanden habe, haben Sie einen Besuch bei Frau Wisdonck gemacht.«

Justyna setzte zum Sprechen an, aber es kam zunächst nur ein Kieksen. Sie räusperte sich umständlich und sprach dann sehr leise. »Das stimmt. Sie wollte mir Rezept für schöne Torte geben. Ich bin nicht lange geblieben. Frau Wisdonck ging es nicht gut, weil sie nachmittags zu Fuß unterwegs war.«

Unsicher sah sie ihn an. Die beiden Frauen unterhielten sich kurz auf Polnisch.

»Lassen Sie sich Zeit. Wir haben es nicht eilig.«

»Wollte ich noch eine Zigarette rauchen, weil ich so viele Gedanken im Kopf hatte. Musste ich in Ruhe überlegen. Bei Althüsmanns ich darf nicht rauchen, weil er dann böse wird. Also stelle ich mich immer bei der Nachbarin in die Einfahrt. Josefine schimpft nicht. Plötzlich kam dieser helle Lieferwagen von Supermarkt, fuhr rückwärts in Einfahrt bei Wisdoncks. Das macht der Fahrer immer so.«

»Die Haustür konnten Sie von dort nicht sehen?«

Justyna hustete in ihre Ellenbeuge. »Nein, aber Fahrer ging zum Ausladen um Wagen herum. Es war Andi Gellenbeck. Josefine hatte mir mal den Namen gesagt. – Ich habe mir dann noch eine Zigarette angesteckt. Auf einmal die Autotüren schlugen zu. Fahrer wollte losfahren, aber Motor ging aus. Er probierte noch mal, und dann war er weg.«

»Aber wieso glauben Sie, dass Gellenbeck für Irmgard Wisdoncks Tod verantwortlich ist?«

»Er nimmt ihr Geld weg. Sie hat ihn bestimmt erwischt.«

»Er hat sie bestohlen? Wie kommen Sie darauf?«

»Ich dachte mir schon länger. Er hatte Sachen zu uns gebracht, als Herr Althüsmanns Geld verschwunden war. Und der meinte, ich habe es geklaut.«

Ihr Weinen ging in einen Hustenanfall über, der kein Ende zu nehmen schien.

War es zu verantworten, sie weiter zu vernehmen?

»Möchten Sie etwas trinken, Frau Tomascewski? Cola? Oder einen Tee? Oder etwas essen?

Als sich der Husten legte, nickte Justyna.

Sie hatte den Tee kalt werden lassen. Noch keine Nachricht von Jan wegen Andi. Sie stand auf und schüttete den letzten Schluck in den Ausguss. Dann drehte sie sich um und starrte nach draußen, ohne wirklich etwas zu sehen.

Ihr Auto stand immer noch bei Josefine. Ob sie inzwischen zurück war? Am Samstagabend hatte die Nachbarin ihr noch detailliert beschrieben, wie Andis Lieferungen bei ihr vonstatten gingen. Er hatte keine Chance, unbemerkt an ihr Geld zu kommen, war ihre gemeinsame Schlussfolgerung gewesen.

Und auch Althüsmann hatte im Brustton der Überzeugung behauptet, dass in seinem Haus niemand eine Gelegenheit zum Diebstahl bekam. Außer natürlich Justyna.

Wie sollte es Andi gelungen sein, die beiden zu überlisten? Nein, da stimmte etwas nicht.

Schluss jetzt damit, schalt sie sich. Die Wahrheit würde bald ans Licht kommen. Und es war absolut nicht ihre Aufgabe, dafür zu sorgen.

Das rückwärtig angrenzende Grundstück mitsamt Haus war von der Dunkelheit verschluckt. Nur nebenan bei Bernholts beleuchteten mehrere bunte Lichterketten die Terrasse, von wo bei genauem Hinhören leises Stimmengewirr herüberschwappte.

Ein rotes Pünktchen, das gelegentlich im Garten aufleuchtete, zog ihre Aufmerksamkeit auf sich: wahrscheinlich ein Raucher, der sich Bewegung verschaffte. Schließlich sah sie das rote Licht in der Nähe der Terrasse: Es gehörte zu einer Gestalt mit Mütze.

Sie hatten eine ausgiebige Pause gemacht, damit Justyna sich erholen konnte. Ein Kollege von der Wache hatte Pizza für alle besorgt, und der Zeugin ging es ein wenig besser. Gerrit entschloss sich weiterzumachen.

Justyna klang immer noch heiser. »Als jemand mir sagte, dass Frau Wisdonck ist an dem Abend die Treppe runtergefallen, ich dachte sofort an Andi.«

»Aber Sie sind nicht zur Polizei gegangen.«

»War mein schlimmster Fehler in ganzes Leben.« Justyna senkte den Kopf. »Ich dachte nur an Geld.«

»Was meinen Sie damit?«

»Geld von Andi, damit ich in Polen bleiben kann – bei meiner Tochter.«

Sie hatte ihn erpresst!

Mit wachsender Fassungslosigkeit hörte Gerrit, wie Justyna per Facebook Kontakt zu Gellenbeck aufgenommen hatte. Ein Telefongespräch war ihr zu heikel erschienen, da er sie an ihrem Akzent hätte erkennen können. Die Frau hatte wirklich an alles gedacht.

»Was haben Sie ihm geschrieben?«

»Dass ich weiß, was er am 29.11. in der Sonnenstraße getan hat. 5000 Euro oder ich gehe zur Polizei.«

»Und?«

»Hat lange gedauert mit Antwort. Ich habe ihm Berkelufer für Treffen vorgeschlagen – nach dem Glockenfest. Dachte ich, dann ist Althüsmann müde und merkt nicht, dass ich weggehe.«

»Hatten Sie keine Angst, ihn dort zu treffen?«

»Doch, sehr. War total dunkel da. Nur Licht von Taschenlampe von Handy. Hatte ich nicht genug überlegt vorher. War ganz schrecklich.«

Sie schniefte. »Habe ich nur an Geld gedacht. Einstecken und ab nach Polen. Hatte doch schon meine Koffer alle gepackt und Ticket für Zug im Internet bestellt.«

Ihre Stimme versagte beinahe, als sie nun die Hände vor das Gesicht schlug: »Muss ich ins Gefängnis? Habe ich solche Angst, dass ich nicht nach Hause zu meiner Tochter kann.«

Sie weinte heftig.

Gerrit zögerte keine Sekunde. Im Moment brauchte die Frau nichts als Trost. »Sie haben noch nie vorher mit der Polizei zu tun gehabt, Frau Tomascewski. Natürlich kommen Sie vor Gericht, aber ich glaube, Sie müssen nicht ins Gefängnis. Man nennt das Bewährung.«

»Nicht ins Gefängnis?«

Der nächste Hustenanfall nahm Gerrit die Entscheidung ab. Es ging nicht mehr. Morgen war auch noch ein Tag.


*Sonnenstraße*

»Hannah.«

Ihre Mutter stand in der Küchentür.

»Alles in Ordnung, Mama? Willst du schlafen gehen?«

»Es war Norbert Althüsmann.«

»Althüsmann?« Irritiert fragte Hannah nach. »Was meinst du damit?«

»Er war der Autofahrer, der Mario auf dem Gewissen hat.«

Sie hatte also ihr Gespräch mit der Nachbarin mitbekommen! »Das kann doch nicht sein, Mama. Frau Jäger hat vorhin nichts davon gesagt.«

»Ihr solltet es nicht wissen.«

Entgeistert starrte Hannah ihre Mutter an. »Wer sollte nichts wissen?«

»Ihr Kinder. Wir Erwachsenen haben beschlossen, dass wir euch nichts davon sagen. Ihr solltet nicht mit dieser Sache belastet werden, damit ihr ganz normal miteinander umgehen konntet. Vor allem Althüsmanns Söhne und Sabine sollten nichts erfahren.«

»Und deswegen habt ihr Stillschweigen über den Unfallfahrer vereinbart?«

»Wir haben nie wieder darüber gesprochen. Wie hätte es denn sonst weitergehen sollen mit der Nachbarschaft? Es war so schon schlimm genug, dass Jägers vis-à-vis von Althüsmanns leben mussten.«

Hannah war entsetzt. »Und die angebliche Feindschaft zwischen den beiden Familien, weil Ernst Jäger und Norbert Althüsmann sich wegen einer Lappalie überworfen haben?«

»Irgendeine Erklärung musste es ja geben.«

Es klang plausibel. Nur dass die Wunde, die der Tod des Jungen gerissen hatte, immer weiter geschwelt und das Klima in der Nachbarschaft vergiftet hatte. Plötzlich fielen ihr die Daten auf Marios Grabstein ein: Es passte.

»Hat Althüsmann deswegen das Glockenfest für die Nachbarn erfunden?«

»Im Jahr danach hat er es zum ersten Mal organisiert. Und dann jedes Jahr wieder.«

Und Anita und Ernst Jäger hatten nicht ein Mal gefehlt!

»Ich bin müde, Hannah. Ich gehe jetzt ins Bett.«

»Schlaf gut, Mama.«

Aber Brigitte verharrte an der Tür. Sie schien noch etwas auf dem Herzen zu haben.

»Ist noch etwas?«

»Er wird doch nicht kommen, heute Nacht?«, sagte ihre Mutter zögerlich und schaute Hannah mit großen Augen an.

Sie hatte die Begegnung mit Andi also doch nicht vergessen. »Nein. Er kommt nicht, Mama.«

»Müssen wir mit der Polizei sprechen?«

»Die wissen schon Bescheid. Sie haben ihn sicher bald gefunden.«

»Das ist gut. Dann gehe ich jetzt nach oben. Abgeschlossen habe ich.«

Innerhalb der nächsten halben Stunde beobachtete Hannah vom Sessel im Wohnzimmer aus, wie Autos und Fahrräder vor Bernholts Haus nach und nach verschwanden. Die Party löste sich anscheinend zeitig auf. Morgen war schließlich ein normaler Arbeitstag.

Sie beugte sich ein Stück vor und bemerkte, dass der Streifenwagen seinen Posten am Ende der Straße verlassen hatte. Was hatte das zu bedeuten? Ihr Pulsschlag beschleunigte sich sofort wieder.

Kurz entschlossen öffnete sie die Haustür und reckte den Kopf in alle Richtungen, aber das Fahrzeug war tatsächlich nirgendwo mehr zu sehen. Nur ihr eigenes Auto parkte immer noch in Josefines Einfahrt. Sollte sie es noch umstellen?

Das Klingeln des Telefons riss sie aus ihren Überlegungen. Das konnte nur Jan sein.

»Ja?«

»Wir haben ihn.«

»Gott sei Dank!« Sie sank auf einen Stuhl. In ihren Ohren rauschte es, und es fiel ihr unglaublich schwer, sich weiter zu konzentrieren.

»Die Kollegen haben ihn vor seiner Wohnung aufgegriffen«, hörte sie Jan wie von Ferne sagen. »Er hat keinen Widerstand geleistet. Sie bringen ihn ins Präsidium. Wir verhören ihn morgen früh, wenn wir Justynas vollständige Aussage haben.«

»Gut. Das ist gut«, murmelte sie.

»Den Streifenwagen haben wir abgezogen. Es ist vorbei, Hannah.«

*Polizeistation Ahaus*

Sollte er Natalie eine Nachricht schreiben, dass er sich gleich auf den Weg machen würde? Gerrit schwankte, denn bei der Wetterlage konnte er nicht gut abschätzen, wie lange er brauchen würde.

Der diensthabende Beamte schaute durch die Tür. »Herr Höllmann, da war vorhin ein Anruf von Hauptkommissar Schmielink, als Sie gerade wieder mit der Vernehmung der Zeugin angefangen hatten. Er lässt Ihnen ausrichten, dass Gellenbeck gefasst wurde und sich auf dem Weg nach Münster befindet.«

»Super. Besser hätte es nicht laufen können.« Dann hatte er sich seinen Feierabend erst recht verdient. Gemeinsam mit Jan würde er die Sache morgen zu Ende bringen. Rasch packte er zusammen und verließ das Vernehmungszimmer.

Auf dem Flur warteten Justyna und ihre blonde Freundin auf das bestellte Taxi. Gerrit entschloss sich, die gute Nachricht gleich zu überbringen.

Zu seinem allergrößten Erstaunen wirkte Justyna nicht erleichtert, sondern vielmehr verwirrt. Die beiden Frauen tauschten sich kurz auf Polnisch aus. Was war denn nun schon wieder los?

»Verstehen Sie nicht? Er kann Ihnen nichts mehr tun«, versicherte er mit Nachdruck.

Justyna schluckte. »Und was ist mit dem anderen Mann?«

»Welcher andere Mann?«, fiel Gerrit aus allen Wolken. »Davon haben Sie bisher nichts gesagt.«

»Er saß im Auto.«

»Jetzt mal langsam. Welches Auto?«

Sie holte tief Luft. »Bin ich den Weg zur Berkel-Brücke gegangen. In Dunkelheit. Habe ich umgekehrt, weil ich dachte, da ist niemand.«

»Und dann?«

»Hörte ich plötzlich Motor. Kam ein Auto von der Brücke. Nur mit ganz schwaches Licht. Hat hinter mir gehalten. Andi ist ausgestiegen. Kam um Auto herum und hat mir sofort Handy weggenommen. Ich wollte das nicht, habe danach gegriffen. Dann plötzlich habe ich den anderen Mann gesehen. Hatte sich auf Rückbank versteckt.«

»Wer war das?«

»Ich weiß nicht. Er hatte dunkle Mütze auf. Mit Löchern für Augen. Ich hatte Angst, sie wollen mich kidnappen. Habe ich geschrien und bin weggelaufen. War nur ein bisschen Mondlicht. Bin ich gestolpert und habe meine Tasche verloren.«

»Sind Sie verfolgt worden?«

»Mit Auto. Aber Andi musste erst einsteigen. Der andere Mann saß hinten. Hat gedauert. Bin ich auf Laterne zugelaufen. War nicht weit. Dann ich bin in Sonnenstraße rein. Habe ich Motor gehört und bin schnell in Gartenhäuschen verschwunden.«

Sie war völlig erschöpft in sich zusammengesunken. Bestimmt war es nicht einfach, diese Erinnerung noch einmal zu durchleben.

»Sind Sie sicher, dass es ein Mann war?«

»Ja, ich … glaube. Sah irgendwie nach Mann aus. Aber so ganz genau kann ich nicht sagen. Wegen Mütze.«

Gerrit saß vor seinem Handy. Sollte er Jan noch eine Nachricht schicken? Halb zwölf. Die Nachricht von Gellenbecks Verhaftung war schon fast eine Stunde alt. Eventuell schlief Jan längst.

Heute konnten sie sowieso nichts mehr tun. Ein zweiter Mann! Wer hatte damit rechnen können? Vielleicht war der Komplize ebenfalls im Supermarkt beschäftigt. Oder es war irgendein Kumpel. Das würden sie morgen schon aus Gellenbeck herausbekommen. Sicher hatte der nicht vor, allein die Verantwortung für einen Mord zu übernehmen.

*Sonnenstraße*

Sie ahnte, dass sie Schwierigkeiten mit dem Einschlafen haben würde. Warum nicht ein bisschen nachhelfen?

Im Wohnzimmerschrank hatte schon ihr Vater seine Alkohol-Vorräte aufbewahrt. Einiges davon konnte gut und gerne noch aus seinem Bestand stammen. Eine beinahe antik wirkende, angebrochene Flasche Portwein lachte sie an. Ein, zwei Gläschen konnte sie sich schon gönnen.

Mit einer angenehmen Bettschwere in den Gliedern stieg sie die Treppe hoch. Halb zwölf zeigten die Leuchtziffern des uralten Weckradios auf ihrem Nachttisch an.

Sie mummelte sich unter ihrer Bettdecke ein und erlaubte ihren Gedanken, noch ein wenig spazieren zu gehen. Erwartungsgemäß wanderten sie hierhin und dorthin. Ihr letzter Abstecher galt dem Pärchen auf Philipp Bernholts Fete. Waren es Ina Meyer und ihr Bruder gewesen? Oder hatte sie sich getäuscht?

# Dienstag, 12. Dezember

*Kurz nach Mitternacht*

Was für ein Lärm! Und ... Poltern.

Es dauerte, bis sie einigermaßen da war. Ihre Glieder fühlten sich schwer wie Blei an. Sie hatte anscheinend geträumt, war todmüde, wollte weiterschlafen ... nur schlafen.

Dann Stimmen. Geschrei.

Sie schreckte endgültig hoch. Ihr Herz raste. Ein stockfinsteres Zimmer. Sie war nicht in ihrem Bett in Münster.

Wieder Geschrei! Brigitte!?

Der Adrenalinschub half ihr, sich blitzschnell aufzurichten. 00.43 zeigte der Wecker an. Sie hatte kaum geschlafen.

Ihre Mutter musste einen Albtraum haben.

Hannah schaltete die Nachttischlampe ein, zog sich rasch die Strickjacke über. Ihre Schlappen hatte sie nicht dabei.

Auf bloßen Füßen tappte sie zur Tür und öffnete sie.

Der Flur war hell erleuchtet. Brigittes Zimmer ebenfalls, das Bett leer.

»Was willst du? Hier ist nichts zu holen.«

Das musste sie sein!

»Das sehe ich aber anders.«

Da war noch jemand!

Brigittes Schrei kam aus dem Treppenhaus. »Ich weiß, wer du bist. Gib auf, Andi.«

Höhnisches Lachen klang herauf. »Vielen Dank, dass Sie es mir so leicht gemacht haben, hier reinzukommen. Es war nicht schwieriger als all die Male zuvor.«

»Du, du unmöglicher ...« Brigittes wütendes Gestammel zerfaserte.

In Hannahs Kopf arbeitete es: Sie war noch mal draußen gewesen ... dann hatte das Telefon geklingelt ... Jan ... sie hatte die Haustür nicht abgeschlossen! Verdammt!

Was konnte sie tun? Ihr Handy hatte sie nicht hier ... sie brauchte irgendetwas, womit sie ... schnell ...

Lautlos glitt sie ins Badezimmer, machte Licht, scannte die Ablage.

»... soll wie ein Einbruch aussehen«, hörte sie die Stimme von unten. »Noch ein Treppensturz wäre unglaubwürdig.«

Ein gellender Schrei von Brigitte: »Du warst das also! Du hast sie umgebracht!«

Auf einmal Gepolter! Ein gellendes »Nein!«

Jetzt! Zwei, drei große Schritte, und sie sah die beiden auf den untersten Stufen miteinander ringen.

»Lassen Sie meine Mutter los!«

Die schwarze Gestalt ließ augenblicklich von Brigitte ab und starrte Hannah an. Entsetzt musste Hannah mit ansehen, wie ihre Mutter an der schwarzen Mütze zog und sie herunterriss. Der Mann packte Brigittes Arm und schleuderte sie herum wie eine Puppe. Sie fand keinen Halt, fiel die letzten beiden Stufen herunter und landete hart auf dem Boden.

Wie gebannt wartete Hannah auf ein Lebenszeichen von Brigitte. Der Typ hob den Fuß.

»Lassen Sie das!« Ohne nachzudenken raste sie die Treppe hinunter.

Augenblicklich ließ er von Brigitte ab und kam Hannah entgegen. Riesig groß. Schnell. Sie hatte keine Chance.

Blitzschnell glitt ihre Hand in die Jackentasche, umfasste die Dose. Ihr Arm schnellte vor – keine Sekunde zu früh. Der Sprühstoß traf ihn im Gesicht.

»Verdammte Scheiße!« Er kniff die Augen zu, taumelte, hielt sich am Geländer fest. Versperrte ihr breitbeinig den Weg.

Sie wich zurück, ohne den Blick von ihm zu wenden. Rückwärts die Stufen rauf.

Viel zu schnell hatte er sich erholt, schaute zu ihr hoch. Mit schmerzverzerrtem Gesicht.

Es durchzuckte sie schlagartig: Sie hatte ihn schon mal gesehen – erst vor kurzem – die große athletische Gestalt, breite Schultern ... mit einer anderen Mütze ... mit Zipfel ...

»Du bist Andis Bruder!«

»Gratulation!«, presste er hervor und setzte einen Fuß auf die nächsthöhere Stufe.

Sie hob die Haarspraydose und drückte ab.

Fluchend wich er zurück. Rückte wieder vor.

Ein neuer Sprühstoß.

Das konnte nicht ewig gutgehen. So würde sie ihn nicht aufhalten können. Die Sprühdose war ziemlich leicht, bestimmt bald leer. Sie musste eine andere Strategie einschlagen.

»Jetzt verstehe ich. Ihr wart ein Team.«

»Du hast es erfasst. Ein geniales, äußerst erfolgreiches Team.« Ein abschätziger Blick traf sie. »Was glaubst du, wie lange du unser Duell durchhältst? Barfuß – in diesem eiskalten Treppenhaus – ohne Schlaf. Bestimmt nicht so lange wie ich. Und dann die Sorge um deine Mutter ...«

Unwillkürlich schaute Hannah auf die Gestalt am Fuß der Treppe. Ihre Position war unverändert.

Der kurze Augenblick der Unaufmerksamkeit wurde ihr zum Verhängnis. Es dauerte nur Sekundenbruchteile, bis er da war.

»So, das war's dann wohl«, stieß er höhnisch aus und schlug ihr die Spraydose aus der Hand. Dann riss er heftig an ihrem Arm.

Hannah geriet ins Stolpern, Panik drohte über ihr zusammenzuschlagen. Sie fiel gegen ihn.

Er wankte kaum, nahm sie in den Schwitzkasten und stieß sie vor sich her die Treppe herunter. »Los, los«, drängte er und trat gegen ihre Unterschenkel.

Am Fuß der Treppe stieß er ihre Mutter in die Seite. Brigitte rührte sich nicht. »Um die kümmere ich mich später. Erst mal zu dir.«

Obwohl Hannah versuchte, sich zu wehren, schob er sie mühelos in die Küche.

»Hinsetzen!«, forderte er barsch und stieß sie von sich. »Ich muss einen Moment nachdenken.«

Hannah gehorchte. Von der Anstrengung, sich zu wehren, schnaufte sie. Und aus Angst. Sie waren ihm ausgeliefert. Was würde er mit ihnen machen? Offensichtlich wusste er es selbst noch nicht.

Gellenbeck blieb an der Tür stehen, starrte in den Flur, wo Brigitte immer noch regungslos lag. Auch Hannah hatte sie von ihrem Platz aus im Blick.

Sie musste ihn irgendwie ablenken, seine Selbstgefälligkeit ausnutzen. Das konnte eine Strategie sein, um Zeit zu gewinnen. Aber wie lange? Es war erst kurz vor eins. Noch Stunden bevor der Zeitungsbote kommen würde. Trotzdem! Sie musste es versuchen.

»Wie habt ihr es angestellt? Ich vermute, Andi hat die Kunden abgelenkt.«

Er wandte sich ihr zu, verzog das Gesicht zu einem angedeuteten Grinsen.

»Darin ist mein großer Bruder klasse. Die alten Leutchen sind dankbar, dass ein netter junger Mann sich die Zeit zum Plaudern mit ihnen nimmt. Es war quasi eine gute Tat.«

»Und wie kamst du ins Spiel?«

Er lehnte sich an den Türrahmen. »Zuerst bringt Andi meistens den Wasserkasten ins Haus und checkt die Lage. Ich warte so lange im Transporter, ob er mir beim Holen der restlichen Ware grünes Licht gibt.«

»Dann lässt er die Haustür für dich offen.«

»Das ist der Plan. Manchmal klappt das nicht. Beispielsweise bei dem an Verfolgungswahn leidenden alten Knacker auf eurer Straße. Der hat jedes Mal eigenhändig die Tür zugemacht. Dann benutze ich eben mein effektives kleines Plastikkärtchen.«

Der Spalt zwischen Tür und Rahmen, den Ulrich bemerkt hatte! Auch bei ihrer Mutter musste es mindestens ein Mal so gelaufen sein.

»Aber bei Wisdoncks ging es schief«, spann sie den Faden weiter.

»Allerdings.« Seine Miene verdüsterte sich. »Einen Moment lang nicht aufgepasst, und schon war der Schirmständer umgekippt. Wie eine Furie kam die Alte in den Flur gefegt und schrie herum. Was blieb mir anderes übrig? Die Holzfigur stand da wie gerufen.«

»Du hattest einkalkuliert, dass so etwas eines Tages passieren könnte«, spekulierte sie.

Grinsend zeigte er auf seine Hände. »Ich sorge immer vor.«

Jetzt fiel es ihr auf: Er trug Einmal-Handschuhe. Keine Fingerabdrücke auf der Kiepenkerl-Figur! Auch hier würde es keine geben.

»Andi macht sich seit dem Abend natürlich ins Hemd. Deine Mutter hätte uns gesehen, jammert er mir jeden Tag vor. Sie säße immer am Fenster und beobachte die Straße. Die Lieferung heute war der ultimative Test. Als er mir schilderte, wie panisch sie auf ihn reagiert hatte, war mir klar, was zu tun war. Pech für dich, Hannah. Sorry, aber ich konnte nicht ahnen, dass du hier bist. Die Einfahrt war leer. Wo hast du geparkt?«

»Gegenüber«, murmelte Hannah. Was für ein eiskalter Zyniker! Er wollte sie töten. Beide.

Brigitte hatte sich gedreht, lag plötzlich auf der Seite. Sie lebte!

Er war ihrem Blick gefolgt, wandte sich aber rasch wieder Hannah zu. »Und jetzt hör auf zu quasseln! Ich muss überlegen, was ich mit euch beiden anstelle.« Mit den Fingern trommelte er auf die Lehne des Stuhls gegenüber.

Sie musste ihn hinhalten. Auf irgendeinen Zufall hoffen.

Konzentriere dich auf seine Geschichte, sagte sie sich vor. Die ist noch nicht zu Ende.

Vorhin hatte er sie mit Vornamen angeredet. Seiner fiel ihr nicht ein, obwohl er bei der Begegnung mit den Nikoläusen mehrmals gefallen war.

»Hast du keine Angst, dass Justyna doch noch zur Polizei gehen könnte?«

»Justyna?« Eine kleine Unsicherheit war ihm anzuhören. Die allererste! »Heißt die kleine Schlampe so, die uns erpressen wollte?«

Erpressung? Darüber konnte sie jetzt nicht nachdenken. Sie musste sich auf ihn konzentrieren!

»Viel Licht hatten wir auf dem Berkelweg nicht. Andi hat sie wegen ihrer Kapuze nicht erkannt. Immerhin war er so clever, ihr das Handy gleich abzunehmen. Hätte ja sein können, dass die Kripo im Hintergrund auf der Lauer liegt. Leider half es uns nicht bei der Suche nach ihr, weil es gesperrt war. Dass sie bei meinem Auftritt in schwarzer Montur gleich panisch loskreischen würde, hatte ich allerdings nicht einkalkuliert. Und dann ist sie uns zu allem Überfluss auch noch entwischt, weil Andi ins Auto gestiegen ist, anstatt ihr sofort zu folgen. Trotzdem hätten wir sie noch vor der Laterne haben können, aber es wäre zu riskant gewesen, sie dort noch einzusacken.«

»Ihr wolltet sie kidnappen?«

»Ich wollte das. Andi glaubte, wir würden ihr nur ein bisschen Angst einjagen.«

Wieder warf er einen Blick in den Flur.

»Ihr habt euch immer bestimmte Leute ausgesucht für eure Aktionen«, versuchte sie, ihn abzulenken.

»Inwiefern?«

Gott sei Dank! Er biss an.

»Alleinstehende wie Josefine Mendel, verwirrte Menschen wie meine Mutter.«

Er grinste. »Schlau. Sehr schlau. Aber du hast ein wichtiges Kriterium nicht erfasst.«

»Nämlich?«

Hannah glaubte, ihren Augen nicht zu trauen. Brigitte fingerte mit der linken Hand an ihrer Schlafanzugjacke. War das Absicht? Was hatte sie vor?

»Wir recherchieren vorher, ob irgendwer als Verdächtiger in Frage kommt für den Fall, dass das Fehlen des Geldes bemerkt wird: eine Putzfrau, ein Enkel, eine Schwiegertochter, eine Pflegekraft. Oft gibt es sogar mehrere Alternativen.«

»Dann waren Wisdoncks also der Idealfall. Drei Verdächtige auf einen Schlag, die Irmgards Rente gestohlen haben konnten.«

»Bingo.«

»Was ich aber immer noch nicht ganz verstanden habe: Woher wusstet ihr, wann die alten Leute so viel Geld im Haus hatten, dass es sich für euch lohnen würde?«

Er lachte laut auf. »Du bist also doch nicht so clever wie ich dachte. Eigentlich müsstest du schon längst darauf gekommen sein. Wir sind uns doch begegnet.«

»Auf der Hauptstraße, als ihr mit eurer Clique als Nikoläuse unterwegs wart?«

»Das meine ich nicht. Da war ich in Freizeitklamotten. In Dienstkleidung sehe ich komplett anders aus.«

Vollkommen ahnungslos starrte Hannah ihn an.

»Ich gebe dir mal einen Tipp: Anzug, Krawatte, eine Warteschlange.«

Plötzlich hatte sie ein Bild vor Augen. »In der Bank!«, stammelte sie fassungslos. »Ich habe dich in der Bank gesehen, als ich für meine Mutter Geld abholen wollte!«

»Aber der Automat streikte leider.«

»Du warst der nette Mann, der den älteren Kunden nur zu gerne behilflich ist, wenn sie Schwierigkeiten mit dem Geldautomaten haben.«

»So ist es. Und nebenbei registriere ich haargenau, wer wie viele Scheinchen ins Portemonnaie steckt. Anschließend machen viele einen Abstecher zu Brinkers Supermarkt und bestellen so reichlich, dass sie die Waren nicht nach Hause tragen können.«

Sie war einen Moment lang sprachlos. Deswegen war ihr Andis Bruder bei der Begegnung auf der Straße bekannt vorgekommen. Nicht weil sie ihn von früher her kannte.

»Aber wieso hast du ...«, stammelte sie entgeistert, dann riss sie sich zusammen. »Du verdienst doch gut als Banker.

Bei diesen Diebstählen kam doch nicht allzu viel Geld zusammen. Warum hast du überhaupt mitgemacht?«

Er grinste hämisch. »Ich könnte behaupten, ich hätte es für meinen großen Bruder getan, für den ein paar Hundert Euro schon eine Menge Geld sind. Was lässt der Knabe sich auch von seiner Ex zwei Kinder andrehen. Jetzt muss er sehen, wie er sie füttert.«

Brigittes Hand bewegte sich immer noch, immer weiter unter das Oberteil des Schlafanzugs.

Plötzlich ahnte Hannah, was sie vorhatte. Ein Funke Hoffnung keimte von einer Sekunde auf die andere auf, aber sie zwang sich dazu, jegliche Regung zu unterdrücken. Er durfte ihr nichts anmerken.

»Was ist mit deinen Expeditionen? Teure Sache, oder?«

»Wenn ich sie mir nicht leisten könnte, hätte ich bei der Bank einfachere Wege gefunden, mir das nötige Kleingeld zu besorgen. Nein, du bist auf dem Holzweg, Hannah.«

»Dann gib mir einen Anhaltspunkt. Ich stehe völlig auf dem Schlauch.«

»Die Idee mit den Expeditionen war in gewisser Hinsicht gar nicht so übel.«

Sie überlegte fieberhaft. Bei dem zufälligen Zusammentreffen am Freitagabend hatten sie fast nur über sein Hobby gesprochen. Kirsten hatte den Mount Everest erwähnt, die möglichen Gefahren. Und dann hatte sie ihn gefragt …

»Es geht dir um den Nervenkitzel, Sven! Genau wie beim Bergsteigen«, platzte sie heraus.

Gellenbeck pfiff anerkennend. »Na, bitte. Wusste ich doch, dass du darauf kommen würdest. Sogar mein Name ist dir wieder eingefallen.«

»No risk, no fun.«

»Ganz genau. Der Job in der Bank dient nur dazu, mir meine Abenteuer zu finanzieren. Ansonsten ist er so gähnend langweilig, dass es schon fast an Körperverletzung grenzt. Meine Touren mit Andi waren eine angenehme Abwechslung. Das Risiko, dabei erwischt zu werden, ist für mich geradezu ein Lebenselixir.«

Brigittes Hand rührte sich nicht mehr. Hatte sie schon ...? Hannahs Anspannung stieg ins Unermessliche. Sie musste jetzt haargenau aufpassen. Einen Pfeil hatte sie noch im Köcher, aber den würde sie erst dann abschießen, wenn wirklich eintrat, was sie erhoffte ...

Mit gespielter Gleichmütigkeit warf sie ihm den nächsten Köder hin. »Du hast also einen Menschen umgebracht, weil du Langeweile hast?«

In dem Augenblick hörte sie das kurze Piepen. Irritiert wandte Sven den Kopf nach hinten. »Was war denn ... ?«

Jetzt galt es!

»Weißt du eigentlich, dass dein Bruder verhaftet worden ist?«, schleuderte sie ihm in voller Lautstärke entgegen, um ihn abzulenken.

Ruckartig drehte er den Kopf wieder herum, augenscheinlich unsicher, ob da nicht doch irgendetwas gewesen war.

»Du glaubst es nicht?«, stichelte sie weiter. »Andi sitzt in Münster in U-Haft. Justyna hat es sich doch noch überlegt und ist zur Polizei gegangen.«

»Blödsinn. Die hatte so einen Schiss, dass sie schnurstracks nach Polen abgehauen ist.«

Er hatte sich wieder gefangen, denn es war nichts mehr zu hören. Anscheinend glaubte er, sich getäuscht zu haben.

Wie lange würde es dauern? Vor einigen Tagen war es vielleicht eine Minute gewesen. Sie hatte gelesen, dass es nachts länger dauern konnte. Aber wie lange? Wie viel Zeit musste sie überbrücken?

»Ich weiß es ganz genau. Sie haben ihn heute Abend gegen elf festgenommen. Vor seiner Wohnung.«

Seine Stirn zog sich in Falten. Anscheinend kam er ins Schwanken.

»Ach, er kam von dir? Hattet ihr zusammengesessen und die Lage beraten?«

Nun hatte er wieder Oberwasser. »Woher willst du eigentlich von der Verhaftung wissen?«

»Mein Mann arbeitet bei der Kripo in Münster.«

»Ach, nee! Wie passend.«

»Wenn du mir nicht glaubst, ruf im Präsidium an und lass ihn dir geben. Kriminalhauptkommissar Jan Schmielink. Sie werden dir sagen, dass er in einem wichtigen Verhör sitzt. Andi ist nämlich schon dabei zu gestehen. Er wird den Mord nicht allein auf seine Kappe nehmen. Dazu ist er viel zu feige.«

Wie lange musste sie ihn noch hinhalten? Ihre Nerven waren zum Zerreißen gespannt. Hatte sie sich getäuscht? Oder kam die Verbindung nicht zustande?

In Svens Gesicht spiegelten sich Ungläubigkeit, Unsicherheit und beginnende Zweifel. »Dein Mann ist also bei der Kripo. Schöner Versuch, Hannah. Das hast du dir sehr schön ausgedacht. Ich kann …«

Die Stimme kam wie aus dem Nichts. Laut und klar. Hannah hörte atemlos zu. »Hier spricht die Hausnotruf-Zentrale. Meine Name ist Petra Westkemper. Frau Bergmann, was darf ich für Sie tun?«

Hannah reagierte sofort. »Rufen Sie die Polizei an! Sven Gellenbeck bedroht meine Mutter und mich. Hören Sie? Rufen Sie die Polizei! Schnell.«

Sven stand da wie erstarrt.

»Ich bin schon dabei, Frau Schmielink. Halten Sie durch! Die Polizei wird in Kürze bei Ihnen sein.«

»Sehr gut.«

Er starrte sie eine Sekunde lang hasserfüllt an, wandte sich dann abrupt um und stürzte in den Flur. Am Fuß der Treppe bückte er sich kurz, griff nach seiner Sturmhaube und hielt dann auf den Ausgang zu.

»Frau Schmielink, geht es Ihnen gut? Ist der Einbrecher noch da?«

Gellenbeck riss die Haustür auf und verschwand aus Hannahs Blickwinkel.

Sie zitterte am ganzen Körper. Reiß dich jetzt zusammen, befahl sie sich.

Ihre eiskalten Füße trugen sie kaum. Sie lief zur Kommode und krallte sich den Schlüssel. Mit Schwung warf sie die Haustür zu und schloss ab.

Einen Moment lang lehnte sie sich mit dem Rücken an die Tür. Ihre Beine drohten wegzusacken.

»Frau Schmielink, die Polizei ist unterwegs. Hören Sie mich? Geht es Ihnen gut?«

»Ja, danke, ich habe es gehört. Ich bin okay. Ich muss nach meiner Mutter sehen.«

Brigitte lag unverändert da.

»Mama! Mama, hörst du mich?« Hannah rüttelte sacht an ihren Schultern.

Brigitte drehte sich vollends auf den Rücken und öffnete vorsichtig die Augen. »Ist er weg?«, hauchte sie.

»Ja, er ist weg«, versicherte Hannah ihr.

In Brigittes Gesicht erschien ein verschmitztes Lächeln. »Habe ich das gut gemacht?« Sie legte die Hand auf den Notfallknopf, der sich unter der Schlafanzugjacke abzeichnete.

»Das hast du ganz wunderbar gemacht«, bestätigte Hannah ihr lachend, während ihr gleichzeitig Tränen über die Wangen liefen. Dann nahm sie ihre Mutter in den Arm.

Brigitte seufzte tief und kräuselte dann die Nase. »Sag mal, warum riecht es hier eigentlich so furchtbar nach Haarspray?«

In dem Moment hörten sie ein schwaches Martinshorn, das rasch näher kam. Hannah richtete sich auf. Es war vorbei. Endgültig.


*Gegen drei Uhr nachmittags – Sonnenstraße*

Sie hatte beinahe drei Stunden geschlafen, stellte sie beim Blick auf den alten Radiowecker fest. Zeit aufzustehen, um sich endlich auf den Weg nach Münster zu machen.

Sie gab sich noch fünf Minuten, reckte sich wohlig und streckte Arme und Beine lang aus. Ihr linkes Schultergelenk schmerzte noch ein wenig von der unsanften Behandlung durch Sven, aber das würde sich schnell geben.

Nachts hatte sie bis auf ein kurzes Einnicken im Sessel am Fenster nicht zur Ruhe finden können. Noch vor dem Frühstück hatte sie Marlene informiert, die völlig schockiert versprach, sofort zu kommen. Als ihre Schwester am späten Vormittag endlich eintraf, fiel die Anspannung endgültig von Hannah ab. Von jetzt an würde Marlene sich kümmern. Noch während sie sich in die Bettdecke kuschelte, waren ihr die Augen zugefallen.

Ein Notarzt hatte ihre Mutter noch in der Nacht untersucht. Bis auf Prellungen an rechtem Arm und rechter Hüfte ging es ihr gut. Die zu erwartenden blauen Flecken würden allerdings recht schmerzhaft sein. Mit einem leichten Beruhigungsmittel hatte Brigitte bis zum Morgen schlafen können.

Die Fahndung nach Sven Gellenbeck war sofort angelaufen, aber in den ersten Stunden ergebnislos geblieben. Da seine Anschrift zunächst unklar war, hatte er den zeitlichen Vorsprung offenbar ausgenutzt und sich in seiner Wohnung mit dem nötigsten Gepäck versorgt. Inzwischen hatte man die Suche auf Bahnhöfe und Flughäfen ausgedehnt und hoffte, ihn bald zu verhaften. Hannah war nicht so optimistisch.

Auf Jans Anweisung hin war zu ihrer Sicherheit wieder ein Streifenwagen vor dem Haus postiert. Während Hannah morgens mit ihrer Kollegin Dorothee telefonierte, hatte sie Norbert Althüsmann mit einem der Beamten vor der Tür reden sehen. Als der sich abweisend zeigte, zog der Nachbar unverrichteter Dinge wieder ab. Gut möglich, dass er den nächtlichen Polizeieinsatz mitbekommen hatte und nun seine Neugier befriedigen wollte. Früher oder später würde er hier aufkreuzen.

Energisch schlug sie die Bettdecke zur Seite, packte die wenigen Utensilien ein, die in den Koffer gehörten, und ging nach unten. Schon auf der Treppe hörte sie Stimmen und Gelächter aus dem Wohnzimmer.

Verblüfft schaute Hannah in die fröhliche Runde: Außer Brigitte und Marlene strahlten Anita Jäger und Josefine Mendel sie reihum an.

»Du brauchst gar nichts mehr zu sagen«, kiekste Brigitte aufgekratzt. »Ich habe schon alles haarklein erzählt.«

»Deine Mutter ist eine Heldin!«, sagte Anita mit einem Augenzwinkern.

Marlene wies auf die schon arg zerrupft aussehende Kuchenplatte vom Bäcker. »Wir haben dir zwei Teilchen übrig gelassen. Kaffee?«

Hannah ließ sich verwöhnen und horchte nebenbei auf die Gespräche. Ihrer Mutter tat es sichtlich gut, so viel Anerkennung für ihre beherzte Tat zu bekommen. Marlene sonnte sich wohlig in Brigittes Glanz und wurde nicht müde zu betonen, wie sinnvoll es doch gewesen sei, die Installation des Notrufsystems in die Wege zu leiten. Zudem war von Pressevertretern die Rede, die sich erstaunlicherweise schon gemeldet hatten. Hannah nahm sich vor, Marlene eindringlich zu bitten, ihre Mutter von diesen Leuten fernzuhalten.

Sie schaute auf die Uhr und stand auf. Gerrit wollte ihre Aussagen heute noch aufnehmen. Sie erwartete ihn und Jan eigentlich jeden Moment.

Josefine folgte ihr in den Flur.

»Hannah, du siehst erschöpft aus. Du wirst doch morgen zu Hause bleiben und dich ausruhen?«

»Mal schauen. Ich habe mit meiner Kollegin vereinbart, dass ich spontan entscheiden kann, ob ich arbeite. Meine Termine sind vorsorglich abgesagt. Wieder einmal. So kann es natürlich nicht endlos weitergehen.«

»Denk auch an dich, Hannah. Du weißt selbst am besten, dass man eine solche Sache nicht so leicht wegsteckt.«

»Brigitte anscheinend schon. Ich wundere mich total, wie gut sie klarkommt.«

»Deine Mutter genießt es, im Mittelpunkt zu stehen. Und vergiss nicht, dass sie die Bedeutung des ganzen Dramas möglicherweise nicht ganz erfasst.«

»Scheint mir auch so«, murmelte Hannah. »Ich finde es ganz toll, dass ihr gekommen seid. Das tut Brigitte auf jeden Fall gut.«

»Mich freut vor allem, dass Anita da ist. Damit hätte ich wahrlich nicht gerechnet.«

Hannah berichtete kurz, dass die ansonsten so zurückhaltende Nachbarin sich schon am Vortag kurzfristig um Brigitte gekümmert hatte. »Sie will wohl einen neuen Anfang machen, auch wenn ihr Mann damit nicht einverstanden sein wird. Wird ja auch langsam Zeit – so viele Jahre nach Marios Tod. Bestimmt ist Althüsmann auch froh, wenn zumindest Anita ihm keine Vorwürfe mehr macht.«

Josefine schaute sie irritiert an. »Ich verstehe nicht ganz, wovon du sprichst, Hannah. Was hat Norbert damit zu tun?«

Hannah zögerte kurz, dann rückte sie mit ihrem neuen Wissen heraus. »Er war doch der Autofahrer, der Mario damals überfahren hat. Wenn ihn auch keine Schuld traf. Jägers sind nie so ganz damit fertig geworden.«

»Hannah! Wie kommst du denn darauf?« Josefine wirkte völlig entgeistert. »Der Autofahrer war ein junger Mann aus Bocholt, der absolut nichts mit der Sonnenstraße zu tun hatte. Er war zur falschen Zeit am falschen Ort.«

»Aber … meine Mutter hat mir gestern gesagt, dass ihr Erwachsenen uns Kinder bewusst im Unklaren über Althüsmanns Schuld gelassen habt, damit wir unbefangen miteinander umgehen konnten.«

»Das hat Brigitte behauptet?« Josefines Atem ging heftig. »Meine Söhne waren damals vierzehn und sechzehn. So ein Märchen hätte ich denen nie erzählen können.«

»Und das Glockenfest? Hat Althüsmann es nicht aus Dankbarkeit für das Stillschweigen der Nachbarn ins Leben gerufen?«

»Das erste Fest fand vor 39 Jahren statt. Du kannst dir selbst ausrechnen, dass Mario zu dem Zeitpunkt noch lebte.«

Hannah fühlte sich wie betäubt. »Hat Brigitte sich das alles nur ausgedacht?«

Josefine nickte. »Für sie ist es wohl wahr.«

# Samstag, der 30. Dezember - Münster

*Gegen halb neun Uhr abends*

Sie parkten auf dem unbefestigten Teil des Schlossplatzes, wo um diese Zeit nur wenige Autos standen. An der Ampel überquerten sie die vierspurige Straße und schlenderten durch die schmale Frauenstraße.

Hannah hakte sich bei Jan ein. Das Gehen an der frischen Luft tat gut. Die Münsteraner schienen sich bei dem feuchten Wetter allesamt in ihre Häuser und Wohnungen verkrochen zu haben, vielleicht um Kräfte zu sammeln für den morgigen Jahreswechsel, der natürlich gebührend gefeiert werden musste.

Allmählich konnte sie ihren Gedanken freien Lauf lassen. Da Lasse bei Anton übernachtete, um endlich gemeinsam die neuen Spielzeuge auszuprobieren, war sie spontan mit Jan zu diesem abendlichen Rundgang aufgebrochen. Bisher hatten sie es noch nicht ein Mal geschafft, die weihnachtlich erleuchtete Innenstadt zu bewundern. Höchste Zeit, befand Hannah, sich diese kleine Auszeit zu gönnen.

»Meinst du, er wird bald ausgeliefert?«, fragte sie unvermittelt, aber Jan wusste auch ohne nähere Erklärung, von wem sie redete. Als er vom Präsidium nach Hause gekommen war, hatte er sie mit einer freudigen Nachricht überrascht: Die französische Polizei hatte Sven Gellenbeck auf dem Pariser Flughafen verhaftet.

»Ich schätze, das ist nur eine Frage der Zeit.«

»Was für ein Glück, dass Andi so schnell ausgepackt hat! Ohne seine Hinweise wäre Sven möglicherweise nie gefasst worden.«

Jan lächelte. »Als er hörte, dass sein Bruder Brigitte und dich massiv bedroht hat, sprudelten die Informationen nur so aus ihm raus. Wie wir vermutet haben, hat Sven sich irgendwo in den Pyrenäen bei Bekannten aus der Szene der Extremkletterer aufgehalten, von denen er seinem Bruder öfter erzählt hat. Sein heutiger Versuch, weiter nach Chile zu reisen, ist ihm nun zum Verhängnis geworden. Ich schätze, er wird seiner gerechten Strafe für den Mord an Irmgard Wisdonck nicht entgehen.«

Hannah seufzte tief. Immerhin war dieses Kapitel wohl demnächst abgeschlossen. Im Gegensatz zu vielen anderen Problemen, die in der letzten Zeit auf sie eingeprasselt waren.

An der Ecke Katthagen und Überwasserkirchplatz blieben sie einen Augenblick stehen. Der Weihnachtsmarkt mit den Giebelhüuskes war schon vor dem Fest verschwunden. Ungehindert fiel ihr Blick auf den langgestreckten, modernen Bau der Diözesanbibliothek zur Linken und die vor ihnen aufragenden Türme des Doms.

»Wohin jetzt?«, fragte Jan. »Zum Domplatz?«

»Lass uns zum Spiekerhof abbiegen und den Prinzipalmarkt vom unteren Ende her aufrollen«, schlug Hannah vor.

Die weihnachtliche Dekoration der Schaufenster unter den Bögen kam ihr seltsam sinnentleert vor, aber für die Kaufleute gingen die Geschäfte nach Weihnachten unvermindert weiter. Viele Leute vertrieben sich die Zeit zwischen den Jahren ausnehmend gerne mit dem Einlösen von Gutscheinen, die sie auf dem Gabentisch gefunden hatten.

»Du hast kaum etwas von deinem Besuch bei Brigitte erzählt. Wie steht es in der Sonnenstraße?«

»Ich habe endlich das Problem mit der Notruf-Liste gelöst. Ganz oben steht jetzt Anita Jäger. Sie hat mir versichert, dass sie meistens zu Hause ist und gerne hilft.«

»Das ist ja wirklich ein Glücksfall!«

»Kann man so sagen. Und ansonsten will Sonja Bernholt einspringen. Anita hat sich außerdem bereit erklärt, einen Nachmittag pro Woche mit Mama zu verbringen, um mit ihr spazieren zu gehen, einzukaufen oder sie zum Frisör zu begleiten. Sehr beruhigend für mich, dass jemand regelmäßig bei ihr nach dem Rechten sieht, dem sie und ich voll vertrauen. – Nächste Woche habe ich außerdem einen Beratungstermin im Sozialpunkt der Gemeinde. Die helfen beim Antrag auf Pflegeleistungen. Es könnte sein, dass Mama wegen der beginnenden Demenz Geld für eine Betreuungsperson zusteht.«

Sie hatten die Aa überquert und passierten den kleinen Platz mit dem Kiepenkerl-Denkmal. Der Roggenmarkt stieg von hier aus ganz allmählich bis zur Lambertikirche an.

»Du bist also ein ganzes Stück weitergekommen«, resümierte Jan.

»Das stimmt. Marlene ist inzwischen damit einverstanden, dass ich Mamas Bevollmächtigte werde. Sie wird genau wie ich Kontovollmacht bekommen und die Regelung der Finanzen übernehmen. – Trotzdem mache ich mir Sorgen, was im neuen Jahr auf uns zukommt, weil ich so gar nicht abschätzen kann, wohin die Reise gehen wird.«

»Wenn man es genau nimmt, ist das jedes Jahr so, aber an diesem Silvesterabend wird es uns sehr viel bewusster sein als sonst.«

Er hatte natürlich recht. Im Grunde war immer alles im Fluss. Sie brauchte nur an die Bewohner der Sonnenstraße zu denken: Ob Josefine sich von der schweren Grippe erholen würde, die sie sich vor Weihnachten zugezogen hatte, stand noch nicht fest. Die Ereignisse nach Irmgards Tod hatten sie furchtbar mitgenommen. Die gesamte Nachbarschaft bangte um sie.

Justyna hatte eines Tages zusammen mit ihrer Freundin ihr Gepäck bei Althüsmanns abgeholt. Ob sie je zurückkehren würde, hatte sie offen gelassen. Erst einmal wollte sie für ihre Tochter da sein. Hannah hatte dafür vollstes Verständnis, so sehr es ihr um Magda auch leidtat.

Dass sie selbst sich mit dem Gedanken trug, in der Beratungsstelle kürzerzutreten, um mindestens einen Tag pro Woche bei ihrer Mutter verbringen zu können, hatte sie Jan noch nicht gesagt. Im Moment war das noch nicht akut, aber sie dachte eben gern voraus.

Jans Worte rissen sie aus ihren Überlegungen. »Du wirst mehr Zeit für Brigitte brauchen.«

Abrupt blieb sie stehen und wandte sich ihm zu. »Seit wann kannst du Gedanken lesen?«

»Ist doch nicht schwer. Ich weiß, dass du die Verantwortung für deine Mutter sehr ernst nimmst.«

Zögerlich sagte sie: »Ich werde vermutlich weniger Zeit haben für dich, für uns.«

Sanft legte er seine Hände auf ihre Oberarme und schaute sie intensiv an. »Hannah, die letzten Jahre waren ziemlich unbeschwert für uns. ›In guten wie in schlechten Tagen‹ haben wir uns versprochen. Mir ist es ernst damit. Dir doch auch.«

Tränen traten ihr in die Augen, und sie nickte stumm. Sprechen konnte sie nicht. Behutsam nahm Jan sie in die Arme. Ein warmes Gefühl durchströmte sie.

Nach einer Weile gingen sie weiter.

»Hast du etwas von Wisdoncks gehört?«, fragte Jan, als sie die Lambertikirche passierten.

»Mama sagt, sie sieht nur Ulrich ab und zu. Wie die Nachbarschaft damit umgehen wird, wenn die Anklage gegen ihn eines Tages bekannt wird, mag ich mir gar nicht vorstellen. Meinst du, er wird eine Therapie machen?«

»Das kann ich schlecht abschätzen.«

»Eigentlich hat Ulrich sich in der Sonnenstraße immer total korrekt verhalten. War freundlich, hat kleine Reparaturen für Mama und andere Nachbarn gemacht. Aber was, wenn er verurteilt wird?«

»Tja ... – Und was ist mit den beiden anderen?«

»Sind ausgezogen. Kirsten zu ihrer Freundin, Hendrik angeblich zu seiner Arbeitskollegin.«

Sie hatten die gotische Stadt- und Marktkirche nun im Rücken. Der eigentliche Prinzipalmarkt lag in seiner ganzen Länge vor ihnen.

»Ich habe nichts von Ulrichs Veranlagung gemerkt. Abgesehen davon, dass er mich manchmal ein bisschen seltsam angeschaut hat. Dass er früher in mich verknallt war, wie Kirsten behauptet, halte ich trotzdem für ausgemachten Blödsinn.«

»Wie kommt sie denn darauf?«

»Angeblich hat er ständig meine Nähe gesucht, als wir damals in der Oberstufe zur selben Clique gehörten.«

»Hast du deswegen dein altes Fotoalbum hervorgekramt? Ich habe es im Wohnzimmer-Regal liegen sehen.«

»Ich wollte es mir noch mal in Ruhe anschauen, bin aber bis jetzt nicht dazu gekommen.«

Den Rest der Geschichte verschwieg sie ihm wohlweislich. Inzwischen war ihr klar geworden, warum in Ulrichs Collage genau die Fotos vorkamen, die sich auch in ihrem eigenen Album befanden. In den Zeiten des analogen Fotografierens hatte es natürlich noch keine Unmengen von Bildern oder gar Selfies von ihren Partys und anderen Events gegeben. Es war üblich, dass man Abzüge bei Freunden bestellte, wenn man selbst auf den Fotos zu sehen war. Ulrich und sie besaßen die gleichen Fotos, weil sie beide darauf abgelichtet waren. So simpel war die Erklärung.

»Lass uns mal kurz auf die Straße gehen«, schlug sie vor und ging ein paar Schritte auf das breite Kopfsteinpflaster, wo nur noch vereinzelte Radfahrer unterwegs waren. Jan folgte ihr zögerlich.

Als sie sich umwandten, lag der Prinzipalmarkt in seiner ganzen Pracht vor ihnen. Auf den feuchten Pflastersteinen spiegelten sich die erleuchteten Fenster der Patrizierhäuser mit ihren Schaugiebeln, in den Bogengängen hingen mit roten Bändern geschmückte Adventskränze. Aus dieser Perspektive verjüngte sich die ›gute Stube‹ der Stadt bis zu ihrem scheinbaren Abschluss durch ein querstehendes Gebäude, das ebenfalls weihnachtlich illuminiert war. Die Einmündung der Prachtstraße in die Rothenburg war von hier aus nicht zu erkennen.

Hannah stand staunend da. Sie hatte Bilder gesehen, die diesen Blickwinkel einfingen, aber das eigene Erleben war schlicht und einfach überwältigend.

»Ich habe das Foto von Hendrik und dir gesehen.«

Nur mit Mühe kam Hannah in die Wirklichkeit zurück.

»Welches Foto?«

»Es ist auf der letzten Seite des Albums eingeklebt. Sieht so aus, als würdet ihr tanzen.«

»Ich kann mich gar nicht daran erinnern.«

»Ihr wart ein schönes Paar. Deine erste Liebe.«

Hannah stutzte über den merkwürdigen Unterton in Jans Bemerkung. Sie blieb stehen und wandte sich ihm zu. »Glaubst du, ich trauere Hendrik nach? Dass ich deswegen neulich mit ihm spazieren gegangen bin?«

Er zuckte mit den Achseln, sagte aber keinen Ton. Mit angehaltenem Atem sah er sie an.

Hannah räusperte sich. »Du weißt, dass ich mir oft unnötig viele Sorgen um die Zukunft mache. Das gehört irgendwie zu mir. Aber ich grüble nie über die Vergangenheit. Wenn Hendrik und ich damals nicht auseinandergegangen wären, hätten wir beide keine Chance gehabt, uns zu begegnen. Und du bist das Beste, was mir je passiert ist.«

Anmerkungen:

Die Berkel fließt durchs westliche Münsterland und auch durch Gescher, aber eine »Sonnenstraße« mitsamt all ihren Bewohnern, die ich in diesem Krimi beschrieben habe, gibt es dort selbstverständlich nicht. Sie sind genau wie die Kripobeamten, Hannahs Kollegen in der Beratungsstelle und alle anderen Figuren frei erfunden.

Aufmerksame Leserinnen und Leser werden bemerkt haben, dass die Baumberge, Billerbeck und der Dom nicht nur zu Hannahs, sondern auch zu meinen Lieblingsorten im Münsterland zählen. Es lohnt sich immer wieder, dorthin einen Ausflug zu machen. Und den Giebelhüüskesmarkt in Münster kann ich ebenfalls für den nächsten Advent empfehlen. Wenn Corona es erlaubt ...

Ich danke für ihre Unterstützung:

Meinen treuen Erstleserinnen und Freundinnen Ulla und Bettina, auf die ich mich immer verlassen kann.

Janine Kuster vom »Vitakt-Hausnotruf« in Rheine, die sich viel Zeit genommen hat, um mir die technischen Einzelheiten der Installation und Funktionsweise eines Notrufsystems zu erklären und praktisch zu demonstrieren.

Agnes Schulte, die mich bei technischen Problemen mit meiner Facebook-Autorenseite »Helga Streffing und ihre Krimis« und meinem Krimiblog »muensterlandkrimi.wordpress.com« immer unterstützt, wenn es nötig ist.

Den Mitarbeiterinnen und Mitarbeitern des Dialogverlags, die mit dem Erscheinen des neuen Bands wieder viel Arbeit hatten, insbesondere Frau Jennifer Haack, die für die Betreuung der Lesungen von vielen Veranstaltern sehr gelobt wird, und Frau Dr. Magdalene Saal, die sich immer neue Werbemöglichkeiten ausdenkt und jeweils die letzte Korrektur der Krimis vornimmt. Total beruhigend für mich!

Meinem Lektor Markus Nolte, der trotz seiner neuen Aufgabe als Chefredakteur von www.Kirche-und-Leben.de Zeit gefunden hat, sich in gewohnt kritischer Weise mit dem Manuskript auseinanderzusetzen und mit mir Ideen für Cover und Titel auszubrüten. Ein Privileg, das die meisten Autoren nicht haben!

Den Leserinnen und Lesern, die mir auf vielerlei Art und Weise und oft ganz unerwartet Rückmeldungen zu den Hannah-Schmielink-Krimis zukommen lassen. Davon kann man als Autorin gar nicht genug bekommen.

Meinem Mann Bernd, der inmitten des strengen Corona-Lockdowns als allererster Leser und Nicht-Krimi-Fan in zwei Tagen »durch« war mit dem Manuskript von »Tod im Nachbarhaus«. Darauf bin ich stolz.

Und: Der letzte Satz des Krimis gilt natürlich dir.

# Hannah Schmielinks erster Fall

Helga Streffing:
»Tod im Kollegium –
Der erste Münsterland-Krimi
mit Hannah Schmielink«
dialogverlag
ISBN: 978-3-941462-47-2

Das Kollegium des Berufskollegs III versinkt nicht gerade in Trauer, als die junge Lehrerin Daniela Heckert ermordet wird. Weil sie eine Intrigantin war, die auch vor Mobbing nicht zurückschreckte? Weil ihr die Karriere über alles ging? Weil ihr Verhalten in den letzten Wochen sonderbar war? Die Münsteraner Psychologin Hannah Schmielink ist entsetzt, welche Abgründe sich ihr in der Schule auftun. Spielen die rätselhaften Erkrankungen mehrerer Kollegiumsmitglieder eine Rolle? Wusste Daniela Heckert etwas, das sie besser nicht wissen sollte? Kaum lichtet sich das Dunkel ein wenig, da verschwindet plötzlich der so pflichtbewusste Schulleiter ... Hannah kommt nicht nur dem attraktiven Kommissar Jan Heidmeier immer näher, sondern auch dem Täter. Zu nahe!

# Hannah Schmielinks zweiter Fall

Helga Streffing:
**»Tod im Kloster-Internat –**
**Der zweite Münsterland-Krimi**
**mit Hannah Schmielink«**
**dialog**verlag
ISBN: 978-3-941462-59-5

Ein neuer Fall für Hannah Schmielink: Im St.-Anna-Heim, einem von Ordensschwestern geleiteten Internat in der Nähe von Münster, hat sich eine Schülerin das Leben genommen. Die Schulleiterin erhält Drohbriefe, und Schwester Theresia, die Oberin, genießt einen zweifelhaften Ruf. Als eine der Schwestern durch Gift stirbt, übernimmt Hannahs Freund Jan Heidmeier von der Kripo Münster den Fall. Welches Motiv gibt es für den Mord an einer Schwester? Und wer hat Zugang zu Zyankali? Will jemand Rache nehmen am St.-Anna-Heim oder sind persönliche Verstrickungen ausschlaggebend für die Tat gewesen? Ein weiterer Giftanschlag verbreitet Entsetzen und Panik unter den Schülern. Hannah begreift erst sehr spät, dass sich jemand in großer Gefahr befindet …

# Hannah Schmielinks dritter Fall

Helga Streffing:
»Tod im Golddorf –
Der dritte Münsterland-Krimi
mit Hannah Schmielink«
dialogverlag
ISBN: 978-3-941462-79-3

Ein idyllisches Golddorf im westlichen Münsterland nahe der holländischen Grenze am Fronleichnamswochenende: Als die 13-jährige Luisa von einer Party im Jugendheim nicht nach Hause kommt, wird Hannah Schmielink, Schulpsychologin aus Münster, in den Fall hineingezogen – eher zufällig. Gemeinsam mit ihrer Freundin Anne, einer Nachbarin der Verschwundenen, stößt sie auf merkwürdige Gestalten: Luisas neue Freunde, von denen ihre Eltern nichts ahnten. Doch was ist an dem Abend im Bürgerpark wirklich passiert? Wem ist sie begegnet? Angst, Misstrauen, Gerüchte, Verdächtigungen: Selbst Hannah kann sich der aufgeheizten Stimmung im Dorf kaum noch entziehen. Nicht nur Außenseiter, auch angesehene Bürger und sogar Luisas Familie haben hinter den glänzenden Fassaden Einiges zu verbergen. Doch nur einer hat ein Geheimnis, von dem Luisa auf keinen Fall erfahren durfte ...

# Hannah Schmielinks vierter Fall

Helga Streffing:
»Pilgerfahrt in den Tod –
Der vierte Münsterland-Krimi
mit Hannah Schmielink«
dialogverlag
ISBN: 978-3-944974-06-4

Hannah Schmielink und ihr Ehemann Jan haben ein außergewöhnliches Ziel für ihre Hochzeitsreise gewählt: eine Pilgerfahrt nach Israel. Nazaret, die Gegend um den See Gennesaret, Betlehem, der Berg Tabor, das Tote Meer und die Altstadt von Jerusalem sind nur einige Stationen ihrer faszinierenden Tour. In wenigen Tagen ist ihnen die bunt zusammengewürfelte Reisegruppe vertraut. Doch Hannah lässt die nächtliche Erinnerung an die schwarze Gestalt in ihrem Hotelzimmer nicht los. Misstrauisch beäugt sie jeden Einzelnen. Ein beinahe fataler Zwischenfall lässt Hannah und Jan glauben, dass ein Gruppenmitglied in tödlicher Gefahr ist. Gibt es einen aktuellen Anlass oder führt die Spur in die Vergangenheit? Und welche Rolle spielt die spannungsgeladene Atmosphäre in Jerusalem? Erst in den engen Gassen wird offenbar, welche Rolle die Einzelnen in dem dramatischen Geschehen spielen. Und wer ein Mordmotiv hat ...

# Hannah Schmielinks fünfter Fall

Helga Streffing:
»Tödliche Familien –
Der fünfte Münsterland-Krimi
mit Hannah Schmielink«
dialogverlag
ISBN: 978-3-944974-24-8

Roddy schreit sich die Seele aus dem Leib, als er im Tecklenburger Jugendamt seiner Mutter begegnet. Was hat er in den ersten Monaten seines Lebens alles erleiden müssen? Will die Frau sich wirklich bessern oder macht sie Hannah Schmielink nach Strich und Faden etwas vor? Grund genug hätte sie: Die Schulpsychologin aus Münster muss über Roddys Zukunft entscheiden – nachdem die ursprüngliche Gutachterin ermordet wurde.
Aber auch Roddys Pflegeeltern scheinen einiges zu verbergen. Setzen Frank und Britta Doppheide auf das Pflegegeld für den Kleinen, um ihren maroden Milchviehbetrieb über Wasser zu halten? Was wusste das Mordopfer? Und welche Rolle spielt die Altbäuerin ...?

# Hannah Schmielinks sechster Fall

Helga Streffing:
»**Tödliche Rollenspiele –
Der sechste Münsterland-Krimi
mit Hannah Schmielink**«
**dialog**verlag
ISBN: 978-3-944974-33-0

Für jede Lehrerin und jeden Lehrer wäre es der wahr gewordene
Albtraum: Ohne die 18-jährige Maybritt kehrt eine Schulklasse zurück von einer Klassenfahrt in Holland. Das Mädchen ist spurlos
von einem Großsegler verschwunden. Ist sie freiwillig von Bord gegangen? War es ein Unfall? Suizid? Oder hat jemand nachgeholfen?

Hannah Schmielink, Schulpsychologin aus Münster, muss feststellen, dass es am Berufskolleg Dorenkamp in Rheine niemanden sonderlich kümmert, was hinter dem Verschwinden der Schülerin
steckt. Als man nach einer Feier in der Schule einen Toten findet,
reißen die ersten Mauern ein. Immer größere Ungeheuerlichkeiten
kommen ans Tageslicht …